SACRED HUNGER

Barry Unsworth

聖なる渇望 II

バリー・アンズワース
小林克彦
二村宮國 訳

至誠堂書店

SACRED HUNGER

by

BARRY UNSWORTH

装丁デザイン　原 宗男
カバー／奴隷船の図面より（1823年頃）

第二巻　一七六五年

第二巻　目次

〔　〕は訳注

第一巻　目次

主な登場人物

第二巻

イラズマス・ケンプ　ジャマイカと手広く取引をするトマス・フレッチャー会社の正共同経営者、西インド協会の副会長の座にある。

〈イギリス領フロリダの行政官ほか〉

キャンベル大佐　フロリダ総督、スコットランド出身。

レッドウッド少佐　フロリダ駐屯軍司令官

ジョージ・ワトソン　インディアン問題担当官

〈フロリダ南東部のコロニーの人々〉

ヒューズ　木に登って、コロニーの見張役を務める。

イボティ　魔術を使ったとして、告発される。ブルム族出身。

ハンボ　魔術をかけられたとして、イボティを告発する。シャンティ族出身。

アリファ　イボティとハンボの女

テムカ・タングマン　雄弁家、集会でイボティを弁護する。テムネ族出身。

マシュー・パリス　医師、コロニーの人々が平等に暮らすことができるよう腐心する。

ナドリ　罠作りの名人、イスラム教徒。

タバカリ　パリスとナドリの女、フラニ族出身。

ケンカ　パリスとタバカリの息子

ビリー・ブレア　自分にとって論理的でないこと、矛盾することを聞くと、すぐ癇癪を起こす。

インチェベ　銛《もり》で魚を突く名人、ニジェール川上流の出身。

サリアン・キヴィ　ブレアとインチェベの女

キレク　コロニーの外との交易によって、強い勢力をもちつつある。シャンティ族出身。

バートン　かつての一等航海士、コロニーではキレクの手下となっている。

サリヴァン　バイオリンの音で女を口説こうとする。

ジミー　コロニーの学校の教師、子供たちにコロニーの歴史などを教える。

第八部

第三十七章

イギリス西インド省次官ウィリアム・テンプルトン卿は、ターバンに花柄の室内着といった格好のまま鏡台の前に座っていた。彼は接見を始めたばかりだった。たった今、半給暮らしの海軍士官に口約束を与えて追い払ったところだ。フランスとの戦いが終結した今、士官は失業の身となり、海軍省に口を利いてほしいとテンプルトンに頼みにやって来たのだが、そのために必要な謝礼金を持っていなかった。

控え室で待っている者の中にある商人がいたが、その商人の名前を告げるために、従僕が入って来た。この紳士は長い間待たせてよい方ではありません、と従僕が言った。主人と従僕は互いに相手のことがよくわかっていた。

「あの方を無視するわけには参りません」と従僕。

「軽く扱うことができないような御仁で」

「ああ、重い財布を持っているということか」と主人。「この悪党め、中身を見せられてさっそく奴の名を告げに来たんだろう」

テンプルトンは自分のこの気がきいた言い方にちょっと満足して、鏡の中で薄い唇を曲げた。彼の細長い顔は、深紅の絹のターバンの下ではたいそう青白く見えた。作り笑いをすると両隅がつり上がる口は、全体として下向きの悲しげな顔立ちと妙に釣り合わなかった。テンプルトンにはこの訪問客が誰なのかわかっていたが、自分を鋭く見つめている従僕には何も言わなかった。

「一体ホットチョコレートはどうしたんだ？」とテンプルトンは言った。「なぜこうして待たされるんだ？　一日の仕事に取り組もうとしているこのときにこそ滋養が必要なんだ。奥に行って見て来てくれ。それにビンドマンをここによこしてくれ。何を着るか彼と話をしたいんだ」

「かしこまりました。あの方はいかがいたしましょうか？」

「今、私が言ったことをすべてすませたら」とテンプルトンは無頓着な振りをして言った。「その人物を通しなさい」

テンプルトンはその間、鏡の前で過ごした。イラズマス・ケンプは入って来ると、次官の長い顔が鏡の中から自分を見据えているのを見た。その顔は付けたばかりでまだ伸ばしていない頬紅のせいでけばけばしくなっている。鏡は、泳いだり飛んだりしている裸のキューピットで縁取られている。さらにその向こうには、奥まった寝室に続く迫持の周りに彫られた薄青色とローズピンクの豊饒の角《つの》のレリーフが見える。

二人はしばらくそのままじっと見つめ合った。それからテンプルトンは立ち上がって、トルコ風の緩やかな部屋履きで気取って小刻みに歩きながら、物憂げな顔に愛想笑いを浮かべてイラズマスの方に進んで来た。

「これはこれは、ようこそ」彼は手を差し出して言った。「どうぞお座り下さい。お元気そうですな」

「どうにか元気にしております」

イラズマスは次官を憂うつそうに見た。温かく迎えられても、その憂うつな気持ちが和《やわ》らぐことはなかった。歳月が彼の頬から色艶を奪い去っていた。その表情には忍耐もしくは拒絶からくる険しさがあり、唇は固く結ばれていた。その険しさは内からくるものなのか、それとも外からくるものなのか明らかではなかった。しかし、目は変わっていなかった。細く黒い目は、絶えず敵に対して見せるような鋭いまなざしをしていた。襟と袖口を泡立つようなレースで強調した暗褐色のビロードのスーツを非の打ちどころなく着こなしている。黒い髪を流行に合わせて長くしており、髪粉は掛けず、濃い赤のリボンでうしろで結んでいた。

「お時間はとらせません」とイラズマスは言った。

「必要以上にお邪魔することはいたしません。あなたは国事でお忙しいでしょう」

「むしろ私は憂事と呼びたいですね。この押韻を使って気の利いたエピグラムをつくりたいのですが。残念ながらこのところ詩作の時間がとれません。あなたは詩は？　お書きになりませんか？　詩作には心の平安が必要です。身支度を続けてもよろしいでしょうか？　エヴァニー令夫人に午前中、呼ばれていまして」

「それはそれは。是非ともお続けください。あなたがエヴァニー令夫人を失望させるようなことがあっては申し訳ありませんから」

テンプルトンは鏡の中からイラズマスに鋭い視線を送ったが、何も答えなかった。彼は小さいブラシで頬紅の仕上げにかかっていたのだ。

「あなたは私のことも、私が代表する者たちのこともわかっておいでです」とイラズマスは始めた。

「だから必要――」

白いターバンと上着を着た黒人少年の給仕が、砂糖壺、湯気の立ったホットチョコレートのカップ、それにウェハースの載った皿を漆塗りの盆に載せて入って来た。

「やっと来たな、お前」とテンプルトン。「私の横に置きなさい。お前はもっと賢くならないとな」

少年はほほ笑み、目が輝いた。彼は驚くほど完璧な歯をしていた。

「まだ英語があまりわからないのです」とテンプルトンは言った。「手元においてから二週間と経っていません。ストランド街にあるジョージのコーヒーハウスで行われた競売で手に入れました。この前はグランヴィル卿に譲りました。卿がお気に召されたのです。この子はさらに美しい顔立ちをしています。もちろん天然痘であばたができたのを買うべきなのですが。その方が安全ですからねえ。でも、私は滑らかな肌が好きなんです。チョコレートをお飲みになりますか？」

「いいえ、結構です」とイラズマスは言った。「先ほど朝食をすませてきたばかりです」

すでに午前の中ごろだったので、これは正確ではなかった。しかし、むかつくような腹立たしさが募っており、目の前の男と必要以上のものを分け合う気にはなれなかった。そうでなくても、部屋の空間とその中のよどんだ空気と、ある知識を共有しなければならないのだ。

「さあ」テンプルトンは、いら立たしげに手を振って黒人の少年に言った。

「そこで何を待っているんだ？　シッシッシッ。速く行くんだ」

イラズマスは淡々とした口調で言った。「私は前回と同じ用件で参りました。あなたが適当とお考えになった金額をお使いいただけるようにと用意してお渡しいたしました。にもかかわらず、あなたの側では何ら実質的な成果が上がっていません」

「ああ卑金属、つまりカネのことですか。そういう話になると思っていました」

テンプルトンは軽蔑するように言った。

「そうです。カネです」とイラズマスはわずかにほほ笑んで言った。「うんざりする話題だと思われるでしょうが、カネを出す側は、それがどのように使われるのか関心を持つのです」

むかつく気分は消えなかった。今度は自分自身に対するむかつきの方が大きくなっていた。誰かを代わりに来させるべきだったとイラズマスは思った。

しかし彼は誰も信用していなかった。テンプルトンがおびえていること、そして彼の身振りの一つ一つ、声の抑揚の一つ一つがその事実を隠そうとするものであることを知っていた。イラズマスはさらに多くのことも知っていた。テンプルトンの経済状況と縁故について、彼と利害をともにしている者たちについて、彼の手先、賭博の付け、好みの少年について知っていた。また、彼が昇進する以前、彼の妻が田舎の屋敷で一人酒に浸って従僕で自らを慰めていたことも。イラズマスは自分の持っている情報に心底うんざりしていたのだ。

「これほどうるさく問いただすのは、確かに嫌味でしょうが」とイラズマスは冷淡に言った。「問題はそこなのです」

「なかなか辛辣ですな。何の成果も上がっていないというのは正しくないですね。王室には歳入を増やすために砂糖に増税すべきだという意見がありますが、それを阻止しているために私は不興を買っています。砂糖関税は、フランスとの戦費を賄《まかな》うために引き上げられて以来、上げられたことはないのです。もう四年近くも」

演技か本気か、テンプルトンは憤慨してみせた。しかしカップを置くときの両手の震えは演技ではなかった。

「あのときは増税に同意しなかったら、私は国賊の烙印を押され、地位を失っていたでしょう」とテンプルトンは言った。

「失礼ながら」とイラズマスは相変わらず淡々とした口調で言った。「いずれにしても、たとえあなたのお力添えがなかったとしても、増税は抑えられてきたでしょう。ご承知の通り、下院には直接我々のために投票する五十三人の議員がいます。そのほかにも、あなたもご存じの、どうにか買収できる議員たちがいます。西インド貿易に関しては、我々は議会の均衡を逆転できるほどの勢力となっているのです。議会の法案審議のために、あなたの力を必要としているわけではありません。それはよくおわかりですね、ウィリアム卿。我々は、舞台裏の枢密院で、あなたに影響力を振るっていただきたいのです。あなたの執拗な――」

このとき召使が腕に衣服を掛け、半ダースの鬘《かつら》を載せた長い棒を槍のように体の前に持って入って来た。

「ああ、ビンドマン」テンプルトンは気をそらすものが現れたことを喜んで言った。「さあどうしようか」

「銀糸のかがりの付いたクラレットのスーツと」と召使はイラズマスに軽く会釈してから言った。「銀の鬘を合わせたらいかがでしょうか。くすんだ色の鬘はワインカラー地と銀糸には合いません。特にスーツがサテンで光沢がある場合には」

召使はその場に誰も居合わせていないかのように、打ち解けた甲高い声で話した。明らかに慣れた話し方だった。寝室に滑るように入り、ベッドの上に衣服を置いた。

「これはいかがですか？」

召使は棒から鬘を一つ手際よく取り、戻って来て言った。ポケットからは小さな髪粉吹きを取り出している。

「おい、ちょっと待て」とテンプルトンは言った。「どうして、いつもそう急がせるんだ？」

「私は二人だけでお話をしたいが」とイラズマスは冷たく言った。「この男が鬘を持って飛び回っているのでは話ができないですな」

威厳を示そうとしてテンプルトンは返事を遅らせた。彼は高く巻いたターバンをほどき始めていた。鏡を通してイラズマスをちらっと見ながらそのままターバンをほどき続けた。召使の前だと落ち着かなくなるとは何とも生まれの卑しい奴だ。破産した田舎者のせがれじゃないか。こんな連中がのさばるとは困った世の中だ。テンプルトンは独自の情報源を持ち、西インド省の執務室にはイラズマスに関するファイルがあった。

彼は訪問者のくつろいだ無頓着な姿に目をやった。それは固く結ばれた唇、張り詰めた傲慢なまなざしに似合わなかった。どこからともなく現れて無一文から身を立てた男。その経歴は、才気ある者たちや破廉恥な者たちにとってチャンスのある時世とはいえ、とんとん拍子の出世だった。イラズマスはまず、トマス・フレッチャーの会社の社員となった。この会社はジャマイカと大規模な取引をしており、自社のプランテーションで栽培する砂糖きびから作った砂糖を自社の船で輸送し、ロンドンの商品取引所で売っていた。イラズマスは幾度か、あるときは法を踏み外さない程度に、あるときは法を破って、雇い主に自分が役立つことを証明した。テンプルトンは後者について多少情報を持ってはいたが、利用できるほどではなかった。イラズマスは二度ジャマイカに行っている。会社の土地を広げるためだ。その方法は、現地の役人に賄賂を贈ったり脅したりして、借金を返せなくなった小作農への抵当権実行命令書に署名をさせるというものだった。こういった尽力に加え、あまりはっきりしない働きもあり、イラズマスは五年間で正共同経営者の座に就いた。彼はまた、ヒューゴ・ジャロルド卿の娘との結婚という形で砂糖と結婚した。ヒューゴ卿のマーチャントバンクは西インド貿易における卿の関係先への金融業務のために設立されたものだった。マーガレット・ジャロルドは美貌も優雅さも持ち合わせていなかったが、八万ポンドとも言われる持参金で十分その埋め合わせをした。イラズマスの現在の財産については推測するしかない。だが、テンプルトンの立場から見てイラズマスに関する重要な事実とは、彼が最近、西インド協会の副会長の座に就き、協会全体の意向を代弁できる立場になったという点だ……。

テンプルトンはターバンをすでにほどき、ほとんど禿げ上がったその長い頭を見せていた。「ビンドマンは口の堅い男でしてね」

やっと彼は言った。

「この五年間私のところにいます」

「私は五分と一緒にいたわけではありませんが、それだけで十分わかります」とイラズマスは言った。「こうして彼と一緒にいることは、ありがたいことと受け止めるべきなんですかね」

「よろしいでしょう」テンプルトンは疲れたといった様子で言った。「ビンドマン、退がっていい。今朝は自分で着るとしよう」

「ご自分で着るとおっしゃるのですか?」

召使の慇懃な物腰が気遣いと驚きで乱れた。

「そう、そうだ。自分で着る。私を自分で動くことのできない人形とでも思っているのか？　さあ、退がってくれ。それに今待っている連中を追い払うようビッグズに言え。今朝は誰にも会っている暇はない」

召使が退室するのを待ってイラズマスは再び話し始めた。彼はテンプルトンがすでに大半は知っていることを話していた。キングストンでは、植民者による一般投票で選出された地方議会が財政を握っており、イラズマスが代表する不在地主の利益に反する方針を認可するよう総督に圧力をかけている。議会は総督の給料も支配している。彼らは広大な土地を没収して島の小農民に再分配しようとしているのだ。もちろんこのような措置は、国王陛下の政府が反対している……。

「あるいは政府が反対してしかるべきです」とイラズマスは言った。「さもなければ、財産保護という政府の最も神聖な義務の一つを放棄することになります。そもそも人が社会生活をする最大の目的は、自分の財産を安全に保つことにあるのですから」

「確かにおっしゃる通りです。私が光栄にもお仕えしておりますロッキンガム卿〔時の英国首相〕の現政権はそれを保証するために全力を尽くして参りました」

イラズマスから冷淡な態度が消え、彼は唐突に身を乗り出した。

「ならば、どうして植民地議会の動きを野放しにしておられるのですか？　植民地でも法律は生きているのですよ。それがなぜ施行されないんですか？

なぜ我々のためにもっと活動していただけないのですか？　とりわけ、あなたが受け取った金額、それがかなりの額であることを考えれば、そうするのが当然じゃないですか。なぜ私自身がわざわざここに出向いてあなたの機嫌をとるために自分の時間を浪費しなければならないのか？　そんなことを私が快く思っているとでもお考えですか？　愉快だとでも？　えっ？」

「これは、これは！」テンプルトンは相手の目に表れた敵意の炎にショックを受けた。「何とお答えしてよいか」テンプルトンは思わず立ち上がってイラズマスとの間に化粧テーブルをはさもうとした。その日、あとでホワイト亭で仲間の一人に語ったように、イラズマスは飛びかからんばかりだった。

「本当のところ、身の危険を感じたよ」とテンプルトンは言った。「しかも手元にあったのはあのビンドマンの奴が置いていった私の鬘を載せた棒だけだったからねえ」

いつもの調子で進んできた会話から突然離れて、このようにイラズマスが怒りを爆発させるとは、テンプルトンには理解できなかった。テンプルトンは切れ者だったが、自分が想像できないことを理解するのは無理な話だった。テンプルトンはイラズマスの怒りに思い当たるところがなかった。イラズマスが憤慨したのは、あたかもイラズマスが相手と同じ気質であるかのように、あたかもこの下劣なめかし屋と同じ考えを共有するために長年苦労を積んできたかのように、この軽蔑すべき男と同じ言葉を使い、似た表現を交わしていることに気づいたからだった。そのことにテンプルトンは思い至らなかった。たとえ、それにわずかでも感づいたとしても、自分の利益を守ろうと心を砕いている相手にそのような思いがあるのはばかげていると思っただろう。テンプルトンがそれに気づかなかったことは、さほど長所のない彼の性格の中では長所の一つだった。彼は金《かね》で動く堕落した男だったが、自分の動機を自分に対して美化したりはしなかった。ただ他人に対してそうしただけだ。

「そう単純ではないのです」とテンプルトンはなだめるように言った。

「しばらく私に反対の立場からの主張を指摘させてください。あなたのおっしゃるプランテーションは、十年に一度も島に足を踏み入れることのない地主が所有しています。彼らの地所はその土地の弊風、つまり酒と商売女により遺憾ながら身を持ち崩した監督によって不当に管理され、悪辣な代理人によって搾取されています。その結果、砂糖の需要が伸びているこの時期に、政府にとっては税の損失となっているのです。それに人口の不均衡によって、奴隷による反乱の危険があります。もっと多くのイギリス人が植民地に定住するような方途を探らなければなりません。前回の集計では、十万人以上の黒人に対し、イギリス人はわずかに二万五千人でした。奴隷と白人の割合を定めた不足法が不在地主の慣行を制限できませんでしたから、現地の議会では土地の再分配への要求がかまびすしくなっているのです。国会内でもこういった要求に対して同情を示す者たちが、特にチャタム伯〔ウィリアム・ピット、十八世紀英国の政治家〕の取り巻き連中の中におります。その者たちの名前を挙げる必要がありますか?」

イラズマスはしばらく黙ってうつむいていた。怒りは消え、いつものむなしい気分が残った。

「その必要はありません」とイラズマスは言った。

「それが誰かは十分わかっています。我々にとっては、よろしいですか、あなたがどうおっしゃろうと、問題は単純です。誰が総督であろうと、我々には総督に収入を保証する用意があります。そうすれば総督は現地の議会から独立できます。しかし何より実質的な変化は、枢密院の決定が施行される過程で起こらなければなりません。たとえ地方の法律が総督によって支持されても、枢密院はそれを却下する法的権限があります。もし枢密院による決定の施行が遅滞しているとすれば、それは必ず単数か複数の人物がその過程を妨害していることを意味しています。これは立法の問題ではなく影響力の問題です。だからこそ、まずあなたに近づいたのです。あなたに舞台裏で発言していただくようにと」

しかしその発言力はどれほどのものなのだろうかとイラズマスは、目の前にある濃い眉毛をして頬紅をつけた悲しげな顔が、釣り合いのとれない作り笑いをわずかに浮かべているのを見て思った。そしてどれほど頻繁に、どれほど本気で発言してくれているのだろうか? ここしばらくイラズマスは、テンプルトンが反対勢力からも賄賂を受け取っていると、ひそかに信じていた。こういった連中は言い逃れに長《た》けているため長く脅しておくことは難しい。彼らにはこれほど長きにわたって自分たちを潤《うるお》してくれた賄賂の泉が干上がってしまうとは簡単には信じられないのだ。ウェストミンスター周辺では賄賂は年金のように支払われている。誰が誰に利益の保証を求めて賄賂を贈っているのかが忘れ去られたあとあとまでも……。

「我々が欲しいのは結果です」とイラズマスは静かに言った。「待つことにうんざりしているのです。我々が支払い続けるのをやめてあなたに疎んじられるより、いたずらに支払い続ける方を選ぶだろうと、あなたはお考えかもしれない。もしそうなら、そういったお考えは改められた方がいい。私の前任者の時分ならそれで通ったかもしれないが、今ではそれでは通らない。それははっきりさせておきます。ある人物の友情が我々の役に立たないことがわかったときには、その人物を敵に回しても恐れるに足らないというのが私の見解です」

イラズマスは目の前の男をしっかりと見据えて立ち上がった。

「それに対して、あなたは我々を敵に回したら恐れるものをずいぶんお持ちだ」とイラズマスは言った。「ウィリアム卿、今日は頭に鬘と一緒に分別も載せて私の言葉をよくお考えになったらどうです。私の申し上げていることがはっきりおわかりいただけたと思いますが」

「ええ、はっきり水晶のように透明に、いや半透明程度には」テンプルトンは相手と視線をどうにかしっかりと合わせて言った。

二人はこのように協調的とは言い難い雰囲気の中で別れた。イラズマスが外に出ると中庭には駕籠かきが指示通り待っていた。しかし外気を吸って体を動かしたいという気持ちから、金を払って帰らせた。

イラズマスはアルバート・ゲートを左手に過ぎ、歩行者用の小さな木の橋を渡ってウェストボーン川を越え、ハイドパーク・コーナーの方角に歩き始めた。しばらくすると右手に刺すような痛みを覚えた。手のひらに浅い傷があり、わずかに血が出ていた。初めは何の傷か理解できなかったが、テンプルトンと話している間にできた傷であることにすぐ気づいた。拳を強く握り過ぎたために爪で傷つけてしまったのだ。右手だけだと漠然と思った。左手にはステッキを握っていたからだ。このところ、イラズマスはますます神経の高ぶりを感じることが多くなっていた。あとになって不快感からそれに気づくのだ。いやむしろ、夜中に痛みで目が覚めるように、と言った方がいいかもしれない。

左手にはハイドパークの壁があった。道の向かいには、ナイツブリッジに面して小さな家屋の並びが、それからホワイトホース亭が、さらにセント・ジョージ病院があった。彼は道を横切り、病院の庭に沿ってグローブナー・プレイスに入った。その道の先には建物がなく、「五つの野」として知られているヒースの野原が広がっていた。イラズマスはしばらくここに立って、点在する池やれんが窯を眺めた。

そこは静かな一角だった。丸石が敷かれたピカディリーを行く荷車や馬車の音や行商人の呼び声が彼のところまで届きはしたが、かすかに聞こえてくるだけだった。ぼろをまとった不具の男が、広場のナイツブリッジ側の角で片足を引きずって、金を恵んでもらおうと、窓を見上げながら手回しオルガンを回していた。その調べはイラズマスの耳に届いたが、弱々しくゆがんでいて、聞き取ることはできなかった。池のきらめきや、その上空を旋回するカモメや釣り人たちの姿が見えた。十月の初旬で、雨が多く風が強かったが、今日はわずかに日が射している。背後の庭の枯葉の山から湿った臭いがした。

彼は先ほどの会話を、テンプルトンの気取りとはぐらかしを嫌な気分で思い出した。それでもついに奴に釘を刺してやった。一体どうしてあのような男に会う羽目になったのだろう？　迷宮で怪物に出くわすように、二度とない偶然によってあいつに出くわしたのだ。そう思い込もうとした。しかしもちろん偶然ではなかった……。広々とした空、池の淡い水面《みなも》に反射するカモメの翼、その向こうの何もない空間がわずかに吐き気を催させた。ロンドンはここで終わっていた。少なくとも彼のロンドンは。それはすべて彼の背後にあった。政府と銀行と会計事務所の街が、それにこの十二年間彼が成し遂げたすべてがそこにあった。フレッチャーの会社の正共同経営者の座、義理の父の銀行の持ち株、セント・ジェイムズ・スクエアの屋敷、自分の金で手に入れた権力と地位が。彼は懸命に働き、自分を殺し、何でも、たとえ下劣なことでもためらわずにやった。自分との約束、父の記憶があらゆることから悪を洗い清めた。父の名と信用を回復する過程で自分の名と信用を築き固めた。ケンプの名は再び無視できないものとなった。しかも三十五歳の誕生日までまだ二か月もある。

これは紛れもない勝利だ……。彼は遠くで独り釣りをする釣り人たちのぼんやりした姿を再び眺めた。あの深い池にいるのは川カマスだろう。その向こうには通行料徴収所が、そしてその向こうにはメリルボンの市場向け農園と、牛飼いたちの小屋が建つ野原を抜ける道がある……。何かが、完全なものへの郷愁あるいは欲望のようなものが、目的も方向もなく生々しい衝動をともなって不意に彼をとらえた。手回しオルガンの調べが近づいていた。イラズマスは広場を横切って去ろうとしたが、すぐ戻って男に一フロリンを与えた。しばらく男の黒い目と目を合わせ、顔に苦難の跡を見ると、男が同じ節を鳴らしながら足を引きずって行く通りの数々が一瞬、頭をかすめた。

石段を降りて公園を横切り、管理人の小屋を過ぎ、ピカディリーに出て、貯水池まで来ると再び脇道に入った。彼の屋敷はセント・ジェイムズ・スクエアの一角にあり、柵で囲った庭を見下ろしていた。

家に着くと案の定、妻のマーガレットはまだ寝室にいた。昼を過ぎたというのに起きたばかりだった。彼は妻の行動をよく知っていた。化粧に少なくとも二時間かけ、紅茶を飲み、午後遅くに家を出て、一回り知人を訪問するのだ。今日はもう会うことはない――多分、明日のこの時間まで。イラズマスは義理の父ヒューゴ卿のことで妻に話しておくことがあった。ヒューゴ卿とは最近、仕事上での対立があり、また、マーガレットが夫のことで不満をこぼす相手が父親であることもあって、うまくいっていなかった。

初老のフランス人女中が寝室にいて朝食の後片付けをしていた。イラズマスが現れると女中は動作をゆっくりさせ始めた。妻のプードル犬、フリッツはイラズマスが入って来るとキャンキャンほえ立てた。彼と犬との間には両者とも譲らない長い反目があった。マーガレットは自分の犬をたしなめたが、その口調は夫を迎えるときの口調と変わりなかった。彼女は頭を、黒いクレープで覆われた大きな丸クッションの上に置き、くしでうしろに解いてカーラーで結んだ髪もクッションにのせていた。彼女は流行にひどく敏感で、近ごろの流行は髪を高く積み上げるものだった。顔は白いクリームで完全に覆われていた。

「彼女に早く後片付けをさせて、しばらく二人きりになれるよう言ってくれないか?」

イラズマスが言うと、女中の黒い目がきっと彼をにらんだ。女中のマリーはプードル犬とまさに同じ気持ちを彼に抱いていた。

「どうして? マリーは口が堅いのはご存じでしょう」

イラズマスはため息をついた。これで今日は二度目だ。

「そういったことは私にはわからない」と彼は言った。「お前は女中が部屋にいないと十分といられないのかね?」

「私は自分が疑い深い性格でなくってうれしいわ」と妻は言った。「マリー、行って。用があるときには呼び鈴を鳴らすから」

イラズマスは女中が出て行くまで待って、妻の父親が最近、熱を上げている奴隷貿易への投機について妻に話し始めた。ジャロルドはどういうわけか奴隷貿易が近々議会の立法によって非合法になると信じ込んでいたが、とりわけ、どのようにして、また誰からその情報を手に入れたのかイラズマスは知りたかった。ジャロルドはバルバドスとヴァージニアの代理人たちに、法案が議会を通って法律となったときに政府から補償を得るため、できる限り黒人を買うよう指示していた。

「父上は気が狂っている」とイラズマスは言った。「これが唯一考えられる結論だ。そのような法案が提出される見通しはどこにもない。奴隷制度廃止路線を取る議員は三人を超えることはない。信頼できる筋によると、父上は市場価値のない劣悪なニグロを買い上げている。老いぼれでも病気持ちでも不具でもかまわないというんだ。父上は補償金という愚にもつかない考えに取りつかれている。ニグロ全員を食べさせて生かしておかなければならないとすれば、かなりの出費になる。持て余した末に、どうやってもニグロの半分は死ぬことになるだろう」

妻の顔を覆うクリームのマスクは、目に表れるものを除いてどのような表情をつくることも許さなかった。その茶色の目は光って不機嫌に満ち、彼を見てはいなかった。

「時を見て父上に話して、愚かな行為をやめるよう説得してくれないか?」

「まあ、あなたはめったに感情を込めてお話にならないのね。それとちょうど同じ口調で私に求婚されたわ。父のことをそれほどまでに気遣ってくださるなんて思いも寄りませんでしたわ」

イラズマスはしばらく何も言わなかった。妻の不身持ちや留守、不義の疑いに対して彼はこれまで無関心な振りをしてきたが、それと同じように、この当てこすりに対して矜持から無関心を装おうとした。内心、妻が言ったことはまったく正しいと感じていた。彼は二人の関係を貸借対照表のように考えていた。ロンドンの不動産市場が拡大する時期だったため、妻の持参金は彼が望んでいたよりもずっと早く相当な投資資金を用意してくれた。父ケンプの負債をすべて返済する計画のために必要な歳月を妻は省いてくれたのだ。イラズマスは彼女を手に入れるために愛を誓ったが、愛という通貨で彼女に返済しなかったのだから、ほかの返済手段を選ぶのは彼女の自由だった。彼は彼女をとがめず、ひたすら自分の関心に専念していた。妻を怒らせたのはまさに夫のそういった態度だった。

イラズマスはクリームに覆われた彼女の顔とグロテスクなほどに高くセットされた髪形を見た。七年間の結婚生活で一度も二人の間に信頼関係があったためしはなかった。

「いいかね」とイラズマスはようやく言った。「もしお前が父上の身を案じるならば、誤解を解いてあげなければ」急にある考えが浮かんだ。「誰がそういったくだらない考えを吹き込んでいるのか探ってみてくれないか」

彼女は湿らした脱脂綿で顔からクリームを取り始めた。使った綿はベッドの脇の上にある小さな銀皿に落とした。結婚当時は顔の色艶が良く、それが唯一彼女の魅力だったが、今は失われていた。不幸にも血色は悪くなり、多用する化粧品のせいで肌はくすんでいた。

「つまり私に自分の父親のことをこっそり調べてほ

しいというのね」と妻はしばらくして言った。「父上のためでもあり、私たちのためでもあり、銀行のためでもある。妻としての義務以上のことをお前には頼んでいない」

その言葉に皮肉を込めたつもりはなかったので、妻の顔に笑みが浮かんだのを見てイラズマスは驚いた。銀行の利益が彼にとっては最優先だった。彼は二、三歩妻の方に歩み寄った。「誰が奴隷制廃止のデマを流しているのか知りたいんだ」彼はプードル犬が寝そべっているクッションに近づき過ぎたので、犬は歯をむき出しにしてリボンで飾ったたてがみを彼に向かって振るわせ、猛烈な勢いでキャンキャンほえ立てた。

「静かにしろ、このちびめ」

「どうかかわいそうなフリッツに構わないで」

「かわいそうなフリッツだって？」

イラズマスは獣をじっと見た。

「こんな犬が何の役に立つのか私には理解できないね」

それから二人は黙ったままだった。自分の用件を言い終えた以上、あとは何を話したらいいのか彼は思いつかなかった。妻の行動や関心は彼にとって縁の遠いものであり、知り合いもまったく異なっていた。

「今夜は外出する」とイラズマスはようやく言った。「外で食事をする。馬車はいらない」

「それはありがたいこと。クラブにいらっしゃるの？」

「いや、協会の祝賀会だ。前に話したと思うが」

しかし、妻がそういったことを何も覚えていないのは彼にはわかっていたし、自分でも祝賀会のことを妻に話したのかどうか確信がなかった。祝賀会のあと、トリオンフィ・クラブの会合に出席するために若手だけでコヴェント・ガーデンの居酒屋に行く予定については何も話していないはずだった。西インド協会の副会長として、彼は今ではそのクラブの中心人物となっていた。トリオンフィの活動は秘密の宣誓に基づいて行われていた。しかし祝賀会は盛大な催しだったので妻に話していたかもしれない。ジャマイカの議会は歳入を殖やすため、ジャマイカに輸入される黒人一人ひとりについて課税しようとした。アフリカ貿易商会社の支援を受けた砂糖業者は、自分たちの利益に対する不当な課税に当然反対した。長期にわたり法律問題の戦いが繰り広げられたが、協会側の弁護団の見事な弁論により、ついに商務省はその法律をイギリスの通商にとって正当化できないもの、不適切なもの、有害なものと裁定したのだった。こういった状況を彼は妻に説明しようとしたが、すぐに彼女は夫を遮ってマリーを呼べないかと聞いた。

「マリーを呼び戻さなければ」と妻は言った。「あなたがこれほど長くいらっしゃるとは思わなかったわ。ぜひマリーに戻って来てもらって、このクッションのピンを外してもらわなければ。やり方を知っているのはマリーだけなの」

これを聞くとイラズマスは別れを告げた。午後、彼は秘書と書斎に閉じこもり、さまざまな書状の対応に追われた。彼は協会における自分の立場をよくわきまえていたからこそ、かなり余分な仕事をこなさなければならなかった。

会長のジェイムズ・ウィグモア卿は齢《よわい》八十を越えますます衰えが目立っており、最近はほとんど仕事をせず、式典に姿を現すだけで、今晩の祝賀会ではスピーチをする予定だった。この会はチャンセリー通りから入ったアフリカ貿易商会社の建物で開かれることになっている。今晩、協会の会員は会社の招待客だ。

通りは午後の雨でぬかるんでいた。イラズマスは紺青《こんじょう》色のサテンのスーツを汚さないように長い乗馬用マントを着ていた。中庭で馬を繋ぎ、馬屋番にマントとブーツを渡し、持参したかかとの高いエレガントな靴に履き替え、控えの間に上がって行くと、彼の到着が大声で告げられた。そこにはすでに大勢の人々が集まっており、その何人かは顔なじみだった。ジェイムズ卿が到着して、直接ダイニングホールに入った。笑みを振りまき、うしろ髪の長い鬘《かつら》を着けた頭は絶えず揺れている。お仕着せを着たヘラクレスのような体格の召使に巧みに支えられてテーブルの上座に着いた。卿の着席が晩餐会開始の合図だった。通廊のオーケストラが「戦捷勇士」を演奏し始め、七十人ほどが列をつくって進み、長いテーブルの各自の席に着いた。テーブルは、格間《ごうま》を施した天井、二列に並んだドーリア式柱、青と金で彩《いろど》られたきらびやかな化粧しっくいのモールディングといった壮麗な室内装飾の中央に置かれていた。この装飾はかなりの費用をかけて、イタリア人の石膏《せっこう》細工職人ピエトロ・フランチーニが最近完成させたものだ。

いつものようにスープのあとに最初の乾杯があった。会社の会頭が招待客を歓迎し、イギリスの商品に課税する者は誰であろうと地獄に堕《お》ちるようにと乾杯の挨拶をした。それからジェイムズ卿が椅子のうしろに立っていた召使に支えられて立ち上がった。卿は西インド協会を代表して主催者たちに感謝の意を述べ、今度の裁定によって見事にその正当性が立証された根本方針に乾杯した。ジェイムズ卿はさらに訴訟の弁護団、特に今晩の主賓で、弁護団を指揮した弁護士ジョシュア・ムーア氏に謝辞を述べた。彼らの勝利によって、国家にとっての三角貿易の価値がはっきりと認識されたのだ。ジェイムズ卿の意見では、東インド貿易は有害である。イングランドの銀を流出させ、不必要な商品を買い込むことになる。それに対してアフリカ貿易はイギリスの製品を使って営まれ、イギリスが外国人の手を借りることなく熱帯産品を供給する健全な貿易である……。ジェイムズ卿は真っすぐに立ち、震えてはいたが穏やかなまなざしでテーブルを見回した。

「諸君、特にどの熱帯産品のことを私が言おうとしているのでしょうか？　諸君の答えをお聞かせ願えますかな？」

陽気な叫び声で返事が戻ってきた。

「砂糖だ！　砂糖だ！」

「では砂糖に乾杯」と老人は言って、喝采の中、二杯目を飲んだ。

テーブルの上座からわずかに離れたところに座っていたイラズマスは、向かいに席を用意されていた弁護士をちらっと見た。ムーアは骨張った油断のない顔をしていたが、酒のせいで少し赤らんでいた。彼はジェイムズ卿の謝辞を上機嫌で落ち着いて聞いていた。イラズマスと目を合わせると会釈しグラスを上げた。

「ご健康を祝します」とムーアは言った。

「あなたのご健康も」

イラズマスはめったに判断力を乱すほど飲まなかったが、今晩はふだんより飲んでいた。このあとに予定されているトリオンフィの会合を前にいくぶん緊張していたのだ。それはクラブの新会長への彼の就任式であり、彼の挙動は注視されることになるだろう……。

「東インド貿易に対するジェイムズ卿の見解に関しては、異なる見解を持つ者も私共の中にいるかもしれませんが」とイラズマスはムーアに言った。「あなたが私共の訴訟を見事に勝利に導いてくださったことについては、全員意見が一致いたしております」

相手側から報酬を受けていたら、この男は同じように雄弁に相手方を弁護しただろうと、うんざりしながら思った。弁護士とは金《かね》のためだったら何でもやる生き物だ。しかもこいつはアイルランド人ときている。連中は国をあげての口達者だ。

「そう言っていただけてうれしく思います」ムーアはわずかにほほ笑んで言った。「あなたは東インド貿易を是認されるのですね？」

イラズマスは習慣となっている用心深さから一瞬ためらった。しかしこれは周知の事実だった。

「私の会社はエリオット父子商会を支援しております」とイラズマスは言った。「この会社は中国茶の主要な輸入業者の一つです。昨年わが国に輸入された六百万ポンド以上の茶が課税の対象となったことをご存じでしたか？　しかもその輸入量は今後ます増えることでしょう。我が国の新植民地インドは大規模な茶の生産が可能なことを、すべての報告が示しています。茶が増えれば砂糖も増える。これを理解するのに大して頭を使う必要はありません」

「先見の明がおありのようですね」

相手が言った。その口調にはいくぶん皮肉が込められていた。おどけた青い目が自分を見つめているのにイラズマスは気づいた。

「では、教えていただきたいのですが」と弁護士は穏やかに言った。「そのように茶がますます入ってくると価格が下がって庶民にも買えるようになると思いませんか？」

「ええ、やがては」

「かなり短期間のうちにそうなるとは思いませんか？　そして彼らが茶を飲むようになると膨大な量の砂糖を必要とするのでは？」

「もちろんですとも」

イラズマスは自分のグラスに再び酒を注ぎながら

言った。彼は相手の言い方にいら立っていた。うるさく反対尋問を受けているかのようだ。近くに座っている者たちが耳をそばだてているのを意識した。

「そうなればますます我々の商売は繁盛します」とイラズマスは素っ気なく言った。「どんな愚か者でもわかることです」

「それがわからないのが、ここにいるのです」弁護士は機嫌のよさを失わずに言った。「失礼ながら、あなたはご自分の落とし穴を掘っていらっしゃる。私たちが話しているのは茶がビールよりも値段が安くなったときのことです。砂糖に対する需要の大きいことがいったん認識されたときでも、西インドの少数の農園主は思いのまま価格を支配し続けることができると思いますか？　人々は別のところから砂糖を買おうとするでしょう。もっと安いところならどこでもいいわけです。貿易には神から与えられた権利などというものはないのです」

イラズマスは憤然とした。どのような立場に立つ政府も、自分の国を外国との競争にさらすことがあろうとは彼には想像もつかなかった。一国はほかの国を犠牲にすることによってのみ豊かになり得る。これが彼にとって格言であり信念だった。しかし弁護士に反論している時間はなかった。牛肉料理の残りは片付けられ、シャーベットが出された。イラズマスが協会の副会長として、主催者であるアフリカ貿易商たちの健康を祝して乾杯の音頭を取る番だった。彼は立ち上がり、スプーンでグラスをたたいて一同が静かにするよう促した。客たちは料理と酒で意気上がり、やかましくなっていたので、静かにさせるにはしばらく手間取った。彼は間《ま》を取り、前もって準備しておいたジョークを交えてよどみなく話した。芝居がかった振る舞いをする者を相変わらず軽蔑していたが、長年の間に人を喜ばせる術は大いに学んでいた。

挨拶の核心にくると彼は真剣になり、その部屋にいる誰もが何らかの形で依存している奴隷貿易の価値と重要性を指摘した。行政が変化し、内閣、政党が代わっても、常にこの貿易が是認され、その奨励が投票で支持され、国家への貢献が至るところで認められるのは、その価値と重要性のしるしにほかならない……。

とりわけ、同席者たちが聞きたいのはこういったことであり、イラズマスは拍手喝采の中を再び着席した。席に着くと弁護士には二度と話し掛けることも目をやることもなく、右の席の男ともっぱら話をした。この部屋にいるほとんどの者たちと同様、彼はこの男のことをよく知っていた。このような集まりには必ず出席する人物だった。仲間の間では砂糖博士として知られているドクター・エベニーザー・スリングズビーは、彼のやり方で砂糖貿易に対して誰よりも貢献してきた。彼は三十年以上も砂糖の医学的効用をあらゆる形で飽くことなく宣伝し続け、近ごろ「砂糖の弁護」という学術論文を発表したが、この中で砂糖が階級、年齢、性を問わず誰にとっても有益であることを完璧に証明してみせた。その間ずっと彼の研究は西インド協会からの惜しみない補助金によって前進したのだった。

スリングズビーはぶくぶくと太り、いくぶん息を切らせ気味で、歯はぼろぼろだった。しかし目のあらゆる病気に対する彼の新薬――二ドラムの精製氷砂糖、一グレインの金箔、四分の一ドラムの真珠――についてイラズマスに説明するとき、丸々とした顔はてかてかと光り、目は輝いていた。

「それを微細な粉末にするのです」と医者は言った。「乾燥したら適量を目に吹き込みます。二分以内に効き目が出てくるでしょう」

「真珠と金箔では高価な薬になりますね」とイラズマスは言った。「ほとんどの者には手が出ません」

「おっしゃる通りです。これは上流社会の人々のために開発されたものです。目下、あらゆる外傷に特効のある、練り砂糖から作ったハンドローションの特許権を申請しているところですが、これは庶民にも十分手が届きます。また、砂糖の粉末で作った歯磨剤の開発にも取り組んでおりまして、これも安価になるはずです。私の歯を救うには残念ながら手遅れですが」

このとき彼が見せた笑顔は、歯が末期状態にあることをありありと示していた。

「しかしながら、我々は自分たちのためにのみ研究を重ねているのではありません。若い世代はきっと我々に感謝することでしょう。今、スリングズビー嗅ぎ砂糖が売り出されていますが、必ずやたばこにとって代わると信じています。これは全国民の健康を増進させることになります」

医者はそこでいったん話を止めてワインを飲んだ。彼の指の爪は妙に一様に白っぽく、爪の下には血が通っている様子がないことにイラズマスは気づいた。

「それは朗報ですね。砂糖がそれほど利用できるとは思いもよりませんでした」

砂糖博士はグラスを置いた。

「よろしいですか。砂糖には千もの利用法があって、世の中のあらゆる必需品の中で最も使い道が多いのですよ。もちろん、第一には、食品、しかも一流の食品です。人は砂糖製品のみで何週間も生きることができます。しかもいささかの害もないことは私が自分の体で証明しました。しかしながら、砂糖は保存料、溶剤、安定剤でもあります。また添加剤あるいは希釈剤としても同様に貴重です。体を丈夫にし、苦い薬を甘く包みます。シロップやエリキシルに入れて鎮痛剤として、あるいは錠剤の結合剤として使うことができるのです。糖菓、油糖、芳香糖、せき止めドロップの主成分でもあります。視力を向上させ、脱毛を防ぎ、血液を甘くします。砂糖の効能は数限りないですな」

医者が次々に挙げる砂糖の効能を追っていくうちにイラズマスは酔いが回り始めるのを感じた。しかし客たちが立ち上がったときには、まだ動作はしっかりしていて、話し方もはっきりしていた。

トリオンフィが会合に使用している場所はコヴェント・ガーデンのベル亭だったが、そこは大きなダイニングルームを自慢にしていた。イラズマスがクロークルームにマントとブーツを脱ぎに行くと、クラブの会員である四人の男たちがブランデーを飲みながらテーブルでカードをしていた。

「我らが尊敬すべき会長殿がお出ましになった」とそのうちの一人が言った。「これはこれは、ずいぶん浮かない顔をしているね。さあ、ブランデーを飲みたまえ。酒瓶に手を伸ばして」

イラズマスは、その男ファウラーがすでに酔っ払っているのがわかった。チョッキのボタンが外れ、下のシャツのレースは濡れて染みになっていた。イラズマスはブランデーの瓶を口に当てて飲み、大きなため息をつき、彼特有のわずかに悪魔的な目の開きを見せて、男たちに笑いかけた。

「あのいまいましい挨拶の後味をこれが洗い流してくれる」

彼はそう言って、また一口飲んだ。テーブルの男たちは彼を見守っていたが、これでほっとしたように笑った。イラズマスは負債を返していくうちに父親が持っていた愛想のよさを身に付けた。美貌と立派な体格という強みに、人付き合いのよさという有益な才能を加えたのだ。しかし、息子は父親の素朴で気取りのない付き合い方をしなかった。この男たちは宴会には出席せず、ここでカードをするつもりでいたのだ。イラズマスは今後のために、このことを覚えておこうと思った。彼らは皆、怠惰な放蕩者だ。プランテーション所有者の息子たち、金に困ったことのない連中なのだ……。

「もうご婦人方が来ているぜ」と一人が言った。

隣のダイニングルームからかなり騒々しい声とバイオリン奏者たちが弾くリールが聞こえてきた。

「様子を見に行かないと」とイラズマスは言った。「あのばか亭主が、まだ女たちをダイニングルームに入れていなければいいんだが。女たちはあとから入って来ることになっているんだ」

「大丈夫さ」とファウラーがしまりのない笑みを浮かべて言った。「女たちは上の階でここに白粉を付けてめかしているよ」

彼は自分の椅子をうしろに傾けて股を白粉刷毛で軽くたたくまねをした。

「ファウラー、君のその酔い方じゃ、白粉が付いてるぐらいではしゃんと立たないだろう」とイラズマスは言った。「さて諸君、入ろうじゃないか」

彼らは立ち上がり始めたが、イラズマスは待たずに一人で低い垂木の細長い部屋に入って行った。一方の端で暖炉の薪が燃えていた。彼はそこにいた十人ほどの男たちに挨拶して、テーブルの上座の自分の席に着いた。慣例に従って彼の右隣には今晩の賓客で、その座でただ一人砂糖とかかわりのないアームストロングという男が座っていた。彼は近衛師団の中尉で、会員の一人の身内だった。

会員が起立の中、勇退する会長が舌が回らないながらも、いたって重々しい態度でイラズマスの就任を歓迎し、「杖」という名で通っている儀式用の白いバトンを手渡した。これを手にしない限り、どの会員も誰の注意を引くことも、意見を述べることもできなかった。イラズマスは杖でテーブルを三回たたき、正式に開宴を宣言した。給仕がポートワインを持って現れた。

儀礼の厳粛さはここまで。ガヤガヤと騒々しくなり、酒宴はめちゃくちゃだった。出席者のほとんどは着席するときにはすでにほろ酔い加減だったが、さらにワインを水のように飲み干した。会員たちはジョージ国王と王子たち、キャムデンの女王でやぶにらみのケイトに祝杯を上げた。イラズマスはまだ意識がはっきりしているうちに立ち上がり、新会長として皆が満足するよう全力を尽くすつもりであると抱負を明らかにし、テーブルをたたき続ける大きな音でこの挨拶は迎えられた。この間にワインがこぼれ、グラスが二つ割れた。

上機嫌の底流には興奮があった。部屋は暑くなっていた。イラズマスは汗が噴き出してくるのを感じた。何人かの男たちは上着とチョッキを脱いでいた。空気はたばこの煙とワイン臭《くさ》い息で充満していた。下座の方から「トリオンフィ、トリオンフィ、トリオンフィ」という低い合唱が聞こえ始めた。イラズマスが二人のバイオリン奏者に合図を送ると、二人は「若者と娘たち」を演奏し始めた。これはクラブのイタリア人砂糖菓子職人シニョール・ガスペリーニが高い帽子をかぶり、真っ白なエプロンを付けて部屋に入って来る合図だった。高まるわめき声と歓呼の合唱に迎えられてガスペリーニのあとから入って来たのは、チョコレートで作った高さ三フィートの黒人女の像を輿《こし》に載せた三人の弟子職人だった。透明な砂糖の小さな滴で作った腕輪と足首飾りと真珠の首飾り、それに髪に刺した練り砂糖の赤いバラを除けば女の像は裸だった。バイオリンの旋律に合わせて職人たちはテーブルを一回りした。像の土台部分には砂糖を糸状にして「黒いヴィーナス」と書いたチョコレートの飾り板がはめ込まれていた。

イラズマスは杖でテーブルをたたいて沈黙を促した。

「慣例に従って、これからシニョール・ガスペリーニに、このすばらしい女性の成分の秘密について説明してもらうことにしましょう」

シェフは目を生き生きとさせ、顔いっぱいに笑みを浮かべていたので、唇と目の端がつながって円になりそうだった。この黒人女は練ったチョコレートとカカオで作られ、ファニッドで甘みを、バニラで香りを付け、シェフ自身の手でかたどりしたものだった。シェフは奇術師のような身振りで両手を上げた。

「髪は焼き砂糖です」と歓喜に酔って言った。「唇はピンクの練り砂糖、目は精製された砂糖、乳首は砂糖をかぶせたチェリー、とてもおいしそうでしょう？　さあ、皆様どうぞ!!!」

彼は高い帽子をさっと取って自分の創造物に向かって自慢げに振ったが、像はおびえた輝く目で一同を見ていた。「最高級の砂糖でしかこの乙女はできないのです」とシニョール・ガスペリーニは言った。

「ファニッドって一体何ですか？」と若いアームストロング中尉はイラズマスの耳元でささやいた。一瞬彼に知的好奇心が湧いた様子だった。彼の目は酒と驚きで丸くなっていた。

「砂糖きびを煮詰めて浮きかすを除いた汁です」とイラズマスは言った。「濃いシロップのように甘くて黒く柔らかい塊になるんです」

イラズマスはかなりふらついて立ち上がり、シェフに頭を下げた。

「ガスペリーニ、見事な出来栄えです。おめでとう。それでは主賓に取り分けてください」

中尉は酔った頭でしばらくまごまごしていたが、数々の罰当たりな言葉にはやし立てられてチェリーの乳首の付いた左胸を選んだ。職人たちは器用に切り取ったが、肩の一部も一緒に取れてしまうのは避けられなかった。それから全員に取り分けられた。まずイラズマスが鼻と目を取り、テーブルの上座から下座へと移ったが、下座の若い会員たちはかけらを拾わなければならなかった。ソーテルヌ・ワインと甘く強いマラガ・ワインが出された。

イラズマスは若い会員の一人が急に立ち上がり、顔面をチョークのように蒼白にしてドアに向かって突進するのを見た。ファウラーは椅子に座ったままテーブルにぐったりともたれかかっていた。頭はチョコレートの残りと一緒にテーブルの上にのっている。これで白粉刷毛もおしまいかとイラズマスは思った。彼自身も明らかに酔っていたが、胃はまだしっかりしていた。再び「トリオンフィ、トリオンフィ、トリオンフィ」という合唱が始まったが、今度はテーブルを手のひらでたたく音をともなった。合唱は高まりバイオリンの音をかき消した。その絶頂で女たちが、物が壊されるのを警戒していた亭主に追い立てられて笑いながら入って来た。全員で八人だったが、ほとんどが何も身にまとわず、化粧をしていて威勢がよかった。待っている間に酒を与えられていたのだ。女たちは手の早い男たちの膝の上に座ったが、一人だけは誰にもつかまらずにイラズマスのところにやって来た。髪が乱れ、ジプシーのような顔付きの若い女で大胆な口をしていた。上半身はモスリンのボディス以外何も着けていなかった。胸がボディスの下で締め付けられることなく揺れ、乳首が透けて黒く輝いている。女はイラズマスのグラスからワインを飲んでほほ笑みかけた。その目は濃い前髪の奥で光っていた。

　イラズマスの意識はもうろうとしており、ただ自分の地位を示す貴重なバトンだけは奪われないようにと気をつけていて、女のボディスのボタンを外すのに手間取っていた。同時に主催者としての義務感がまだ残っており、間もなく「トリオンフィ」が現れるはずだとアームストロングに説明しようとしていた。クラブの名は砂糖でつくられた小像に由来しているのだと。「大理石で型を取るんです」とイラズマスは極めて慎重に発音しながら言った。口の中で舌の感覚がとても鈍くなっている感じだった。「まず大理石にアーモンド油を塗って……」アームストロングは耳を傾けているようには見えなかった。膝の上の女が彼のズボンの中に手を滑り込ませていた。

　ガスペリーニの弟子たちが赤いリボンを結んだ箱にトリオンフィを入れて、部屋にいる者たち一人に一つずつ持って来た。箱が開けられ、蹄鉄、豚、バラの花、貝、鍵といった形の白いレプリカがランプの光の中で高く掲げられ、くるくると回されてきらめいた……。と、そのとき「あああ」という長く引き伸ばされた声がテーブルを巡った。イラズマスの女が箱から赤い飾り房の付いた、水晶のように輝いて堂々と勃起している砂糖のペニスを取り出したのだ。女が取り出すことになるのは誰もが知っていた。女がその箱を受け取るように、箱には印が付けてあったからだ。女はほほ笑んでそれを皆が見えるように掲げた。すると合唱が再び始まった。今度は「上《アップ》がれ、上《アップ》がれ、上《アップ》がれ」というほえるような声だった。

　女は張形をイラズマスの前に置き、一気にテーブルに飛び乗った。皿、グラス、料理の残りは手早く片付けられた。女は頭を上げ、うつろな目をしたバイオリン奏者たちに指を鳴らして合図をすると、二人はガヴォットのリズムを演奏し始めた。女はテーブルの中央で体を振って踊り始めた。ペチコート、腰当て、ボディス、ストッキングと着ている物を一枚一枚脱ぎながら観衆たちに投げ捨てていった。裸になるとランプの光の中での女は美しかった。肌は息づいた真珠のようだった。女は自分への贈り物に飛びつき、しゃがむような格好で踊り始めた。楽曲の荘重なリズムに合わせて、股間にそれを挿入し、両手でゆっくりと中に押し込み、恍惚とした表情をつくって顔を上げた。その間、周りの声は再び盛り上がり、重なって不明瞭になり、犬がほえ立てているようだった。

女は立ち上がり、両腕を上げて手には何もないことを見せ、両膝を閉じたまま太腿を巧みに動かし、唇を丸めてウーと至福の声を上げながら、ぐるぐる踊った。深紅の飾り房が、垂れ落ちる血の織物のように股から下がっていた。揺れる房を本気で、というよりは、からかってつかもうとする手を避けるために身をかわしながら、女はテーブルの中央で小股に踊った。

女は休もうとしてイラズマスの前に戻って来ると上から彼にほほ笑みかけ尻を振った。その間、テーブルの至るところから彼らの新しい会長にそれを「抜け、抜け、抜け」と叫ぶ大きな声が上がった。イラズマスが手を伸ばしてビロードの房を取り、引き抜くと、先ほどの尊大なペニスが予想通り溶けて萎え、グロテスクに形をゆがませて飾り房からぶら下がっているのを見て、皆は歓声を上げた。神聖な慣習に従って、膣の熱い分泌液ですぐ溶けるように粉糖で作られていたのだ。

イラズマスは自分が何をすることを期待されているのかわかっていた。彼は立ち上がって裸の女をテーブルから降ろし、女を連れてドアの方に千鳥足で向かった。それから自分の地位の象徴である杖を忘れていたことを思い出して、取りに戻った。彼は霊感を受けたように、祝福と別れの挨拶を示す身振りとして杖を上げて十字を切ることで、失態を勝利に変えた。こうして意図せずして、その夜をトリオンフィ・クラブの誇り高き伝統に加えたのである。

女はろうそくの灯った廊下から狭いベッドのある小部屋へとイラズマスを導いた。部屋に入ると女は笑いながらも一言も言わず、ベッドに横になって彼を待った。溶けた砂糖が彼女から漏れて太腿が光っているのが見えた。何も発せず口を触れ合うこともなく、二人は短く激しく交わった。女はイラズマスをつかみ、激しい叫び声を上げ、イラズマスは女の爪がナイフのように自分の肌を刺すのを感じた。イラズマスはうめきながら続けざまに身を震わせ、解放され、女の横に石のように倒れてそのまま眠りこんだ。

目が覚めるとイラズマスは頭痛と、何とも言えないわびしさを覚えた。部屋には灰色の光が射していた。女は消えていた。酒場と外の通りは静まり返っており、夜が明けて間もないに違いない。窓際の小テーブルには水差しと洗面器が載っていた。彼は顔と手を洗って自分のハンカチで拭いた。部屋は中庭と馬屋に面していたが、それらは靄《もや》に半ば覆われていた。イラズマスはひんやりとする空気の中でわずかに身震いし、ここから出たいという衝動を覚えた。馬屋の屋根裏で寝ている馬係を起こして、馬に鞍を付けさせ、マントとブーツを持って来させよう。通りはしんとしているだろう。この時刻では犯罪さえ眠り込んでいる……。しかし彼は動こうとしなかった。白いバトンは彼が落としたベッドの脇にそのまま転がっていた。バトンを取りに行こうとすると、頭に刺すような痛みを覚えた。バトンを握り、薄暗い部屋の中に今しばらく立ったまま心の内であれこれ思い返し、自分の全財産をまとめてみた。会長への就任式は立派にやり遂げた。自分でもそれはよくわかっていた。すべては彼の思いのままだった。若手のリーダーとして承認され、協会における地位により、彼は影響力を及ぼすことが可能になった。協会の事業をフレッチャー・アンド・ケンプ社の方針に沿うように仕向けることができるだろう。フレッチャーは老齢で後継ぎがいない。彼は日を追うごとに権限を手放しつつある。負債を完済した今、もっと多額の金《かね》を自由に投資に回すことができる。独立して銀行業を始めよう。未来は商品ではなく、金を扱う者の手中にある……。未来は自分のような者たち、先見の明がある者たちの手中にあるのだ。だったら、どうしてこのようなわびしさを覚えるのだろうか？　それは体の病《やまい》でもなく、放蕩の結果として片付けることができるものでもない。今度も以前と同じように完全に不意を突かれた。身の寄せ場もない冷酷な空の下に突き出されたような感覚にどうして襲われるのだろうか？　成功した者が不幸であるはずがない。それは言葉の上で明らかに矛盾している。夜が過ぎ一日の務めが再開される前の、内省を許されたこの時刻に、彼は立ったまままこれからしようとしていることを思い浮かべ始めていた。そうすることで、その行為と自分の全人生に十分な実体を与えようとするように。滑りやすい玉石《たまいし》の中庭を横切り、馬係を呼び出す……。多分、屋根裏に上がって揺すって起こすことになる。馬が引き出され、冷たい外気の中で鼻を鳴らすだろう。馬の頭を南に向け、人通りのない道を河の方角に進む……。すると突然、イラズマスは自分がルール通りにトランプをしていたのに、ずるい相手にごまかされてしまった男、相手がずる過ぎてどのようにごまかされたのかわからない男のような気分になった。

第三十八章

家に戻ると召使のハドソンがすでに起きて着替えをすませ、敬意と非難を控えめに混ぜ合わせたようないつもの物腰でイラズマスを待っていた。ハドソンは八年近く彼に仕えていて、いろいろな意味で特別に自由に振る舞うことを許されていた。しかし今朝のイラズマスはハドソンが話し掛けるのを遮《さえぎ》り、急いで紅茶を入れ、風呂の湯を用意するよう命じた。

イラズマスが香料入りの風呂桶に長く漬《つ》かっている間、ハドソンはイラズマスに掛ける湯の入ったバケツを持って行ったり来たりした。この長湯から出ると、わずかに気だるさが残ってはいたが、再び高揚した気分を取り戻した。いつものように細心の注意を払って無地のシャツと黒いブロードのスーツを着た。彼はその日の残りをテムズ河岸のチープサイドの事務所で過ごすつもりでだった。短期資金を必要としている海運会社の所有者たちにそこで会うことになっていたのだ。

しかし着替えを終える間もなくハドソンが来て、

面会の約束もなく現れたキャプテン・ジョン・フィリップスという訪問者の名を告げた。

「船の船長《キャプテン》か？」

「そうです。見たところ商船の船長のようです」

「うちの会社の名簿にはない名前だが。用件について何か言っているのか？」

「いいえ。用件は何かと聞いたところ、私がロープでたぐり寄せるように聞き出そうとしていると思ったのか、ご主人に伝えたい興味深いことがあると無愛想に言うだけです」

イラズマスはため息をついた。「それを疑いはしないが。しかし誰にとって興味深いのか、その男にとってなのか私にとってなのか？　それが問題だ、ハドソン」

「おっしゃる通りで」

「では、書斎に通してくれ」

数分後に書斎に入ると、イラズマスはずんぐりした中年男と向かい合った。南京木綿のズボンと淡黄色の外套を着て、長年風雨にさらされた顔をしている。

「イラズマス・ケンプです」と彼は訪問者と握手するために進み出て言った。「私にご用件がおありだということですが、今朝はかなり急いでおりまして……」

「用ではないのです。必ずしも用というわけでは」と船長は言った。じっとイラズマスを見つめてはいたものの、どう話を進めていいのかわからないといった様子で彼はしばらくためらっていた。

「お父上のことは存じておりました」とフィリップスは言った。「個人的にということではなくてお噂で。私はリヴァプールの出身でして」

「そうですか？」

イラズマスは、この父親への言及で思わず身をこわ張らせた。しかし濃い金髪の眉毛の下からのぞいている船長の青い目は率直で親しみのある表情をしていた。

「はい。それにサーソ船長も知っておりました。かなり近い間柄でして。近過ぎて居心地がいいものではありませんでしたが。一度サーソ船長のもとで航海をしたことがあるんです。自分の船を手に入れる前に。一度で十分でした。十分過ぎました」

「失礼ですが、今朝は時間がないのです。手短にお話しいただけますか？」

「リヴァプール・マーチャント号、それが船の名前、父上の最後の船の名前でしたね。当時は大いに噂になりました。船が沈むと噂になるものです。しかもあの船は新しく建造されたものでした。だから覚えているんです。父上の船だということと、サーソが船長を務めたということを」

「ええ、そうです。それが船の名前でした」

「あの船には流れるような髪をした大きな胸の女の船首像が付いていました。そうでしたね？　念のために」

「ええ、もちろん」

　イラズマスの心にはマージー河沿いのオーツの作業場でのあの遠い午後の記憶がよみがえってきた。じっと前方を見つめる彫像群、ピッチとニスの臭い、自分の作品の間をびっこをひきながら歩き回っていた短気な彫刻師、黄色い髪に青いドレスをまとい、彼らの頭上にぼうっと姿を見せていた巨大でけばけばしい公爵夫人像に対する父の熱い思い、囚われの身の巨人といった夫人の表情が。あの日、イラズマスは魔術師の住みかのような作業場で、父を虜《とりこ》にしていた船への思い入れをわずかでも一緒に感じていた。当時セーラを愛していた自分には、そのような感嘆の念が理解できた……。

「どういうことですか？」と彼は怒ったように言った。「ここにやって来て、十二年も前に乗組員もろとも沈んだ船のことについて話をされるとは」

「船は沈んではいませんでした」

　イラズマスは手をすっとこめかみに当てた。それは幼いころから、混乱したり当惑したときにする仕草だった。

「沈んでいない？」

　この訪問者は危険な人物のように思われてきた。目の前の机にはガラス製の重い文鎮があったが、この部屋で武器として使える物はそれだけだった。イラズマスは右手を少しそれに近づけた。

　しかし、対面している男の日に焼けた率直そうな顔には狂気じみたものは何もなかった。イラズマスの動きに気づいていたとしても、船長はそのような素振りを見せなかった。

「私が船を見てから六か月も経っていません」とフィリップスは言った。「と言ってもその残骸をですが。ロンドンには自分の船を艤装するために滞在しているのですが、あなたを探し出してそのことをお話ししようと思ったのです。あの船はフロリダの南東の海岸に引き揚げられています」

イラズマスは相手をじっと見つめた。

「引き揚げられているですって？　海岸に打ち上げられたということでしょう？」

「いいえ、意図的に引き揚げられたということです。海岸からずいぶん奥に入っていました」

自信のなさ、確信のなさが船長の声に再び戻ってきていた。彼もまた信じられないという思いに襲われているかのようだった。

「船がふだん見られるようなところから、ずっと奥に入った場所にです」フィリップスは声を低くして言った。

「フロリダですって？」イラズマスはまた手を顔に上げた。「なぜ船がそんなところにあるんですか？　そんなにも西に？　ジャマイカに到着しなかったんですよ。そんな筋の通らない話があるものですか？」

「私はただこの目で見たことをお話ししているんです」

船長の声は怒りがこもった無愛想なものになっていた。

「ここに来るのが私の義務だと思っただけです。もうこれ以上お時間はとらせません」

「いやいや」イラズマスは手を上げた。「お許しください。悪気があったのではありません。ぜひ最後まで話をお聞かせください。あなたの話で動揺してしまって……。父は船が戻らなかったのと同じ年に死んだのです。私の人生もすっかり変わってしまいました」

「存じております」フィリップスはまだ気分を害してはいたが落ち着きを取り戻していた。「耳にはさんでお気の毒に思っていました」

イラズマスは船長にほほ笑みかけた。「お座りになりませんか？　棚にいいマデイラ・ワインがあるんです。もしお好みに合わないようでしたら、何か別のを持って来させますが」

「お手元にあるもので十分です」と船長は笑みを返して言った。ワインを注ごうとしてイラズマスは自分の手がわずかに震えているのに気づいた。

「さあ」とイラズマスは言った。「お話しいただけませんか」

このように促されて船長は気が楽になり、外套のボタンを外して手にグラスを持ち、語り始めた。以前はアフリカ貿易にかかわっていたが、奴隷貿易が専門というわけではなかったようだ。今の主な仕事は北アメリカの植民地からカリブ海のスペイン領の島々に木材と獣の皮を運ぶことだ。ヴァージニアのノーフォークに向けてフロリダ海峡を北上するいつもの航路を彼の船は進んでいた。真水の泉のある、ボカ・ヌエヴァとして知られる海岸の岬の南、北緯二十七度付近に錨を下ろし、彼は乗組員の一団に、水と薪を持って来ることと、出くわした獲物は、どのようなものでも撃って来ることを命じた。

「完全な人間はおりません」と船長は首を横に振って言った。「恐らく船乗りは普通の人間より特にそうでしょう。長期間、一緒に閉じ込められた状態に置かれていますからね。連中は船の倉庫からラム酒をかすめて岸に持って行ったのです。酔っ払って歩けなくなるほどの量ではなかったのですが、思慮を失わせ乱暴にさせるには十分でした。彼らはインディアンの一団を見つけて、その中の女たちを捕まえようと追いかけたのです。少なくとも私はそう理解しています。――罰を軽くしてもらおうと、あとで別の口実を見つけようとしましたが。あの海岸沿いにはインディアンの集団がいるんです。それは確かです。インディアンは白人に敵意を持っていて、その矢は当たりどころによっては致命傷を負わせることもできます。水夫たちがやったことはどう見ても愚行でした。自分たちが思ったよりも奥地に引き込まれたのです。特に先頭の二人はそうでした。気がつくと木が生い茂った湿地に紛れ込んでいて、干上がった川の底をたどって前に進むことしかできなくなっていました。川がぐるっと曲がって行き止まりになり、彼らの言うことには、そこで突然船に出くわしたというのです。片側を土手に押し付けて、川底で傾いていた。ツタに覆われて、甲板は朽ち果てかけ、マストは二本とも倒れていた。このように二人は航海士に語り、航海士は私に語ったのです」

船長は再び首を横に振った。

「海岸からは見えないところにあったんです。どんな船にも縁がない沼と森の奥深くです。水夫たちの話から私は覚悟をしていましたが、それでも気味の悪い光景でした。船尾の彫像の下の渦巻き飾りに名前がありました。薄れてはいましたが、それでも判読できました」

　船を見つけた者たちに案内させてフィリップス自身も行ってみたのだ。ぽっかりと裂け目のできた甲板の斜面をよじ登り、船長室に降りる通路を見つけた。

「がらくたのほかには大したものはありませんでした。すっかり持って行かれたのでしょう。まず船を置き去りにした者たちと船のネズミによって。多分そのあと、インディアンによって。しかし、腐った隔壁のうしろからこれを見つけました」

　船長は上着のポケットに手を突っ込んで、黒のバックラム〔にかわ、のりなどで固めた布地〕で製本されてはいたが、今ではぼろぼろになっている四角い本を引っ張り出した。

「木箱に入っていたのです」とフィリップスは言った。「湿気で大半はだめになっていますが、何枚かのページはまだ読めます。航海日誌です」

　イラズマスは日誌に手を伸ばしたが、それは夢の中で時折、感じるようなゆっくりとした動作のように思われた。思考も同様に遅くなった。頭の中にあるのは、船長が自分に話した内容の奇妙な感覚だけだった。

「でも確かにそうですか？」とイラズマスは本能的に時間を稼ぐように言った。「それが確かに同じ船だと？」

「あれはスノー型帆船、二本マストのリヴァプール船です。しかも名前が残っている。船首像だってあるんです」

「しかしどうやって海岸から陸深く揚がったのでしょう？」

　気持ちを落ち着かせる必要、時間稼ぎの必要をまた感じた。イラズマスは船長の視線が自分にじっと注がれているのを感じていた。

「船がそこまではい上がったとでもおっしゃるのでしょうか」とイラズマスは言った。

「あそこの海岸はずっと奥まで低くなっています。数フィートも上がりません。しかも柔らかい。砂と砂利と泥です。大西洋からの潮流は非常に強い。多分あの地域のことはご存じでしょう？」

「いいえ、まったく」

「海が陸に道のように入り込み、時にはそれがかなりの深さになります。四、五尋の深さのところもあるんです。海岸の背後は泥の平地と川と潟湖《せきこ》の迷路になっていて、泥でふさがって湿地になったり、水路が変わったり、何マイルも続く川に入り込んだりと絶えず変化しているのです。海岸は様相が毎年同じであったためしがない。私はあの辺りのことは結構詳しいんです。お父上の船は、今では狭くなって航行を妨げられかけた状態の水路に横たわっていますが、十二年前だったら水深は深く、満潮時に浅瀬から船を引いてくることも可能だったでしょう」

「それをやった者たち、苦労して船を引いた者たちは海から船が見えないようにするために必死だったでしょうね」

「ええ、そのようですね。でも見事にそれをやってのけたのです。私の水夫たちが酔っ払うようなことがなければ、船は見つからなかったでしょう。あそこで給水する船が何百隻あっても、あの船のことは決して気づかないでしょう。藪の中の豚や、潟湖のほとりの鳥を撃ちに行くことはあっても、その背後の沼地までは入り込みませんからねえ。そんなことをする必要もないですしね」

「ではあの船長が？」とイラズマスは妙に遠慮がちに言った。それは相手に判断してほしいとでもいう言い方だった。「確かにサーソ船長はそんなことを……」

「サーソ船長は自分の船を自ら見捨てるような男ではありませんでした。もちろんこれは推測に過ぎませんが。私はただ自分が請け合えることをお話ししようと伺っただけなのです」

フィリップスはグラスを置いて立ち上がった。

「私はこの目であの船を見たのです」

ドアの方に行きかけて立ち止まり、すでに立ち上がっていたイラズマスを振り返った。「確かにわかっているのはそれだけです。しかしフロリダがスペインからイギリスへ割譲されたので、あの海域を定期的に航海しているといろんな話を耳にするんです。前はさして気にとめもしなかったんですが……」

「どういった話ですか？」

「フロリダ・キーズからキューバと取引をしているインディアンたちの話では、あの海岸の奥のどこかに入植地のようなものがあって、そこでは白人と黒人が共同生活をしていて首長がいないというのです」

「しかし十二年間ですよ」とイラズマスは言った。「どうやって、そんなところに隠れたまま見つからずにいられたのでしょうか?」

「それは可能です」

フィリップスはちょっと考え込んでから言った。

「フロリダ南部は荒れ地になっています。道一つなく、散在するインディアンの集落を除けば誰一人住む者はいません。私の知っている限りではスペイン人たちはそこまでは南下しませんでした。そうすべき理由などなかった。この十二年のうち七年間は自分たちにとって本当に重要なところを守るために戦っていました。フロリダ半島の僻地に関心を持つ者は誰もいなかったのです。そう、それはあり得ますね」

イラズマスが黙っていたので、フィリップスはこの沈黙を不信の表れとして取ったのだろうか――彼は誇り高い男で彼なりに敏感だった――、急に手を前に差し出した。

「私はそういった話を信じているとは言いませんでした」とフィリップスは言った。「インディアンときたら、彼らは今日のことを話しているのか昨日のことを話しているのか、それとも百年前のことを話しているのかわかったものではありません。さてと、私はここに伺った目的を果たしました。暇乞《いとまご》いをさせていただきます」

「ちょっとお待ちください」

イラズマスは黙想から目覚めたかのようだった。

「お持ちいただいた情報に深く感謝いたします。どうか滞在先をお教えください。感謝のしるしを送らせていただきたいのです」

「礼などいただくほどのことではありません」

「大した額ではありませんが」

イラズマスは再びほほ笑んでみせた。初めは金《かね》を届けることのほかには何も考えていなかった。確かに相手の労に対して報いなければならなかったが、家には十分な額がなかった。しかし、ようやく自分でそれが口実に過ぎないことがわかった。フィリップスの居場所を知る必要があったのだ。

「受け取ってくださるようお願いしたいのです」とイラズマスは言った。

こう懇願されて船長は応じた。彼はサザークのブル亭に泊まっていた。フィリップスが立ち去ると、イラズマスは目の前のテーブルの上のぼろぼろになった黒い本とともに再び一人きりになった。船長との話で遅くなっていた。今はそれにざっと目を通す時間しかなかった。フィリップスの言った通りだった。航海日誌の大半は判読できなくなっていた。表紙と外側のページが黴《か》びて船長と船の名前が消えていた。どのページも湿気でインクがにじみ、行がつながってクモの巣状になっている。筆跡も役に立たなかった。むらのある判読し難い字で、書くことが苦手な男のものだった。しかし時折、特に終わりの方には判読可能な書き込み――日付、詳細な天候と航法――があった。目がある名前を捕らえた。理由は挙げられていないが、何かの違反で枷をはめられたヘインズという名前だ……。

今はこれ以上時間がなかった。日誌を持って出掛けたが、午後遅くまで再びそれを見ることはできなかった。一日の仕事の間ずっと、彼は船長との話の断片を、半ば疑い深く――フィリップス船長の言葉と態度の詳細を吟味して、彼の話を信じるに値しないものにさせるような何らかの偽りを見つけ出し、水夫たちが父の船を意図的に見捨てたという、このおぞましい憶測を追い払おうとするように――思い起こしていた。

ようやくイラズマスは自分の事務室で一人きりになった。隣の大きな部屋では事務員たちが長いカウンターに頭を下げて熱心に働いていた。彼には、そうしようと思えばドアののぞき穴から一列に並んだ頭と背中を見ることもできた。事務室は建物の裏手にあって、セント・ポール大聖堂の南側にある静かな中庭に面していた。ここでは通りの喧噪は弱くなっていた。夕暮れが早く訪れ、彼は机のランプをつけていた。背後では暖炉の火がささやくように燃えている。

彼は引き出しから航海日誌を取り出して再び目を通し始めた。一七五二年十一月の書き込みにはまた名前があった。彼が目をとめるのは名前だった。

……フランス人から四樽のブランデーを物々交換で購入。タッカーの従者たちから千三百ポンドの米を購入。男奴隷一人を連れて来たが、遅く……。早朝に移すことを約束……。

柔らかくなってわずかに膨らんだページが黴臭い臭《にお》いを放っていた。残っているわずかな書き込みからさえ、災難にあっているのは明らかだった。「まったくの無風状態だ」と彼は読んだ。「五日間熱病で苦しんでいた女を葬った。これで六十七人の損失だが、まだ……」

日誌の終わり近くになって、書き込みの大半が消えてしまったページに、彼はずっと探してきたものを見つけた。

……海風が吹き始めたが、間もなく激しい暴風雨に襲われ、帆をすべて巻き揚げ、二十五尋の深さに投錨することを余儀なくされた……。翌朝昇降口を開けると、枷をはめられていた四人の奴隷が死んでいた。相談役は病人たちを投棄するよう勧めている。水夫たちは陰口をたたいている。パリスは連中の肩を持ち、本人も……。私は後悔している、乗船を……。

それに続く名前は判読できなかった。イラズマスは細心の注意を払ってもう一度その書き込みを読み通した。顔を上げたとき、彼は自分でもまだ理解できないような感謝の念に満たされていた。気持ちは顔をひきつらせるほど高ぶっていた。すると従兄は最後まで生きていたのだ。というのも日誌は次のページで終わっていたからだ。最終ページはまったく判読できなかった。パリスは船で起きた事件にかかわっていたのだ……。

「相談役」という言葉が彼をいくぶん当惑させた。サーソにその助言を与えたのが誰なのか見当がつかなかった。これがサーソの日誌であることはもう疑う余地がない。多分あの一等航海士のことだろう。二人が現れたあの造船所での一日がよみがえってきた。船首の陰から再び日向に出て来た落ち着いた動作の船長と鋭い顔立ちの航海士。確かバートンという名前だった。頭を上げて犬のように微風を嗅いでいた……。

それからイラズマスは狙いをつけるように、ゆっくりと好奇心をそそられるように注意して、従兄のことに思いを巡らせた。袖が短過ぎる服を着て笑っている不器用そうな少年は、自分を浜辺でのしくじりの現場から抱き上げて連れ去り、その結果、不倶戴天の敵になった。彼の母親のお気に入りの勤勉な若者。いかがわしい牧師がかぶるような帽子をかぶり、しわを刻んだ青白い顔の男。不幸と恥辱の影がつきまとっていた……。今、どんな顔をしているのか想像できなかったが、従兄が船上での反乱の首謀者であること、手を血で濡らした男であることをイラズマスはこのとき悟った。

フィリップス船長を信じるならば、きっとそうに違いない。彼らがサーソ船長を殺害したのだ。船を引き揚げて隠し、マストを切り倒したのだ。帰るつもりはなかったのだろう。帰るといってもどこに帰るというのだ。彼らは船からニグロたちを奪い去った。窃盗だ。船の積み荷を盗んで陸に揚げた。だからほかの訴因に海賊行為も加わることになる。「白人と黒人が共同生活をしていて首長がいない」流されたのはサーソの血だけではない。地図を詳細に見ながら自分の船が戻るのを待ちわびていた父……。

チープサイドの往来の音がかすかに届く事務室で暖炉の火の静かな音を背にして、自分はあのとき、心に決めたのだとイラズマスはあとになって思った。しかし、自分が行かなければならない。見なければならない。しかも見なければならないのは、船の残骸だけではない。見なければならないのはそれから数日が経過してからだった。フィリップスはすでに発ってしまったかもしれない。手の届かないところに行ってしまったかもしれない。こういった不安に襲われながらも、そうしなければならないと彼は悟ったのだ。

イラズマスはこの不安が鎮められるのをじっとして待ってはいられなかった。まずハドソンに二十五ギニーと礼状を持たせて馬車で使いに出した。次にイラズマスが行ったときにもハドソンを同行させ、船に遭遇した二人の水夫について船長と話をする間、ハドソンを階下で待たせた。二人の水夫のうち、どちらかはまだ船長のもとで働いているのか？　事件の張本人の一人の方はたびたび悶着を起こしていたので、フィリップスはサヴァナで海軍のフリゲート艦のきびしい軍紀に彼を委ねたようだった。しかし、もう一方のハーヴィーという名の水夫はまた船長の船に登録したので、居場所はすぐわかるということだった。こちらの男はまじめで有能な水夫です。あのときはラム酒で酔っ払い、インディアンの女のうちの一人を捕まえようというばかな考えに惑わされて……。

「彼らは単純な男たちなのです」と船長は言った。イラズマスがハーヴィーを手に入れたい旨を伝えると、信頼のおける水夫を代わりに見つけるのはたやすいことではないため、船長はさほど喜ばなかった。しかし彼は自分が金に糸目をつけずに遇されたことがわかっていた。たとえ相手の意志に逆らいたい気持ちがあったとしても――そうはしなかったが――同意しなければ、恩知らずも同然だ。イラズマス・ケンプはにらみが利く男、逆らうのは賢明ではない相手だ。だが、それだけではない。イラズマスの中には抑え付けられた激情のようなものがあって、自分でも強固な意志を持ち、強情な水夫たちの扱いに慣れているフィリップス船長でさえひるまずにはいられないのだ。

ハーヴィーの居場所がつきとめられ、イラズマスの屋敷に連れて来られた。ハーヴィーは金髪で血色の良い顔をしていた。いつもは陽気な表情を見せているが、慣れない状況に置かれてとまどっている様子だった。

「さて」とイラズマスはハーヴィーに言った。「ハーヴィー、君は何歳かね?」

水夫は神経質になると、自分のことを打ち明けようとする性格をしていた。

「旦那がどう見るかによって二十九にも三十にもなります。父親のことは知らねえ。俺が小さいとき母親が教区に俺を預けたんだ。だから、あるときはこう言われ、あるときは別のことを言われるんだ」

「では、三十ということにしよう。君は今、健康にも体力にも恵まれている。しかし、そのまま、四十過ぎまで働ける船乗りはまれだ。特に熱帯地域を往復する船に乗っている場合にはね。それは君自身、わかっているだろう。ばかには見えないからね。たとえ長く持ったとしても、陸に上がれば、ぼろをまとって物乞いをする以外に何ができるだろうか?もし君が父の船の残骸を見つけた場所に私を案内することに同意してくれるなら……。船をもう一度探し出すことはできるだろう?」

「へえ、できると思います」

「私をそこに案内してくれれば、君には後悔させないことを誓う。海に戻りたくなければ、戻る必要はない。いい条件で君を雇おう。君が望めば、陸で何か事業を始めることができるよう金をやろう。私は金持ちだし、言ったことは必ずやる。私を知っている者は誰でもそれを請け合うだろう。君の一生のうちの一年を貸してほしい。そうすれば一生、君は何一つ不自由なく暮らせる。さあ、どうかね？」

「わかりやした。きっとご満足いただけることと思います。旦那が気前のいい紳士でいらっしゃることに神の祝福がありますように」

　イラズマスは少しほっとした。必要以上に気前がよすぎた――そして、これは彼の商談のやり方ではなかった――が、相手が断ることを恐れていたのだ。

「準備を整えるのに二、三週間かかる」とイラズマスは言った。「その間、君はここに住み、服と食事をあてがわれる。それから私の召使としてフロリダ海岸に同行してもらう。屋敷にいる間はきちんと振る舞うように。私が言っていることがわかるかね？」

「へい」

「酒、けんか、女中への嫌がらせはすべて禁止だ」

「決してしやせん」

「こういったことをしでかしたら、私はインディアンよりも恐いからな」

　イラズマスがこのようなジョークを言うことはめったになかった。いやジョークそのものを言うことさえ珍しかった。多分、安堵感がそれを言わせたのだろう。相手の顔に笑みが浮かんだのを見てイラズマスは驚きそうになった。それはかなり魅力的な笑みであり、自分の犯した罪に言及されてもまったく気おくれしたところがない、折れた歯を見せた偽りのない笑みだった。その笑みにイラズマスは十二年遅れの報復の開始を見た。

「それに、このことは誰にも話してはいけない」とイラズマスは言った。「誰にもだぞ」

第三十九章

　やらなければならないことはたくさんあったが、心配したほどではなかった。留守中のことをあれこれ決めていると、自分がふだんどれほど必要とされているかがわかるものだ。イラズマスはかなりの仕事を下級共同経営者のアンドルーズの手に委ねなければならなかった。だが、イラズマスの秘書が会社の仕事をよく呑み込んでいて、アンドルーズに適切な助言や忠告を与えてくれそうだ。フレッチャー老人自身もまだ元気で、抜け目のなさもなかなかのものだ。仕事が増えることに不満をこぼしはしたが、特に反対はしなかった。協会の方は会合で代理の者が任命された。メンバーの多くが西インド諸島に土地や財産を持っているので、ロンドンを長期に留守にすることはそう珍しいことではなかった。

船を借りなければならなかったし、最近フロリダの総督に任命されたキャンベル大佐宛ての紹介状も手に入れなければならなかった。こういったことはどれもさして難しくはなかったが時間はかかった。紹介状を手に入れるまでの間に、イラズマスはイギリスがほとんど偶然に手に入れたこの新しい植民地フロリダについて、得られる限りの情報を集めた。スペインはイギリス艦隊によって奪われたキューバという宝石を買い戻すために、この植民地を二年半ほど前に譲り渡した。フィリップス船長がフロリダについて語ったことの大部分は正しいと見てよさそうだ。そもそもこの植民地はスペインにとってはそれほど重要なものではなく、ただメキシコやカリブ海諸島からの貿易ルートを防衛するためのものという意味しか持っていなかった。スペインはこの地域の開発も、いや探検すら、ほとんど実行していなかった。この地は誰が見ても大して役に立ちそうになかった。南部は地図にも載らない亜熱帯の荒れ地だったし、金も銀も出ない上に、インディアンたちは捕らえられて奴隷にされるとすぐ死んでしまい、価値がなかった。最近の植民地戦争の後半、スペインは好戦的な北米インディアンのクリーク族に取り囲まれ、北部にある首都セント・オーガスティンから一歩も出られなかった。クリーク族を唆《そそのか》し、武器を与えていたのはジョージア植民地のイギリス軍だった。キャンベル大佐がこの地に送り込まれたのは、そのクリーク族をなだめ、イギリス側の感謝の気持ちを示すためだった。いや少なくともそれが表向きの任務だった。だが、イラズマスの聞いたところでは、この謝意表明と同時に、クリーク族伝来の狩猟地をイギリス人植民者のために手に入れるというのが本来の任務だった。

ハーヴィーは今のところは約束通り行儀良く振舞っていた。上級使用人に変身し、上等な生地のお仕着せを着て、鉛ガラスのバックルが付いた靴を履き、うしろで髪を結んですっかり召使然としていた。そして、仲間の奉公人たちを海の話で楽しませ、料理人のお気に入りになり始めていた。ハーヴィーは自分の好運がいまだに信じられないほどだった。新しい主人は金持ちで、金持ちの人間は説明のつかない気まぐれを起こすのだが、ハーヴィーはそれを喜んだ。

計画を練っているこの間ずっとイラズマスはある種の幸福感を覚えていた。彼の大義は正義であった。悪がなされ、父が死んで十二年になろうとしているのに、当の加害者たちがいまだに生き延びているかもしれないのだ。しかし、この話は誰の耳にも入れていない。共同経営者たちにも、妻にも、義父にも、今度の航海は投機的事業のためだと説明しておいた。これには十分な説得力があった。というのも、フロリダは新しい植民地で、国王は航海の援助や土地の下賜によって植民を促していたからだ。この好機を利用すればかなりの利益が見込まれた。さまざまな工業製品の需要があるはずだ。イラズマスは義父に言った。

「セント・オーガスティンで何とかいいコネをつくってくるつもりです。この新しい植民地は非常に重要な市場になる可能性があると思います。熱いうちに鉄を打つ者は一番いい分け前をもらえるはずですから」

「つい鼻の先にハバナがあるというのに、フロリダ植民地がわざわざ我々から砂糖を買って関税を払うなんて、君は本気で思っているのかね」

ヒューゴ卿は白いぼさぼさの眉の下から冷たい目でイラズマスを見た。

「正気の沙汰とは思えんね」

イラズマスは敵意を隠そうともせず、老人とにらみ合った。昔からイラズマスは反対されることに我慢のならない性質ではあった。それが、事業で成功したという、誤りようのない証拠によって自分の意見の正しさが立証された現在では、どんな些細な批判を受けても抑え難い怒りを覚えるようになった。

「砂糖の話など誰もしてません」

素っ気なくイラズマスは言った。

「この世には砂糖しかないとでも思っているんですか。人が砂糖を着たり、地面を耕すのに砂糖を使ったりするとでも言うんですか。正気を疑うという話でしたら、ニグロをあんなふうに見さかいもなく買い付けるなんてことこそ、狂気の沙汰以外の何ものでもないですよ。確かな筋から聞いたんですが、キングストンでのお義父さんの代理人は、男ときたら一人残らず、その上、膝まで乳房の垂れ下がった女まで買いあさって、しかも何もさせないで、ただ囲いに入れてるっていう話ですね」

「政府からもらう補償金は、健康な奴隷でも病人でも勘定の上では同じで、頭数に応じて市場価格で計算されるんだ」

「補償ですって」イラズマスはわざと何のことかわからないという顔付きをしてみせた。「一体、そんな話、どこから湧いてきたんです。夢でも見たんじゃありませんか」

「奴隷貿易は廃止の方向に向かっている。確かな話、もうすぐ廃止される。今、法案が準備されていると ころだ。わしは確かな筋から聞いたのだ」

「確かな筋っていうのは大臣たちの周りに群がっていて、はした金で情報を売っている連中のことでしょう」

イラズマスは軽蔑したように言った。ジャロルドともあろう者が、そんな話を信用するとは信じ難いことだ。抜け目のなさと容赦なさが伝説にもなった男だ。弁護士事務所の事務員から身を起こしてマーチャント・バンカーになり、一財産——少なく見積もっても五十万ポンドにはなっているはずだ——を築き上げ、手を出せば必ず利益を生み出した男。それが今になって、根拠もないのに、なぜか揺らぐことのない確信となった奴隷制廃止論者への恐れに取りつかれるとは……。これが彼を破滅に導くだろうことは疑いようもなかった。いや、それは恐れというより、むしろジャロルドにとっての必要であり、彼自身が求めているもののようだった。事によると神が介入して……。イラズマスは日ごろ、そこまで考えることはしないので、それだけに何か落ち着かない気分になった。義父の一生は、結局は一心に続けられた富の追求であったという意味で価値ある一生だった。今、義父が勝手な思い込みで予期しているその黙示録的終末においてさえ、この老人は利益を上げようとしているのだ……。

「それでは大損ですよ」

　イラズマスは言った。

「ニグロは購入したあと、直ちにどれだけ働かせることができるのか、それに応じた価値しかありません。この商品はすぐに傷んでしまうので、固定資産にはならないのです。家畜とは違って、番《つが》わせたかららといって利益にもなりません。この奴隷貿易廃止運動など想像の産物で、実際に法案が成立することはありません。クエーカー教徒の何人かと、議会の外でおせっかいなばかが一人二人騒いでいるのを除けば、反対の声を上げている者など誰もいません。でも、こんなことをお義父さんに言っても無駄でしょうがね」

　こんなふうに浪費されてしまう金も、本来なら妻を通して結局は自分のところに回ってきたかもしれないのだ。イラズマスも一度は老人に禁治産者の宣告を受けさせようと試みたが、この件での異常さを除けば、老人はまったく正常だ。となると、残された望みは、老人が一日も早く死んでくれて、被害が最小限にとどまってくれることだ。少なくともイラズマス自身の財産には何の危険も及んでいない。銀行に預けてある十二パーセント分の持株を、株がまだ高値のうちに少額ずつ売るように、すでに指示は与えておいた。

　出発の日、妻との別れは、ひどくつれない挨拶で終わった。その晩にイラズマスは発つことになっており、荷物が積み込まれ、ハーヴィーもすでに乗り込んで、馬車は下で彼を待っていた。それなのに女中のマリーが妻への取り次ぎをする間、イラズマスはしばらく待たされた。近ごろ、妻は夫婦があまり気安く行き来し合うのは上品ではないと考えるようになったようである。あるいは友人にそう吹き込まれたのかもしれない。

　やっと中に入ると、プードル犬のフリッツが、いつものようにクッションの上からピンクの歯ぐきをむき出し、彼に向かってほえ立てた。桃色のガウンを着た女が、寝室の隣りの化粧室のソファーに寝そべっていた。

「マーガレット、お前かい？」近寄りながらイラズマスは尋ねた。

「お前の顔の上にのっかっているものは一体何なんだ？」

「鶏《とり》の皮よ」

妻の声は不明瞭にくぐもっていた。

「お友達のダンビー令夫人に教えてもらったの。顔色をよくするにはこれが一番ですって」

マーガレットの口の周りの鶏皮のぶつぶつした縁が唇の動きに合わせて震えた。

「十分湿らせておくためには、殺したばかりの鶏でなければいけないそうなの」

「つまりお前の夫は、これから何か月も留守にするというのに、鶏の皮に向かって暇乞いをしなければならないというわけだ」

「あら、同じ屋根の下で暮らしている間、何の関心もお持ちにならなかったこの顔を、今日お発ちになるからって、どうしてごらんになる必要があるのかわかりませんわ。ダンビー令夫人のおっしゃるには、効き目が出るまでに、少なくとも一時間はこうしていなくっちゃいけないそうですの」

「ダンビー令夫人ときたか。娼婦すれすれの女がお前の友人と聞いて情けないね。残念ながらそんなには待てない。船は潮の加減に合わせるからね」

イラズマスは妻の無関心な手を取り、唇に当てた。

「健康には注意するように。顔色の方は見たところ十分手入れしているようだから、心配はなさそうだがね」

馬車に揺られ、タワーブリッジを過ぎた辺りで、イラズマスはふとマーガレットは夫が来ることを見越して、わざとその直前にあの鶏の皮を顔にのせたに違いないと思った。顔を隠したかったのだ。彼女がイラズマスにぶつけた不満はある程度は正当なものであった。二人が一緒に寝るときにも（それすら今ではめったにないのだが）彼は妻の顔を見ようとはしなかった。それ以外で顔を合わせるときにはいつでも、妻は何らかの方法で――化粧品やルージュやパッチ、あるいはどこかのいかさま医者のローションで――顔を覆うか、隠すかしている。考えてみれば、マーガレットの素顔は一度だってちゃんと見たことがなかった。街や群衆の中ですれ違っても、妻だと見分けられるだろうか……。それに比べ十二年経とうと二十年経とうと、即座に見分けられるであろう顔が一つだけある。あの薄緑の目、あまり薄いので水銀のように見える目、くっきりした眉、我慢強さと頑固さを映し出すあの表情……。突然嫌悪感をともなって、イラズマスは自分がマシュー・パリスの顔をこの世界の誰の顔よりもよく知っていることに気づいた。

その顔はイラズマスの航海の間、何度もよみがえってきた。それとともに、従兄のこまごまとした外観、動作が脳裏に浮かんだ。それは繰り返し思い出される物語にも似て、思い出すたびに細かな点がはっきりしてくるのだった。とはいえ、この物語はどこから始まっても、結末は必ずいつも同じ箇所、あの強い腕が、抗うイラズマスの体も意志も踏みにじり彼を持ち上げ、遠くへ運んで行ったところで終わるのだった。あのときイラズマスは声も上げず怒りに満ちた沈黙を守って、この従兄の腕の中で死体のように重い身と化していた……。

イラズマスは、あの最後の訪問のときのパリスのことを思い出した――やせた不格好な体付き、太い手首、一見不器用そうだがとても正確に動く手、奇妙に震える深みのある声、ゆがんだ皮肉な笑み。そして人を落ち着かぬ思いにさせる体から溢れ出そうなエネルギー……。それはまるで本人にも制御できないかのように見えた。

初めは、あの顔、あの表情が、いまだ生きながらえているかもしれないと考えるだけでも我慢できない思いがした。父は破滅し、そしてまたイラズマス自身、愛も家庭も失って父の借財を払いきるために長い戦いの日々を重ねてきたというのに。しかもあのような憎むべき大罪――殺人、海賊行為、そして黒人のみならず船そのものまで盗んでおきながら、挙げ句の果てに船を放棄してしまうという所行――によってその身をながらえているのだとすれば、ますます許せないように思われた。従兄が今も生きているかもしれないという可能性は、イラズマスを文字通りぞっとさせた。事物のあるべき秩序の中の醜悪なゆがみとして、そのような可能性はこの世から根絶すべきものとしか思われなかった。それは人が生きていく上での掟を覆す憎むべき脅威にほかならない。このような悪行が許されるなら、義務を果たしたり、名誉を重んじることが何になるというのか。一族の名を尊ぶがゆえに自分は債務の返済を忠実に果たしたというのに。

だが、航海の日々が単調に過ぎて行くにつれ、また船の舳先が波に洗われ、船材がゆっくりきしむのを聞いているうちに、イラズマスは自分がますますパラドックスに強くとらわれていくのを感じるのだった。生き延びて自由の身を謳歌《おうか》する資格がパリスになければないほど、今パリスがその両方を享受しているのであってほしいという思いが募るのだ。そうであればこそ自分が正義を行い、パリスからその二つを奪い取ってやることができるのだ。パリスとともに出航し、仲間に引き入れられたに違いないほかの悪党共のことなどはどうでもよかった。いずれにしても連中は雑魚《ざこ》に過ぎない。だが従兄には、是非ともながらえていてほしかった。もはやパリスはそこにはおらず、見つけることができないかもしれない。あるいは、そもそも、この話自体がすべてただのでっちあげであるかもしれない。そう考えるだけで、イラズマスは心配のあまり高熱が出た。そして安らぎも安全も与えてくれぬこの不毛な船に絶えず揺られながら、眠れぬまま狭い寝床でのたうち回る夜を過ごした。時折シーツがこすれ、彼の張りつめた意志が転移したような物理的刺激に欲望を覚えても、何の感慨もなく冷たい自慰の末に果て、空っぽになって夜明けを待つのだった。

残してきたものから遠ざかるにつれて、そこでの歳月も記憶から薄らいでいき、現実感が失われてくる。そして、イラズマスは子供時代のあのときの根元的な感情に戻っていった。彼の人生はただ一つの強烈な焦点に向けて収束している。その点が単純で強烈な光を放つので、ほかのすべてのものがかすんで見えるのだ。それは、結局は不必要だった足場をゆっくりと解体していく感覚に似ていた。イラズマスにはその足場が何を支えてきたのか、否、支えているように見えるのか――それもまた幻想に過ぎなかった――よくわからなかった。しかしイラズマスの決意には強烈ではっきりした中心があり、その外にあるものはもうほとんど見えない。空と海は、このようにすべてを取り除いた姿、事物の本質を究《きわ》めた姿を示しているのだろう。所有欲やアイデンティティに代わって、中心に正義という概念が据えられたのだ。そしてそれは抽象化され、ほとんど信仰とも化した信念となり、夜明けの誓いで日々新たにされ、白昼の光で確認され、闇の到来によって荘厳にされていった。

ハーヴィーに対しては、イラズマスは、まるで何か矛盾した答えを見つけ出そうとするかのように、何度か細かい質問を繰り返した。しかし、この元船乗りの話はひどく単純で漠然としたもので、矛盾の生じる余地はなかった。例の水路に行き着いた道筋は、はっきりとは覚えていなかった。たまたまそこに行き着いただけだったという。「何しろ酔っ払っておりましたので」と言うとき、ハーヴィーはいつもしかめっ面で、哲学者のような顔付きだった。それは人間すべてに共通する酔っ払った状態について語るにふさわしい表情だった。給水したところと、自分たちが錨を下ろした海岸全体の形は覚えている、と彼は言う。それに関しては彼はかなり自信を持っていたが、思い出せない場合もあり得るとも思っていた。このころまでに、ハーヴィーも自分の主人のことがかなりわかってきて、もし失望させた場合には大変なことになるということを肝に銘じていた。

そうは言っても、ハーヴィーは不必要に心配する質《たち》ではなかった。ほかの点ではこの航海を大いに楽しんでいた。航海で額に汗してロープと格闘する必要がないなどということはこれが初めてだった。給仕や、当直に当たっていない水夫たちと食事をしながら、自分が入り込んだ上流階級の世界の途方もない話でみんなを楽しませるのだった。ハーヴィー自身がその途方もなさに驚嘆している様子に、周囲の連中も警戒心を解いた。彼は船上の人気者となっていった。

この驚嘆はハーヴィーが主人に対して抱いている気持ちでもあった。立派な屋敷に召使、それにお金。早い話がハーヴィーが人生に求めるすべてを備えた人物が、わざわざ地球を半周して、入り江の河床に乗り上げた腐った船を見たがるなどとはどうにも理屈に合わない。常識からは理解し難い。だからこそケンプを並の人間とはまったく別のレベル――殿様というか、すぐれて不可解な人物として、狂人を相手にするように調子を合わせるしかないレベル――に置くことになった。

このように調子を合わせるしかないとすれば、ハーヴィーは自分が雇われた条件の一つとしてこの件を真剣にとらえ、自分の義務と心得ざるを得なかった。彼の話も、中身自体には大した変化は生じなかったが、徐々に流暢になり、また劇的に脚色されていった。同時に、話は少しずつ道徳的な内容にすり替わっていった。倉庫からラム酒を盗んだのも、女たちを追いかけようとしたのも、誰かほかの連中ということに変わっていった。船の発見自体については、ハーヴィーは何も付け加えなかった。結局のところ、話の種は限られていたのだ——酒を飲んだこと、まっしぐらに女たちを追っかけたこと、マングローブの湿地をつまずきながら進んで行くと、曲がりくねった水路の岸に出くわし、そこでマストの残骸の中に傾いた難破船を見つけたこと、ツタが両側の岸から伸びてきて船を覆っていたこと。時折、ハーヴィーは細部を付け足した。

「あれは奴隷船だね。前に奴隷船に乗ってたことがあるんでわかりやすが、船内を区切る隔壁の残骸がありやした」と言ったこともある。

同時に、自分が間違う可能性もあると予防線を張ることもあった。

「あそこの海岸線はいつも形を変えていましてね。今、目の前に見えていても、それが本当に岸でないときさえあるんですね。陸地のように見えるが実は水平線にのぼる霧で、近づいてみたら消えちまったなんていうこともあるくらいです」

サンタレン海峡を過ぎ、フロリダ海流に入り込んで行くころには、ハーヴィーのこの話は予言的に思われてきた。一行は、海流の上空の暖かい空気がその上の冷たい空気とぶつかってできた霧が、当てもなく不規則に現れる季節に、ちょうど出くわしたのだった。この霧の中をフロリダ・キーズの低い緑地らしきものを眺めながら、数日間ゆっくり進んで行くと、時折、幻想ではないかと思うほどほんの短い間、左舷方向にくっきりと陸地が姿を現すこともあった。

サンタレン海峡の東側の浅瀬が不安な船長は、グレート・バハマ・バンクの北端までは海峡の真ん中を通るようにした。そこから、ボカ・ヌエヴァと大体同じ緯度にあるはずのフロリダの沿岸に向かった。ボカ・ヌエヴァはフィリップス船長が教えた唯一の目印だったが、これまでのところ、霧が途切れないためにまったく見えてこない。船長は岸に近づき過ぎるような危険は冒さなかった。手元にはスペインの地図しかなかった。それはかなりよくできたものではあったが、この南東部の海岸は海の侵食によって常に形を変えていたので、あまり信頼をおくことはできなかった。

「だらんとぶら下がった老いぼれのペニスみたいで、だんだん小さくなっていきやがる」と、あるとき、半島の地図をじっと見ていたハーヴィーが憂うつになって船室ボーイに言った。

「くそったれ！　スペイン語の地名じゃ、まともな奴には読めやしない」

スペイン語どころか何語も読めないハーヴィーだったが、だからといってそんなことが慰めになろうはずもなかった。

　ところが翌日、目覚めてみると霧はすっかり晴れ上がり、好天はその後、何日も続いた。一行は海岸に近づき、岸を詳細に見ながら海流に乗ってゆっくりと北上した。二日目の昼近くに、青々とした河口が姿を現した。フィリップス船長が言った通り、北側の砂地は曲線を描き、海の波が三日月形の鎌のような形に白く砕けていた。十尋の深さのところに錨を下ろすと、イラズマス、ハーヴィー、それに六人の乗組員からなる上陸組は、マスケット銃と短剣で武装し、二日分の食料を積んだ平底船に乗り込んだ。岸
よく晴れた日で、風もほとんどない日だった。岸辺とその先の低木地帯には人の気配はまったくなかった。波は低く、音も立てずに砂地に砕けている。イラズマスは船から白い砂地に降り立ち、その静寂に取り囲まれたときに覚えた強い違和感をのちになっても忘れることができなかった。

　海岸はゆっくりとのぼり坂となって、そよともしないヤシの林へと続いていた。翼が黒く、剣のようなくちばしが紅色の白頭の鳥の一群が飛び立ち、海に向かって水面すれすれに羽音も立てずに飛んで行った。イラズマスは思った——ここら辺りか、あるいはここからそう遠くないどこかに、恐らくは今日のような日に、あの逃亡者たちは上陸したのだろう。そんなことがあったとはとても信じられない。どこを見ても人の痕跡らしいものは見当たらない。

　イラズマスはのぼり坂の海岸を歩き始めた。どっしりした大地の感触を足で確かめるように歩いていると、何週間も海に揺られてきた体が少しふらつく感じがした。しかしこの不安定感は、船の揺れのせいというよりも、むしろ一帯を圧するあまりの静け

さに、動揺を覚えたためのような気がした。イラズマスは立ち止まると、人一人いない海岸を当惑した思いで眺めやった。孤独を感じ、自分がやろうとしていることが暴力的で、この静けさには似つかわしくないように思われた。

イラズマスがこのように気弱になることはめったにないことだった。だがそれも長くは続かなかった。彼の決意はそのあとに直面した困難によって強められこそすれ、変更はあり得なかった。ハーヴィーは、すぐには以前に自分たちが水を補給した場所を特定できないことが明らかになった。主人の怒りをそらそうとして、ハーヴィーはそこに行ってみればわかるだろうと言った。しかし、それがこの海岸線上のどの方向にあるのかを示す目印は何もなかった。

ハーヴィーが確実にわかっていたのは、その場所が河口の南側にあるということだけだった。そこで、イラズマスは自分たちが上陸した地点を中心として、海岸線沿いに北方と南方の両方向に探索するのが良策だと判断した。周囲には水路が数多くあり、それらは海岸の背後の湿地帯に続いていた。しかしそのどれも、ハーヴィーの記憶にあったものとは違っていた。日向を長い間、このように漕ぎ続けなければならないことに腹立ちを隠しもしない護衛の者たちを連れて、二日ほど当てもなくあちらこちらを試したあと、ようやくフィリップス船長の言った通りの、松の木々の散在する高台になった岩の多い岸辺を見つけた。ここまで来ればハーヴィーも確信が持てるようだった。

この辺りは湧き水が十分ある。広い範囲にわたって岩の多い低木地帯で湧き出し、あちこちに水たまりをつくっている。それまでの失点を取り戻そうとするかのように、ハーヴィーは、今はもう何の迷いもなく水たまりを迂回し、その向こうに茂るマングローブの藪の中に入り込んだ。汗だくになり、からみ合った木々の根の間をつまずきながら、時には沼地の中を膝まで浸かってもがくように歩いて行く。一行は、海岸と海岸に平行して続く海水の混じった小さな潟の間を、足元の悪さをものともせずに進んで行った。

一行がたどり着いたとき、その水路の入口は木の枝に覆われ、洞穴のように薄暗かった。水深は一、二フィートほどしかなく、ほの暗く静まり返っていて、そこにはヒヤシンスに似た花の強い香りが漂い、息苦しいほどだった。彼らはできるだけ川岸の近くを通るようにしながら、奥の方へと曲がりくねって行く水路をたどって行った。木々の間の空き地で日向ぼっこをしていたワニが、急ぐ様子もなく岸を滑るように下りて水中に入ると、暗い水面が乱れて一瞬きらめいた。と思う間もなくワニは茂みの中に姿を消した。水路はやがて海から大きなカーブを描くように離れ、そのカーブをたどって行くと、思いもかけず、一行はあの船の前に出た。

船は水路に引き揚げられたときのままの姿で横たわり、竜骨は川底の泥に埋もれていた。そこに、はまり込んだまま船体は左舷方向に大きく傾き、甲板の上にあった廃物は左側の舷縁に積み重なっていた。船首にはツタが伸び、船首楼の手すりの腐りかけた四つ目格子を覆っている。頭上でアーチを描く木々から薄緑色のコケのひだがタマツヅリのように垂れ下がっている。切り株状になった折れたマストに太いツタが投げ縄のようにからみ付いている。後甲板の高い斜面だけが何にも覆われず、むき出しになっていた。船はツタに縛られて身動きもならず、この忘れ去られた水路に捕らわれて朽ちかけていた。

対岸から突然、甲高い鳥のさえずりが聞こえてきた。塩と泥と植物の腐敗した臭い、それに柔らかくなって虫食いだらけの船材の臭いがする。イラズマスは岸辺を進んで行き、船首と肩を並べるところまで近づいた。デヴォンシャー公爵夫人は、今ではひび割れて目がなく、色あせて、胸も砕けていたが、それでもうしろ手に縛られたまま前方を目指した姿を残している。顔は離れた岸辺に向けられている。どこか遠くから潮が川の流れに逆らって船を引き込んだのだ。船に入り込むには船尾からの方が容易だろうとイラズマスは判断した。船尾の方がすぐ目の前にあるからだ。

「まず私が一人で行く。君達はここで待っていてくれ。岸沿いに一定の間隔で見張りを立ててくれ」とイラズマスは言った。

これを聞いて乗船のお供をしたいと思っていたハーヴィーはひどく落胆した。船にはきっとケンプだけが知っている何か大層な価値のあるものがあるに違いないと確信していたからだ。それ以外、ここでこんなことをしている理由は思いつかない。それなのにハーヴィーは、背中に主人のブーツから落ちた泥のおこぼれをもらっただけだった。船体の側面は飛び上がるには高過ぎる。しかも船はひどくぶざまに傾いていた。橋が作られるのを待ちきれず、イラズマスはハーヴィーの背中を足台にし、ロープを使って船尾材に跳び移った。船尾の彫刻を足場にして側面をよじ登って行くと、マーチャント号のシンボルである赤土で塗られた商人のレリーフが鬘《かつら》に三角帽をかぶって頬を紅潮させ、とがめるような視線をイラズマスに投げかけた。この商人の上方には、凹凸のある金メッキが施されたリヴァプール市の渦巻装飾があり、それがイラズマスにちょうどいい足掛かりを与えてくれた。

　力を振り絞ってついに甲板上に出たイラズマスは、日光を浴びながらすっくと立った。何かがかすかな音を立てて暖まった板の間から慌てて逃げて行った。シダのような精緻な葉の植物が甲板の破れた板のそちこちに生えている。甲板の朽ちた木材が、腐葉土や吹き寄せられた塵埃《じんあい》と混じって土壌の代わりになっていたのだ。どこからか蜂の羽音が聞こえてきて、イラズマスは少し驚いた。と思うとすぐそのあとに薄黄色の二羽の小さな鳥が下生えの茂みから飛び立って、対岸の木の茂みに姿を消した。イラズマスは甲板の斜面を横歩きに進み始めた。後方昇降口の上には壊れた桶板やマストの残骸が積み重なっており、自分一人では除《の》けることができなかった。仕方なくイラズマスは主昇降口の方へと進んでいった。見るからに猛毒を持っていそうな赤と黒と黄色の派手な縞模様のヘビが、穴の開いた甲板を何フィートか滑るように進み、壊れた樽や索具の山の下に姿を消した。

　イラズマスは反り身の短剣を抜くとそれを横手に構え、前進を続けた。目的に向かう緊張感で、息が詰まりそうだったが、下に降りて従兄の船室を見つけるためなら、どんな危険も省《かえり》みなかっただろう。とはいえそこで何を見つけようとしているのか、彼自身もわかってはいなかったのだが。

　昇降口は一部ヒルガオに覆われてはいるものの、開いていた。階段もそのまま下に続いていた。降りきったところで、船の傾きに対してバランスを保とうと、イラズマスは左舷側の隔壁に寄り掛かりながら、船尾の方に向かった。頭上の板のすき間から光が矢のように射し込んでいた。数ヤード先には頭蓋骨と人骨が散らばっており、あばら骨はまだ輪状の形をとどめていた。フィリップス船長は人骨のことを何か言っていただろうか。イラズマスは思い出すことができなかった。成人の骨であることは確かだが、黒人のものか白人のものかは判断のしようもなかった。パリスのものとしては明らかに小さ過ぎた。頭蓋骨はあと二つあり、そのうち一つは子供のもので、やや離れた仕切り壁側にあった。

人骨を発見した上に、一人きりでこのような異様な場所にいるため、イラズマスは自分の思考の防備がすっかり解かれてしまったように思えた。この薄暗く散らかった場に一人で立っていると、船の奥底で、恐ろしい苦しみが味わわれたのだという思いにとらわれた。そのときの苦痛の臭いが船材から臭ってくるような気がした。その臭いは荒廃の過程を経てもなお消えていない。やがてこの船が塵埃と化しても、やはり残るのだろう……。

こんな物思いは、ちょっとした脱線だ。ほんのつかの間、目的を見失ったに過ぎない。次の瞬間にはイラズマスは、また、切れ切れに射し込む日の光の中を足を引きずりながら進み始めた。かつて父と一緒に何度も建造中のこの船の中を見て回ったので、船医室がどの辺りにあるのかはよく覚えていたが、船医室全体の広さが、今でははっきりしなくなっていた。内側の軽い隔壁は衝撃を受け、引き裂かれたように崩れ落ちていた。古くなった撚り糸の屑や、船が傾いたときの衝撃で落ちてきた滑車装置の破片があった。しかし寝台の枠はまだ残っていて、足の方は引き裂かれた隔壁から外れてぐらぐらしていた。

イラズマスがこの屑の山を蹴り、さび付いた帯金《おびがね》と曲がった木材をどけると、その下に何か丸まった物が見えた。初めはヘビかと思ったが、やがてベルトだとわかり、イラズマスはそれを拾い上げた。皮の部分は腐りかけ、バックルはなくなっていた。恐らく切り取られたのだろう。それは細いベルトで、船乗りがするようなものではなかった。そこで今度はもっと熱心に周囲を見回し始めた。割れてゆがんだ板の下に、丸いガラスの栓のふたを見つけたが、それは小さなガラス瓶や薬瓶などに使われる物だった。従兄のこの痕跡は愛の形見に劣らず貴重だった。イラズマスはそれを大切にポケットにしまい込んだ。

そのほかは、小さな陶器製のインク壺を除けば、イラズマスの関心を引く物は何も見つからなかった。どの船室もかなり根気よく、しかも一度ならず漁《あさ》られたことは明らかだ。

何となくがっかりして立ち去ろうとしたイラズマスは、くやし紛れに寝台の枠を乱暴に押しのけた。するとその頭部が重たげに振れて、裂けた隔壁に当たって止まった。何かがそこでつかえていて、その箇所を補強しているような感じだった。寝台を力任せに押して、できるだけ壁から離してみると、そこに窪みが見えた。恐らく薄い化粧板か何かで前面がふさがれていたのだろう。明かりが十分でなく、中の方はまったく見えなかった。何が潜んでいるか見えないところに手を入れてみる気にはなれなかった。そこで木切れを見つけて窪みの中をつっついてみた。するとそれは窪みのほとんど全体を占めている何かに突き当たった。手を伸ばしてみると、木製の箱に指が触れた。

あとになって思い返すと、さわった瞬間にすでにこの箱が何かわかっていたような気がした。だからこそ実際にそこから箱を取り出したとき、何の驚きも感じず、ただ思った通りだと感じたのだ。漆《うるし》はざらざらになり、そこここに穴も開いていたが、それでも残りの塗料が湿気を防いでいて、ふたの金と青のクジャクの絵は、今、彼が立っているこの狭い空間の中で、十三年前のあの午後、ティーカップが並び、病気のことを話題にしながら母がマシュー・パリスに贈ったときと変わることなく、くっきりとしている。あのときの部屋の陰影、母が着ていたドレス、いつも冷笑的な感じがともなう従兄の慇懃《いんぎん》で重々しい態度、そしてその箱を受け取った彼の大きな手が、はっきりと思い出された。

箱を注意深く持って、イラズマスは頭上の甲板の割れ目から光の矢が射し込む方へ移動した。箱に鍵は掛かっていなかったが、板が反っていたので、ふたを無理やりこじ開けなければならなかった。中には紙の束と赤い皮で縁取りされ、しっかりと綴じられた本が入っていた。一目見るなり、それが日誌の一種だとわかった。どのページにも従兄の角張った筆跡の書き込みがあった。綴じていない紙にも従兄の字で何か書いてある。単語や語句のあちこちに線を引いて訂正した跡がある。イラズマスはそのうちの一枚を取り出して、光に当て、最初の数行を読んだ。

このように心臓が無事である限り、全身の回復は可能であり、したがって健康体に戻る可能性は残される。一方、もし心臓が熱を失うか、何か重病に罹れば、動物は全身が侵され、腐敗への道をたどるしかない。

イラズマスは顔を上げ、光の射し込んでくる方を見やった。クモの巣が、ちょうど頭の上にあった。日光に照らされて巣はほこりまみれに見える。その中心に淡黄褐色の巣の主《あるじ》がじっと動かずにこちらを見ている。初めはかすかな記憶として、それから突然喉に熱いものが突き上げるほど強烈に、父がどんなにうれしそうにパリスを褒め上げ、船に立派な資格を持った医者を送り込めると喜んでいたかを思い出した。そのとき父が甥の優秀さとして数え上げていた中に、心臓についての医学論文をラテン語から翻訳していることが含まれていた。

外の方から、配置に就いている岸辺の男たちの声がイラズマスの耳に届いた。陽光の射し込んでくる角度が短い時間の間にすっかり変わっていた。日の光は、今は彼の顔に直接当たり、クモの巣は陰に入ってほとんど見えなかった。朽ちかけていく船の内部で、用心深くカサカサと、ほんの少し移動し始めた生き物の気配がした。この崩れていく骨組み、ついえさった父の希望の屍《しかばね》が眠る棺桶……。父を見捨てたのはパリスだった。父は何も知らないまま死んだのだ。この箱は出発のときの贈り物だった。この紙束をパリスは忘れて行ったのではない。あえてここに残して行ったのだ。自分がすでに終止符を打った人生、二度と戻るつもりのない人生に属する物だったからだ。そうでなければ、船がここに引き揚げられたとき、パリスはすでに死んでいたのだ。そのいずれかだ。

イラズマスは紙束を箱に戻し、ふたを閉じた。そうだ、そのいずれかだ。自分がここまでやって来たのも、この疑問を解くためだった。もし従兄がすでに死んでいるのなら帳尻は合ったのだ。元帳は閉じてもよい。もし生き延びているのだとしたら、見つけ出し、この手で絞首刑にせずにはすませない。この未開の地のどこかに、生き延びた者たちがまだいるかもしれない。イラズマスはインディアンたちの話を思い出した。それが実話なのか伝説なのか、フィリップス船長にも確信はないようだった。もしいたとしても、この沼地の近くにとどまってはいないだろう。もっと高地の、乾いた土地に向かっただろう。とはいえ、このような地勢では思うように移動できなかっただろうし、荷物も運び出しているに違いないから、それほど遠くに行くとは思われない。イラズマスは頭の中でさまざまな可能性を論理的に一つずつ、辛抱強く吟味していった。一緒に固まらず、ばらばらになって、それぞれ勝手に散らばって行ったかもしれない。しかし大勢の方が安全ではある。ジョージアかルイジアナを目指して皆で一団となって北に向かったかもしれない。だが、そうするにはスペイン領の中を何百マイルも進まなければならない。しかも北側の境界には敵意に満ちたインディアンが控えている。生き残った乗組員たちが黒人を見捨て、ボートでキューバかイスパニョラ島に行くということは考えられるだろうか。いや、そんなことは考えられない。論理を超えたところで、イラズマスは確信していた。あの恩知らずで前科者の従兄が、暴動を起こした乗組員連中ばかりでなく、逃亡奴隷たちにも加担することで自らの罪を重ね、恥辱の上塗りをしたに違いない、と。

この確信がパリスへの憎しみに勝った。航海中に経験したあの激しい正義感がよみがえってきた。イラズマスは、「まだ終わってはいない」と、思わず小声でつぶやいた。そして射し込んでくる日の光の方にもう一度顔を向けた。

「借りはまだ返してもらっていない。奴が生きていれば、この私が見つけ出してやる」イラズマスはいつもそうするように、周囲にあるすべての物を証人として誓いを立てた。静けさと荒廃に、朽ちかけた老朽船の船体全体に固く誓ったのだった。どこに身を潜めていようと、あの裏切り者の従兄を探し出してやる。探し出し、そしてつるされるところをこの目でしかと見届けてやると。

第四十章

イラズマスが戻ると船はすぐに錨を揚げて北に針

路をとり、セント・オーガスティンを目指した。北西の陸風《りくふう》に乗って船は順調に進んだ。イラズマスは手すりに立って望遠鏡で海岸線をたどっていた。人の住んでいるような様子はどこにもない。ただ淡い色の海岸線が続き、その向こうに低い灌木林が延びているだけだ。時折その連なりを破って、島のような濃い緑のドーム状の森林地帯が突然姿を現すこともあった。カナヴェラル岬の南側を航行しているときに風が東向きになった。それで船は浅瀬に乗り上げないように、はるか沖合を進まなくてはならなくなった。それと同時にイラズマスの視界から陸地はすっかり姿を消してしまった。

午後遅くになって、かなりためらったあと、イラズマスはやっと日誌を読み始めた。なぜか気が進まず、圧倒されるのを恐れるかのように、日誌を開くのを先に延ばしてきたのだった。いずれにしてもイラズマスは従兄の思考や感情に関心があったわけではない。ただパリスの犯罪の証拠を見つけたいがために日誌に向かったのだ。

イラズマスはあとの方のページから読み始めることにした。罪の証拠があるとすればその辺りにあるだろうと見当をつけたからだ。日誌は時折、ひどくインクが薄れているところがあった。その上、ページの端のあちこちに黴《かび》が生えていたが、それでもかなりの部分がまだ判読できた。彼はページを一枚一枚めくりながら、消えかけた文字をじれったそうに目で追っていった。日誌は長い間放置されていたせいでそこはかとなく甘い香りを放っていた。

恐らく私が船主の甥であるために利用できるところが多少ともあると思ったのか……そういえば彼はよく、しかも次々と言葉を変えて私のその身分のことを口にしている。権力の在《あ》りかを嗅ぎとろうとしているのか、あるいは、付くべき人間を替える準備をしているのだ。確かに今ではサーソに付いても仕方がないという空気がある。船上では船長に対する反抗的な感情が強まり、それが乗組員たちの表情や、仲間同士でつぶやく不満の声に表れている。キャヴァナはサルを甲板から投げ捨てられたときからほとんど一言も発していない……順風……しかしサーソの長年の奴隷貿易を支えてきた恐るべき神意は、ここにきてついにその気まぐれさを見せつけた。我々はこの凪ぎに捕らえられ、舵が効くほどの風も吹かず、浅瀬から抜け出せない。今や船は忌むべきものとなり、微風すら受けることがない。

四月二十日

　今朝はニグロを踊らせるためにサリヴァンが弾く「ナンシー・ドーソン〔ロンドンの有名な踊り子〕」の曲で目覚めた。サリヴァンは自分の音楽がそのように利用されることに不満そうな顔を見せているが、サーソには人間への配慮……彼の意欲の源泉は、叔父との約束だ。サーソの言う「最高」の奴隷をジャマイカに無事送り届けて売れば、一人につき四パーセント分の分け前がもらえるはずだ。私はたとえ船がジャマイカにたどり着くことなく、また……どうでもよい。あの血便混じりの赤痢が蔓延している限り、奴隷たちを踊らせても元気にしておけるはずもないだろう。この悪魔のような病《やまい》は海岸を離れたときから我々の船に取りつき、甲板の下の奴隷部屋の空気を入れ換えたり、いぶしたりしてはみたが、急速に広がっている。今では毎日のように、まだ生きている奴隷に繋がれたままの死体を運び出している。昨日は女が一人死産し、リビーがその赤ん坊の死体を船から投げ捨てた。

四月二十六日

　このような痛ましい状況にあるにもかかわらず、私はデルブランとの長い対話を続けている。それが私の慰めとなっているのだが、それでも彼には現実主義的なところが欠けるうらみがあるように思われてならない。彼は犠牲や不正のない世界や社会――弱者を救済したり保護するために誰かが強くなることはあっても、弱者に付け入ることによって強者となることのない世界――が存在し得ると主張する。確かに人間の道徳性は、その身に現実に起こったことによって形成されるのであり、我々の性格は外的環境に基づくものである。そこまでは私も彼に同意し、そう信じるようにさえなった。だがしかし、もしそうなら、なぜ我々は戦争や専制政治の下で苦しむのか。デルブランならばそれは政府が我々に及ぼす有害な影響のせいだと言うだろう。政府は悪のためにしか力を振るわず……には無力で……この船の状況……同意せざるを得ない。

我々は不満に満ちた病んだ集団だ。絶え間なく減り続ける人間の積み荷を乗せたこの船を支配するのは、日々狂気の度を強め、しゃがれ声を発しながら周囲をにらみまわす男、今日、乗組員の一人が塩漬け肉のことで苦情を言いに来たという理由だけで鞭打ちに処したような男である。

塩漬け肉は私自身、証言したように、……黒ずんで全体がぬめっとした光沢があり、明らかに腐っていた。バートンは気に入らない連中を奴隷部屋の掃除に行かせるが、この仕事は乗組員たちにひどく嫌がられている。赤痢ですっかり弱った奴隷たちが用を足すバケツにまでたどり着けないことがよくあるからだ。一区画に四人ぐらいは、それほど弱った奴隷がいるのだ。それにバケツから離れたところにいる者がバケツまでたどり着こうとしても、足枷のせいで一緒に繋がれている者につまずいてしまうこともよくある。このような事故は避け難いが、それが原因でけんかが絶えず、青あざをこしらえる者があとを絶たない。というわけで前進を阻まれ、バケツにたどり着くのを妨げられた者は、ついにもう行こうとする努力を放棄することになる。だが自然の要求には逆らえない。だから結局は横臥したまま垂れ流すことになる。

そのあとに続く数ページは何かで擦れたか、あるいはインクの質が悪かったためか、読めなくなっている。イラズマスは狭苦しい船室にこもっていたために暑さと息苦しさを感じていた。日誌から立ちのぼる甘い香りが、何か不快な要求を突き付けてくるように感じた。そのまま朽ちて塵となる運命だったこの記録を救い出したことによって、ほんの一瞬、イラズマスは従兄の共犯者になったような気がした。パリスを有罪にする事実が記されているとすれば、それは多分、最後の方のページでだろう。その箇所は急いだらしく乱れた文字で書かれていたが、それでも大体は何とか読むことができる。

今朝我々はエヴァンズを海に投げ入れた。この二週間の間少しずつ弱ってきて、甲板の上で死んでしまったのだ。それに奴隷も二人……成人の男は赤痢で、もう一人は尿砂病の子供で、尿管が詰まって……マックギャンは奴隷用の米飯をねだったために、また鎖に繋がれた。これで二度目だ。食料が不足してきた今、奴隷の方が乗組員たちよりもたくさんあてがわれている。それもサーソの立場からは当然のことで、乗組員の方は売り物にはならないし、もし死ねば、給料を払わずにすむだけのことだからだ。水もなくなりかけている……一人一日一パイントの割り当てに……マックギャンは壊血病なのだが、食欲の方はいっこうに衰えを見せないようだ。米飯をねだったのがばれ、バートンにロープの先で鞭打たれ、甲板上で足枷をはめられた。顔をしかめながら、航海中ずっとかぶっていた赤い帽子を眉まで下げたまま、そこに座っている。……私の判断ではもう死にかけていると思われるが、それでもサリヴァンとの賭けについてはまったくあきらめる様子がない。

食料をねだったのはマックギャンだけではない。ところが驚いたことに、ニグロたちは自分自身のひどい状況にもかかわらず、自分の割り当てから分け与えてやることさえあるのだ。哀れみのはずはない。自分をこんな目にあわせた連中をどうして哀れむことができるというのか。乗組員も奴隷も皆等しく、このあまりに惨めな運命の中で、敵意や個人的な……すべて帳消しにしてしまったのだ。私の船室……日中はほとんど息もできないような状態で、少しでも風を求めて風上側に……船の悪臭は極限状態で、船底の汚水から漏れてくる臭いだけではない。酢を使っても硫黄を使っても、奴隷たちの区域からの臭いは日に日に耐え難いものになっている。私の想像力も病的になってきた。船材の気孔の中で病原菌が増殖していくのが目に見える。我々はこの海上を行く吐き気を催す口臭なのだ。

五月十五日

このごろ幻想に悩まされるだけでなく、海から網ですくい上げるように古い記憶がよみがえってくる。私は最近、お前と、ついに顔を見ることができなかった私たちの子供のことをよく考える。お前が私を求めて泣いているのに、私はその場にいてやれなかったという思いが、私につきまとう。それより悪いのは、理性的には絶対あり得ないのに、そのくせどうしても抑えきれない疑惑が頭をもたげることだ。それはお前があの群衆の中に混じっていて、私が両手と頭を前方に突き出させられた異様な姿勢を強いられていたのを見ていたという思いだ。私の顔は血まみれで、お前はその私の顔を頭に刻んだまま、死の門をくぐったのではないだろうか、お前の方は何一つ損なわれることのない美しい姿のまま私の頭に残っているというのに……こんな醜悪な考えが……いとしい人……。

もし私が自分の意見を公にすると言い張りさえしなければ（私は傲慢さからそうしたのだ）……監獄に入り……破滅……。これゆえに私はケンプ氏の申し出を受けたのだ。金銭上の必要ではなく、恥の思いから……自分が無価値であると思い、いかにつまらぬ仕事でも就こうという心構えで……私の人生を投げ出し……だが、結局、これもまた、かつてと変わることのない高慢の表れであったと思い知らされ、絶望的な気分になっている。私は罪もない人々に災いを及ぼすことを手伝い、何の害も及ぼしていない人々を陥れ……これが私の罪であり、差し迫った理由があったといえる乗組員たちよりも私の方が重罪なのだ……

突然、イラズマスは乱暴に日誌を閉じた。最初、自分がなぜ気が進まなかったのかこれで納得した。これを読めば、従兄が身近に思われてしまうからだった。今、自分がいるのと同じような窮屈で狭苦しい船室で、パリスはこの日誌を書いていたのだろう。文面を通して従兄の姿が、月日も薄れさせることのできなかったあの姿がよみがえってきた。聖職者のような黒い服に身を包み、不格好で肩の張った上半身に、頑固な我慢強さを思わせるしわの寄った顔。パリスは苦しんだのだ。……イラズマスは共感の念を抑え難かった。同時に自分が読んだことが本当だとはとても信じられない気がした。この苦しみは、ほとんど狂気の境界ぎりぎりにまで迫っていると思ったからだ。だがそれとは別に、イラズマスはこの狂気じみた告白——暴動を起こし、ニグロを盗むというパリスの犯した本当の罪とはおよそかけ離れた、現実離れした特異な罪をこれほど素直に認めるという行為——について、その傲慢さと強情さゆえに、ひどく腹が立った。これらの感情が葛藤し合う中で、イラズマスは疑念と孤独感にとらわれた。自分の存在全体が今にも崩れ落ちそうだった。このように個人のモラルをもとに、自らの誤りの在りかを勝手に決定できるとすれば、法律や正当性は、そしてまた秩序は、一体どうなるのか。すべてが覆されてしまうのだ。イラズマスには、これほど呪わしいことはないように思われた。だが、しかし……。イラズマスは突然、パリスのもう一つの方の笑み、あのめったに見せることのない笑み、あの日、ゆっくりと表れてパリスの顔をすっかり変えたあの笑みを思い出した。ほんのつかの間、不本意ながらイラズマスの目に、パリスが夢見た自由の可能性が垣間見えた。

顔と手が、熱を持ったように熱かった。部屋の小さなテーブルに載った水差しのところに行って、手で冷たい水を何度も顔に振り掛けた。それから新鮮な空気を求めて、甲板に上がって行くと、空は夕焼けの名残でまだくすぶっているようだった。東側には残り火のような雲が浮かび、炎のような切れ間が、海のすぐ上で長く横たわっている。イラズマスは手すりの前に立ち、深く息を吸いながら、空がゆっくりと燃え殻《がら》になり、灰色に変わっていくのを眺めていた。そうするうちに、ようやく従兄の邪悪さに対する確信が戻ってきて、心が慰められていった。

第四十一章

翌日は海流に乗り、南東から吹く順風のおかげで、船はアナスタージャ島近くまで達し、午後には満潮を利用して砂州を越え、セント・オーガスティンの港に錨を下ろした。

船上ではあったが、イラズマスはできる限りの装いをこらし、三角帽に赤みがかった灰色の服といういでたちで現れ、うしろで結んだ髪に髪粉を振り、落ち着いた黒の服を着たハーヴィーを従えて波止場に降り立った。竜騎兵の軍服できらびやかに正装した若い中尉が、ぎしぎしきしむ旧式な四輪馬車を用意して出迎えてくれた。アナスタージャ島から早馬で知らせが届いたのだと説明しながら、中尉は硬くひび割れた皮張りの馬車の座席を手袋ではたいていた。総督は備蓄品についての用事があってまだ港にいるという。中尉はこんな馬車しかなくて申し訳ないとしきりに謝り、しかし、ほかにましなのもありませんのでと弁解した。何ぶんスペイン人の連中ときたら何もかもひどい状態で放って行ったものですから。でもこの植民地がイギリスのものになった以上、じきに事態は改善されるでしょう……。

　一行は、やせさらばえた馬と、肺病病《や》みのようなみすぼらしい御者にふさわしい速度で進んで行った。セント・セバスチャン川の河口にかかる橋と土手道辺りに達すると、平らな湿地帯の風景の中で、スペイン人によって築かれたセント・マークの朽ちかけた要塞が不意に立ちはだかった。街は湿地と河口の間の隆起した狭い土地に建設されていて、海岸からはたっぷり二マイルは離れているが、砂州と灯台が見える位置にあった。まだ若い中尉は、イギリスからのこの貴賓に対して礼を尽くすよう指示されていたらしく、一所懸命に辺りの風景の特徴を説明したり、総督がいないことをわびたりしていた。キャンベル大佐は一時間で戻ると申しておりましたが、何でしたら公邸でお待ちになるのはいかがでしょうか、多少はおくつろぎいただけるかと……。

　イラズマスは思案した。まず待つのはもともと性に合わなかった。それに総督に言われるがままに待たされているより、きちんと来着を取り次いでもらって迎え入れられた方がよかろう。ささいなことではあるが一考の価値はあると。一行はちょうど市街区の境界付近に来たところだった。木陰が多く気持ちのいい街路が庭園やオレンジの茂みの間に延びていた。

「どこか街の中心地区で降ろしていただけませんか。一時間ばかり歩いて街の見物をしたいのですが」とイラズマスは言った。

　お供いたしますという申し出を、イラズマスは丁重にではあるがきっぱりと断った。しばらくして、イラズマスは海沿いの防波堤と並行して南北に走る道を散策していた。そのすぐうしろをハーヴィーがイラズマスの剣と手袋、それに紹介状の入った小箱を携えてついて行く。午後の日射しはまだ暑い。じきにハーヴィーの持ち物には、イラズマスの上着と帽子が加わった。

イラズマスは街の静けさとさびれた様子に驚いた。舗装された道はなく、歩道もない。建物はスペイン風で、突き出たバルコニーと格子作りのベランダがある。歳月と風雨が建物の色をくすませ、人影のない庭を囲む壁もあちこちにひび割れができている。大半はよろい戸が下ろされ、静まり返っていた。街全体が打ち捨てられた静けさの中でまどろんでいるようだ。広場の店はどこも板囲いがしてある。インディアンが何人か物憂げに、スペインの伝道教会の石段に座っていた。駐屯地からやって来たらしい軍服を着たイギリス兵たちが数人ずつグループをつくって歩いているのに出会った。だが、一般市民の白人はまったく見掛けなかった。どうやらイギリスが占領したのは空っぽの街のようだった。

イラズマスが海に面した白い広大なスペイン風の公邸に姿を現したのは夕方のことだった。接見室に通されると、キャンベル総督が士官の制服を着たもう一人の男と一緒に待ち構えていた。イラズマスは紹介状を渡し、お目にかかれてうれしく存じますと告げた。

「私もです。新しいフロリダ植民地にようこそおいでくださいました」と総督は言った。やせて筋ばった体付きで、バンフシャー訛りで話す精力的な感じの男だった。その小さな目は用心深そうな光を放っている。

「この駐屯地の司令官、レッドウッド少佐を紹介させていただきたい」とキャンベル大佐は言った。

「お目にかかれて光栄です」

少佐はかかとの拍車を鳴らして敬礼した。明るい色の眉をして、気さくでのんきな顔付きの男だった。

「堅い地面に戻ったことを祝うんでしたら、かなりいけるブランデーがありますよ。私自身は航海はどうも好きではありません。スペイン人共は酒蔵いっぱいブランデーを置いて行ってくれました。さびた大砲と死にかけのインディアンを別にすると、連中が残したものはそれだけです」

「おいおい、レッドウッド、お客様に初めから誤った印象を与えてはいかんよ」

　キャンベルはほほ笑んで言ったが、そこにとがめる調子があるのをイラズマスは聞き逃さなかったし、またその意味もよくわかった。総督は自分の利害にさとく、敏感なのだ。イラズマスの前にいる二人は、まったく違うタイプの人間であり、この違いはあとあと役に立つかもしれない。

「それではスペイン人がブランデーを残して行ってくれたことに感謝して、まず一杯やりましょう」と打ち解けた調子でほほ笑みながらイラズマスは言った。「それから奴らが立ち去ってくれて、ゆっくりこうして飲めることに感謝して、もう一杯といきましょう」

　少佐はこの乾杯の挨拶が気に入ったらしく、大声で笑った。次にイラズマスは総督の方を向いて言った。「奴らもこの温暖な気候は持ち去ることができなかったとみえますね。それからこの肥沃な土壌も」

　これを聞いて、キャンベルは、警戒心は解かないものの、うれしそうな様子を見せながら答えた。

「その通りです。洞察力も観察力もおありの方とお見受けしました。確かにここは、野菜を年に三回収穫できる上に、イチジクやオレンジなどがたくさん採れる土地柄です。ジョージ国王陛下の臣民が植民して耕作に励めばここは楽園になりますよ」

「それではその未来の楽園と、スペイン人共を厄介払いできたことを祝して、乾杯しようではありませんか」と、グラスを掲げながらイラズマスは言った。

「しばらくはご滞在なさるおつもりでしょう？」乾杯がすんだあとにキャンベルが尋ねた。彼の光る目が数秒の間イラズマスをじっと捕らえた。そして「そうしていただけたらと思ったものですから」と付け足した。

「どうもありがとうございます。ええ、しばらくはいたいと思っています。こちらには大変関心があります。それにこの植民地の開発の見込みについて、ロンドンの共同出資者にきちんと報告できるよう、まず私の方が理解しておかなければなりませんし」

　キャンベルは彼の動作の特徴である活力溢れる様子で力一杯うなずいた。それから次に話し出したときは奇妙に柔らかな声になり、そのためスコットランド訛りがさらに際立った。

「確かにその通りですね。お帰りになるとき、いい印象をお持ちになっていただきたいものです。それとは別に、何か我々にお役に立てることがあるのでしょうね？」

イラズマスはブランデーを一口飲んだ。この質問は礼儀からなされただけではなかった。キャンベルはもうすでに両者の合意点を定めようとしているのだ。抜け目のない男で、自分では単純な軍人と見られたいらしいが、決してそうではなかった。

「お互いにとって有益となると思われる話があるのです。時間と、そちらのほかの仕事に差し支えなければですが」とイラズマスは言った。

「今日のところはもう少しブランデーをやるというのはどうですか？」レッドウッドはサイド・ボードの方に向きながら言った。体格の割には機敏な動きを見せていた。「あまり長く放っておくと、蒸発してしまいますからね」

「こちらにいらっしゃる間はもちろんこの公邸にご滞在願えるのですね？」とキャンベルが言った。「少なくとも船にいるよりは快適にお過ごしいただけますよ」

イラズマスは少し遠慮してはみせたが、固辞するわけではなかった。そう言われるだろうと初めから予期していたからだ。夕食の約束をしたあと、イラズマスは部屋に案内された。すでにハーヴィーは階下でラム酒の場所を見つけ、スペイン人風の顔立ちにインディアンの肌色をした給仕の娘に目をつけていた。イラズマスが休んでいる間に、彼は主人の身の回りの品を取りに船に使いに出された。

夕食の席に着いたのは三人だけだった。軍服を着た当番兵が、ウズラのパイとシカ肉のローストと、新鮮な野菜の取り合わせを給仕した。それに極上のブルゴーニュ・ワインが添えられていた。イラズマスは見事な食事だと褒めた。

「これはレッドウッドのおかげです」

キャンベルは相変わらず慎重で打ち解けきらないが、にこやかに司令官の方を見やった。それから少佐についての話が始まった。レッドウッドはこの植民地がスペインから引き渡されたとき、イギリス占領軍の司令官だった。十八か月後に総督が赴任して来るまでの間は、彼が行政官の役を務めていた。とにかく食物のことではずいぶん時間をとられたという。駐屯地用の野戦炊事班を組織し、次に公邸用の炊事係を募集して訓練し、周辺地域から新鮮な肉や野菜を確保するといった具合だった。

「しかしその甲斐がありましたね。ご苦労なさっただけのことはありますよ」とイラズマスは言った。キャンベルが今話したことの大半はすでに知っていたが、イラズマスは気をつけてそんな素振りはおくびにも出さなかった。いつもの入念なやり方で、前もってイギリスを発つ前に二人について調査をしており、イラズマスは本人たちが思いもよらないほどの情報を得ていた。食事のあと、テラスでブランデーと葉巻を手にくつろいでいるとき、イラズマスは頭の中でイギリスで得た情報の再確認をしていた。

レッドウッドは十八歳のとき旗手として歩兵隊に入って以来、ずっと職業軍人としてやってきた。以来多くの戦いを体験している。勇敢で有能で、それほどの野心家ではないが、恐らくこの休戦期間の働きに対する見返りとしての昇進は望んでいるだろう。この男は友情のため、あるいは単なる親切心からだけでも多くのことをしてくれそうな人間に思われた。だがキャンベルの場合はそういかない……。

そこでイラズマスは総督の経歴を頭でたどり始めた。訓練を受けて騎兵となったキャンベルは、カンバーランド公の指揮下で、同郷のスコットランド人を敵に回して戦い、リゴニアのもとでフランダース遠征隊の指揮をとった。一七五七年に北アメリカに来て、ペンシルヴェニアとサウスカロライナで、フランス軍とその同盟軍のインディアンを相手に戦った。一七六一年にはチェロキー族を打ち破り、その多くを殺して功績を残したが、彼が誰より抜きん出ていたのは、戦場での戦いぶりに劣らず、インディアンの部族間のライバル関係を抜け目なく利用する点においてだった。彼の現在の地位は、国王に対する貢献が認められて与えられたものだった。この新任の行政官が直面している一番大きな任務は、この地の北と西にいる多数の勇猛なクリーク族のインディアンたちを説得して、その縄張りから広大な土地をイギリスに譲り渡すように仕向けることだった。つまり彼は、自分に備わった外交手腕を余すところなく使わなければならない立場に置かれているのだ。キャンベルは大した縁故や庇護もなしに、ただ抜け目なさと頑張りだけを武器に、ここまでのし上がってきた男だった。だからこそ今さら本国に自分の敵をつくりたくはないだろう。

　暖かな夜に、秋のバラの香りを運ぶ陸風を感じ、波の音を聞きながら座ってくつろぐイラズマスは、頭の中でこうした二人の情報を反すうしていた。一方そんな情報源はないまでも、キャンベルの方にも何らかの思案《しあん》があったに違いなかった。彼は何か思《おも》惑《わく》のあるときにはいつもにもまして物やわらかになる声で、しばらく続いた沈黙を破った。

「思い違いでなければ、確か先ほど、私共に何かお役に立てることがあるとおっしゃっていましたね。でも、その話はのちほどなさる方がいいですか」

「そんなことはありません。今お話しすることに何の異存もありません」とイラズマスは言った。

　そこでイラズマスはリヴァプール・マーチャント号の話を始めた。船が戻って来ず、大きな損害を受けたこと、十二年の月日が過ぎ、フィリップス船長が訪ねて来たこと、そしてつい最近、自分自身その目で、陸に打ち上げられ見捨てられた船を見たことなどを語った。反乱を起こした者と黒人の残党が生き延びているに違いないと考えており、また南フロリダの荒野で彼らが今もなお一緒に暮らしている可能性があることも告げた。

「人数が少なければ、そこで暮らしていくことはできますよ、女たちもいたし」とイラズマスは言った。従兄のことは言わなかった。

「私は彼らを追跡し、責任を問うつもりでいます。新任の総督であるあなたのご助力が得られることと期待しています。彼らはイギリス国王のフロリダ植民地で、犯罪者たちの植民地をつくっているのですから、根こそぎにして、法の力で罰してやらなければなりません」

　しばらく沈黙が続き、やがてキャンベルが言った。

「十二年前に南フロリダに打ち上げられた白人反逆者たちと逃亡奴隷のことを話していらっしゃるわけですね。失礼ながら当時はこの辺りは混乱していましたから、その連中はとっくに死んでしまっているか、散り散りになっている可能性の方が大きいですね」

「いいえ、混乱した時代だったからこそ私の推論が成り立つのです。船で逃げ出そうとしなかったことは明らかですし、陸から逃げようとしても北に向かうのは難しかったでしょう。スペイン軍と敵意に満ちたインディアンの部族がいたのですからね。彼らの安全はただ一つ、一緒に固まっていることに懸かっていた違いありません。しかも私の考えが間違っていなければ、彼らの手は血で汚れていたはずです。そんな連中が一体どこに向かうというんです？」

イラズマスは自信ありげに話していたが、キャンベルたちが沈黙したままだったので、いささかろうばいした。二人は経験を積んだ男である。そのとき初めて、イラズマスはどれほど自分が二人を説得したいと思っているかに気づいた。黙ったままの二人にイラズマスはさらに言葉を連ねた。

「それに半島の南部に、黒人と白人の共同体があるという、インディアンたちの話もあります」

「そんな話は聞いたことがありませんね。私にはかなり薄弱な証拠に思われますが」とキャンベルは言った。

そう言われるとイラズマスは怒りを覚えたが、それがかえって幸いした。怒りが動揺を抑えたのだ。確かにそのような懐疑は予期できるはずだった。援助を断る良い言い訳になるからだ。

「私自身は十分な証拠だと考えております」

イラズマスは冷たく言った。

「理由はもうご説明したと思います。私はこの件で損害を被った者です。イギリス国王の領土内である以上、ここでも賠償を求める権利はあると思いますが。もともと船にいた黒人たちも、また逃亡後に彼らの間にできた子供たちも、購入権によってすべて私の物であるはずです」

「その黒人たちのことですが……」と身を乗り出して聞いていたレッドウッドは、いかにも悪気のなさそうな好奇心を見せながらイラズマスをじっと見つめて尋ねた。

「その、黒人たちが船員に対して反乱を起こし、彼らを殺してしまったとはお思いになりませんでしたか？　奴隷船ではよくあることですし、むしろ船員の反乱よりそちらの可能性の方が大きいと思うのですが。それでしたら船員はまず誰も生き残ってはいないでしょうし、黒人たちはフロリダ・キーズに向かうでしょう。いや今回の件がそうだと言うのではなく、まず起こりそうなこととして、あなたがそういうことを思いつかなかったということに驚きましてね」

イラズマスは不意を突かれた。しばらくの間、答えも思いつかないまま彼は少佐を見返していた。テラスで、沈黙のときが一刻一刻過ぎて行く。混乱しきったイラズマスは、自分にとって従兄の有罪は論理的推論などではなく、絶対的必要だったのだと悟った……。「ええ、ですがもちろん、黒人たちの仕業であるはずがありません。船をあんなに海岸近くまで寄せ、入り江の河口を見つけ、綱で引けるように水深を測るなどということは、熟練した船乗りにしかできませんからね」

そう答えたイラズマスは、重大な試験を何とか通ったような思いがした。

レッドウッドはうなずいた。

「確かに航海に不慣れな連中にそんな芸当はできませんね。ところで援助を、というのは兵隊のことをおっしゃっているんでしょう？　令状を振りかざして一人で出掛けて行くというわけにはいかないでしょうから」

「私の計算では、将校一人と下士官二人に指揮された兵隊五十人ぐらいと、軽機関砲二基が必要です」

とイラズマスは言った。

総督は笑い声とも鼻を鳴らす音ともとれる抗議の声を上げた。それから沈黙が続いた。どちら側も自分からは口を開きたくないようだ。最初に根負けしたのはキャンベルの方だった。驚きのせいか、ほとんど猫なで声のように聞こえるほど声を和らげ、彼は言った。

「お聞きください。何ぶん無粋な軍人に過ぎませんので、無骨な言い方をお許しください。率直に言って、ここしばらくは五十人はおろか五人の兵も無理でしょう。これはどなたが申し入れなさっても、そしてまたこちらの差し迫った状況をご存じない本国の方たちから私がどれほどの不評を買うことになりましても、こう申し上げるしかないのです。何しろ今ほど間の悪いときはありません。こちらの状況が今どんなものかはご存じではありませんか？」

「クリーク族との話し合いが迫っているということは存じております」

「現在、各部族はセント・ジョン川の西岸の森に宿営していますが、どうしてもまだ川を渡ろうとしないのです。馬が元気を取り戻すまでとかいう理由をつけていますがね。連中は狡猾《こうかつ》な上に、長い間、東フロリダで好きなようにしてきましたからね」

「我々のせいで彼らは化け物になったのです」とレッドウッドが言った。

「先の戦いではずっと、ロウワー・クリーク族は我々の味方だったのです。その間各部族にマスケット銃とラム酒を同等に与えていました。彼らがスペイン人を砦から出られないように抑え込んでいてくれたので、我々は勝利を収めることができたんです」

背後のダイニングルームからテラスに射しかかる光をレッドウッドは浴びていた。笑みを浮かべてはいるのだが、その笑みには苦々しさがにじんでいるのがイラズマスにも見て取れた。

「それで連中は、我々に貸しがあると思い込んでいるんです。卑しい無知な野蛮人がですよ」

「そんなことは戦いでは当たり前のことだ」

キャンベルはいら立ちを見せながら言った。

「今話しているのは、平和時のことだ。各部族がここから三十マイルと離れていない川のところに集まって来ているんだ。しかも騎兵を含めてもこちらの兵は二百名にも満たないときている。本国は私に回す兵はそれで十分と考えているらしいのです。民兵を募ることなどできません。何しろ街は空っぽなんですよ、住民たちはみんなスペイン人についてハバナに向かいましたからね。三日もすれば、我々は酋長たちを迎え入れるためにピコラータまで行くことになります。それにインディアン問題担当官が話し合いに加わるために、明日到着することになっているんです」

「それで、その話し合いの目的は？」

「インディアンと白人の土地の間に、相互に納得できる境界を設定することです」

会議でのスピーチのリハーサルをしているように、キャンベルの口から、すらすらと返事が出てきた。いら立つと雄弁を振るうという習性があるようだった。

「早い話が、我らが兄弟のインディアンたちに、昔から持っていた狩猟地の大部分をこちらに渡すようにと説得するわけです。ところが少しやりづらいのは、目下のところ彼らの方が二十対一で多勢なんです」少佐が言った。

キャンベルはいら立ったように頭を振った。少佐の皮肉を不快に思ったらしいことは明らかだった。そもそも少佐も、わざと皮肉っぽい口をきいたような感じがし、イラズマスはこの二人の男の間にある緊張関係を再確認した気がした。

「武力を使うなど論外です。植民地の未来は、今回の取り決めに懸かっています。それは今後の平和の基盤を与えてくれる公平で適切な取り決めでなければなりません。しかもイギリスから植民者を呼び込むためには、かなりの土地を確保し、その上、辺境の安全が保証されなければならないのです」とキャンベルは言った。

「なるほど状況はよくわかりました。その話し合いがすむまではお待ちしましょう」とイラズマスは言った。そういう言い方をすると、約束が成立したようになるので、キャンベルにはありがたくないことはわかっていた。そこで間を置かずに「待っている間、有意義に過ごすことはできます。周辺の地域を調べて回ればよいことですからね」とイラズマスは付け加えた。

「馬を一頭使わせてもらうことは構いませんね？」

大きな問題を頼むのに小さな問題から畳みかけるというのは、イラズマスがこれまで有効な方策として学んだものだった。

「馬の件はどうぞ」

キャンベルは言った。

「それによろしければ、御者もお使いになって結構です。ですがはっきりと――」

「持参しました紹介状はもうお読みいただけましたか？」

「ええ、確かに」

「それでしたら、私が多少の影響力を持っておりますことは、おわかりいただけましたね。その点については今は立ち入りません。そのうち話し合いをいたしましょう。ただ投資については、かなりのことができることはお忘れなく」

そう言うと、イラズマスは、チョッキのポケットから懐中時計を取り出した。

「いやいや、こんな遅い時間になっているとは。気持ちのよい方々と過ごすと時間はあっという間に過ぎていきますね。お二人がお休みになるのを、これ以上お引き留めいたしますまい」

そう言いながら立ち上がると、イラズマスはそのまま辞した。客室のある一角に向かって中庭を歩いて行く間、レッドウッドが同行した。馬小屋がちょうどそちらの方向にあるので、と彼は言い訳した。レッドウッドの宿営している建物までは馬で一マイルほど行かなければならないという。士官やかなりの数の兵が民家に宿営しており、当初はそれで厄介なことが持ち上がっていた、と彼は続けた。

「スペイン人たちは誰かが宿営すると出て行ってしまうんですよ。その上、その分の補償を求めるんです。コクランと私の場合ですと――コクランにはもうお会いになりましたよね、出迎えにあがった中尉です――一週間に百八十ドル要求されました。それで言ってやったんです。北アメリカのイギリス人は兵を収容する兵舎がない場合には、民家に宿営させているのだとね。しかもそういうとき、国王にはいかなる補償も求めることはない、とね。そもそもイギリス臣民に対する補償が許されていないのに、どうして奴らのために国王に補償を求めることができるというのです？」

そこまで言うとレッドウッドはほほ笑んで話をやめた。月が出て、中庭は銀白色の光に照らされた。中央にある水の出ていない石の噴水や、中庭を縁取るオレンジの木々のとがった葉が銀色に染まった。

「原則にのっとった断固とした態度というやつです。いつでも役に立つやり方です。実際のところ我々には支払う金など一銭もありませんでした。ですがその話はキャンベル大佐がするでしょう。金がないというのは、彼の気に入りの話題の一つですからね」

レッドウッドはしばらく黙り、それから口調を変えて言い出した。

「あなたにお話ししておこうと思ったことがありまして。大佐の前では言わない方がいいと思ったのです。上官より事情を知っていると思われてはいけない、というのが軍隊に古くから伝わる格言でしてね。ですが、大佐はここに来てまだほんの数か月なんです。本当のことを言えば、あなたが先ほどお話しなさった共同体が存在するらしい証拠があるんです。黒人たちの蜂起のことをお尋ねしたのは、単なる好奇心からでして」

さっきと同じように、ややいぶかしげな顔付きで、少佐はイラズマスを見た。

「いや、そのことをお考えにならなかったというのが、ちょっと奇妙に思えたのです。それはともかく、私がここに来たばかりのころ、ですから一七六三年の初めに、毛皮を売りに来た混血の猟師と話をしたんですが、そのとき、海岸の裏手の川で、黒人と白人が一緒になって魚を捕っているのを見たって言うんですよ。大声を出して魚を罠に追い込むのが聞こえてきたんで見に行ったそうです。竹製の銛《もり》を持っていたということです。岸で見物している子供もいたとか。それで話し掛けてみたら、仲間同士では共通語、一種のピジン語で話していたというんです。夏のことで腰布一丁、体に魚臭い油を塗っていたそうです。そのうち一人が馬の毛を持っていないかって聞いて来て、もしあればアライグマの尾と交換しないかと言ったらしいんです。うまい話だと猟師は思ったんですが、もちろんそんな物は持ち合わせてなんかいなかったと……」

「馬の毛ですって？ そんなところで暮らす連中がどうして馬の毛なんかを欲しがるのですかね？」

「何だか訳のわからない話なんですよ。バイオリンがどうのこうのって言ってましたっけね。細かいことは覚えていませんし、もしかしたらまったくの思い違いかもしれません。何しろ奴の話す英語ときたら……」

「バイオリンの弓には馬の毛を使いますね」イラズマスは、一瞬、月の光に照らされた中庭を見通すような目付きをした。それから突然、「そういえばバイオリン弾きがいた」と驚くほど大きな声で言った。「確かバイオリン弾きのことも書いてあった。奴隷たちを踊らせるためにバイオリン弾きもいたんだ」

「そうですか。でしたらそうかもしれませんね。そのときは深く考えませんでした。休戦条約のあとしばらくは、こちらの歓心を買おうとして、いろんな奴らがいろんな話を持ち込んで来ましたからね」

「その男は、それがどこだったか言いませんでしたか？」

「正確には言ってませんでした。ただフロリダ岬とマイアミ川の北の方だとしかね。そこは松林の尾根とジャングルの丘陵地帯で、まさに人跡未踏の地なんです。地図にもないという……」

「その男に会えますか」

「いや無理でしょう。少なくともお役に立てるうちに来ることはないでしょう。こういった連中は未開の地に何か月も行ったきりですからね。しかし、ここに滞在しているインディアンたちに聞いてみることはできます。連中は大抵、少しスペイン語が話せますし、通訳を見つけるのも難しくありません。何か知っている者が見つかるかもしれません。多少の交易もあるでしょうしね。実際その辺りでしたら小さい集団が生き延びていても不思議じゃありません。確かに湿地が多いんですが、獲物になる動物も魚もたくさんいます。それに海風が吹くので西側よりは健康にもいい。戦争中もフロリダの南端では軍の動きはなく、上陸もなかったはずです。つまりそこはどこからも何マイルも離れている上に、誰にも役に立たないところだったということです。ミシシッピから来た黒人とインディアンの混成隊が西フロリダに侵入したという報告は受けましたが、セント・ジョン川の南側については何の報告も入っていません。とにかく探り出せるところまで調べてみましょう」

「そうしていただけたら大変ありがたいです」

いくら抑えようとしても、イラズマスの声は震えずにはいられなかった。自分の思っていたことに裏付けがとれて、心はうれしさにはちきれそうになっていた。

「あなたには、とても意味のあることなんでしょう?」

そう言われてイラズマスは慌てて我に返り、少佐から視線をそらした。レッドウッドに対する感謝の念があればこそ、立ち入った質問にも腹を立てずにすんだ。その視線がまだ自分に注がれているのを感じながらイラズマスは言った。

「私がわざわざイギリスから来たのも、正義が行われるのを見届けるためだったんです」

「ああそうでしたね、正義ですか」

レッドウッドは頭を上げてにっこり笑った。その頑丈そうな歯が月明かりに光って見えた。自然に浮かんだ他意のない笑みのようだったが、そこにはかすかな皮肉が混じっていないわけではなく、少なくともただのお人好しの笑みとは違っていた。

「確かに正義というのは大いに結構なものですな」

とレッドウッドは言った。

第四十二章

南部インディアン問題担当官ジョージ・ワトソンが到着したのは、翌日の午後のことだった。背が高く、青白い顔をしたやせた男で、その高くとがった鼻から息がやっと出入りするように見えた。彼ほどインディアンの風習を知り尽くした男はいない。到着早々、ワトソン自身がイラズマスに向かってそう言ったのだ。彼は偉大なる白人王の名代として、パンティコ海峡からブランズウィックに至るジョージアおよびカロライナの全域で、インディアンたちを相手にさまざまな問題を片付けてきた。タスカローラ族、ヤマシー族、チョクトー族、チカソー族、それにクリーク族の同盟部族——これらすべてをワトソンは知っていた。恐らく長い間の経験からだろう、彼自身、インディアンのような威厳に満ち、平然とした立ち居振る舞いを身に付けるようになっていた。

会談の前に、ワトソンはキャンベルと部屋に閉じこもって方針を決定し、北東岸の地勢をよく頭に入れようとしていた。特にその地域において大きな譲歩を得ようとしていたからだ。時折二人はテラスを並んで歩いたり、建物の裏側の庭を歩いていたが、その姿はまさに対照的だった。総督は筋張った頑強な体で、物柔らかな声と精力的な身振りが特徴的であり、他方、担当官は威厳に満ち、朗々とした声で、長めの上着に、肩まで届く旧式な大型の鬘をかぶっていた。

とはいえ、イラズマスが二人を見掛けることはほとんどなく、それをまた気にもかけなかった。おかげでセント・オーガスティンの周囲を自由に探索でき、報告書をまとめることができたからだ。植民地への投資の可能性について話したのも、それがキャンベルを釣るよい餌になるだろうとわかっていたからだったが、同時にイラズマス自身それを本気で考えていた。

投資による収益の見込みはかなり高いと判断するのに、そう時間はかからなかった。あちらこちら馬で見て回っている間に、裏切り者の従兄に関する自分の計画もはっきりさせていった。同時に、インディアンたちの問題が片付いたら、どっと押し寄せて来るに違いない人々に先んじることによって、この地で得られるであろう利益の計算にも余念がなかった。正義と金銭的な利益は、一方は道徳の領域に、一方は物質的領域に属するものだが、イラズマスには両者が同じ一つの体系に属するように思われた。そして法と自分自身の感情の命じるところがどちらも等しくこの計画を是認し、満足を与えてくれると感じたのだった。

　この広大な土地が植民者に多くを与えてくれるであろうことは疑いもなかった。冬の寒さは、季節の節目となるだけで、野菜の成長を妨げるほどのものではない。火をたいたりガラスで覆ったりしなくても、クリスマスの時期にグリーンピースが収穫できるだろう。同じ畑でトウモロコシを一年に二度収穫できるし、サウスカロライナで高い利潤を上げる輸出品の藍《あい》が、この地では年に四回も刈り取られ、しかも植え替えは三年に一度でいいというかなり確かな情報も得られた。この地を流れている川のおかげで輸送費はただ同然だ。セント・ジョン川は喫水九フィートの船がかなりのところまで――イラズマスには正確な距離はつかめていなかったが――航行できる。その上、モスケット川の河口にはすばらしい港がある。イラズマスの頭はあれこれと計画を立てるのに忙しかった。従兄の問題に片をつけるために、あとしばらくはフロリダにとどまることになるだろう。だが、ロンドンに指示を送ることはできる。現在のところ、この地は国王の所有地だが、国王はいつも金を必要としている。代理人を通してここを買い取ることはできるだろう。そうすれば植民を募る広告を一斉に出して……。

　イラズマスは自分の計画をまだ誰にも話していなかったが、総督と二人きりになったときには、このさまざまな可能性を一気に描いてみせた。それはもちろん、総督に好意的態度を失わせないようにするためだったが、また同時に、初めて会ったときから、総督はひどく用心深いが商才があり、のちのち役に立ちそうだと見て取ったからだった。土地の再販売に対して地方税を課すことによって利益を殖やせるように、セント・オーガスティンに事務所を構え、会社をつくらなければならないだろう。それには当地で地位のある者が必要になるはずだ。何か問題が起きたときに強力な支援者となるからだ。

　とはいえ目下のところ、キャンベルにはこうした問題について頭を巡せる余裕などなかった。その日は相変わらず油断なく光っていたが、会談の日が近づくにつれて、だんだん彼は無愛想に、怒りっぽくなっていった。事態はうまく進んでいなかった。インディアンたちは川の西岸にキャンプを張って動こうとしない。彼らの食料の蓄えも底をつき始めているという報告が入っていた。スクーナー船と水先案内の船が、ラム酒、たばこ、乾燥トウモロコシ、それにさまざまな贈り物――ビーズ、やかん、鏡、ナイフなど――を積んで、ジョージアを出ていた。だが、風向きが悪く、船の到着は遅れている。その間に、勇者たちは徐々に不機嫌になっていた。

「まったくいまいましい天気だ」

キャンベルがそう呪ったのはこれが初めてではなかった。

「配ってやる安ぴか物もないんでは、先が思いやられる。あの悪魔共はもうじき何か仕掛けて来るに決まっている。酋長たちは若い連中を有無を言わさず従わせることはできないし、酒は一滴も渡されていないというし……ああ、何てことだ」

「奴らの狩猟シーズンの始まりなのに、あんなところで長く待たされていたんでは、機嫌も悪くなるでしょうな」

いつものように重々しい調子でワトソンも同意した。

会談の前日の夕食の席でのことだった。担当官の提案で、イラズマスは立会人として会談に出るよう招かれていた。イングランドからの特別な使節としてその席に出れば、偉大な白人の父が、赤きインディアンの子らを本当に気にかけていることの証拠となる。そういうことを重視する連中なんだ、とワトソンは言った。イラズマスはもちろん会談の運びに好奇心があり、この申し入れを一も二もなく受け入れていた。

「このクリーク族は、前の戦いでは我々の同盟者だったのでしょう？　それは明日の話し合いでは有利に働くのではありませんか？」とイラズマスは尋ねた。

「同盟者ですって？」

ワトソンはその落ち着き払った顔を崩さないまま、眉を上げげた。

「いやいや、この連中には一族の間を除けば、忠誠心なんてものはこれっぽっちもありません。気まぐれで、当てにならない連中で、奴らの乗っている子馬より始末に負えない。連中のことはよくわかっていますよ、三十年もこの連中を扱ってきたんですから。子供と同じで、贈り物で釣らなければならないんです。彼らに奉仕の精神なぞありはしません。自分の得にならなければ何もしません。おっしゃる通り、彼らは我々の味方として戦いましたが、それは友情からというよりは、川のこちら側の狩猟地を自分たちで使いたいからだったんです」

「我々の方だって、まったくの友情の気持ちからだけで戦ったわけではありませんからね。私の記憶に間違いがなければの話ですが」

テーブルの末席からレッドウッドがワトソンに笑いかけた。「それに我々の方にも、縄張りについての野心があったとさえ考える者もいるかもしれませんよ」

このごろずっと気をもむことが続いていたキャンベルは、まるで痛みでも覚えたかのように唇をぎゅっとすぼめて、視線をそらす癖がついていた。今もまたそのような顔をした。

「皮肉を飛ばす癖がひどくなってきたようだな、レッドウッド」いらいらしながらキャンベルは言った。「国家の政策と野蛮人共のつまらない謀《はかりごと》を一緒にしてはいかん」

「もちろんおっしゃる通りです」

レッドウッドはワインを自分で注ぎ足した。かなり飲んではいたが、別にそれほどふだんと変わって見えはしなかった。

「スペインではなくイングランドが占領者になってしまった今では、本当にちょっとしたことで、奴らの敵意がこちらに向くことになるでしょう。本当につまらないことでも――森であと数日待たされただけでもね」とキャンベル。

「ですが、船はもうこちらに向かっているとお話しになれば」とイラズマスは言った。

「連中は我々とは違うんです。もし私があなたに、すでに船が何隻も出ていてお望みの物を積んで航行中だと保証し、しかし天候のせいで到着が遅れていると言えば、あなたはもちろん信じてくださるでしょう。お互いに名誉を重んじる者同士ですからね。ところがあの連中は保証しても完全には信用しないんです。どうも連中の頭の中には何か突拍子《とっぴょうし》もない仕切りでもあって、どう説明したらいいのか困るのですが。ともかく連中はある事柄を信じながら、同時に信じないでいるという芸当ができるんです」

イラズマスは口元をぎゅっと引き締めてうなずいた。これほど不埒《ふらち》なことはないように思えた。二つの矛盾し合う信念を抱いていて、いずれかがその時々によって交互に心を支配するというのならよくわかる。だが、このぞっとするような混乱はどうにも理解し難い。交わされる約束、視線すべてがその混乱によって毒されてしまうではないか。それでは、一つの犯罪について一人の人物が有罪であると同時に無罪であると信じるようなものだ。狂ってる……。従兄の日記の一節がふと頭に浮かんだ。死にかけた黒人、目にはすでに死の影がありながら、生きたいという抗い難い望み。パリスは生と死をつかさどる者だった。ふと見上げると総督の光る目がイラズマスを捕らえていた。イラズマスは「それが野蛮人の考え方なんでしょう」と言った。

「ええ、それにたとえ船が入って来ても、そこにインディアンたちが境界設定の条約に調印しようという気になるような品物や食料が十分積まれているかどうか、確信が持てないのです。なにしろ九百ポンドしかありません。植民地の未来を決定するとも言える今回の交渉を遂行するのに、政府が認めた費用はたったそれだけです。ほとんど信じ難い話です。ここでもし失敗したらどんなことになるのか、国王は十分知らされていないとしか考えられません。船を仕立てるのに七百六ポンドと二シリングかかっています。となれば大した計算をしなくても、残高が恐ろしく少ないことは一目瞭然です。こんなことをお話ししますのもあなたがイングランドにお帰りになった折りに、どうにか力になっていただきたいからなのです」

「できることはいたしましょう」とイラズマスは答えた。キャンベルはまだ役人の考え方と大差がなかった。いるが、それは小売商人の考え方と役人の立場で物事を考えて役人が一ペニーもおろそかにできないのは当然だ。だが、この植民地で莫大な利益の上がる見込みがあるのに、けちな大蔵省からあと数百ポンド何とか引き出そうと努めることは、無駄骨としか思われない。だが、今はそんなことを言うときではない。今回イラズマスが必要な分隊と大砲を得る見込みは、彼がイングランドでどれだけ影響力を持っているかについての、キャンベルの評価に懸かっている。

「これが砂糖業者が関心を寄せる理にかなった問題だと思われれば、かなりのことができると思います」とイラズマスは言った。「そして私自身はそう主張されるべきことだと見ています。フロリダで砂糖きびが育たないとは思えません。いずれにしてもです、差し当たり船の到着が遅れている間は、インディアンたちに我々の意図を信用させなければなりませんね」

「ですがインディアン同士でも信用し合っていないんですよ。ましてや我々のことなどはね……」とキャンベルが言った。

「それが逆に有利に働きますよ」とワトソンが一同を見回しながら言った。それにつれて彼の頭はゆっくりと動いた。ワインのせいで頬が赤らんでいたが、相変わらずその顔付きは重々しく落ち着いていた。「インディアンたちはお互い同士よりも、我々の方が信用できると気づくでしょうからね。そういうことが起こるのをこれまで何度も見てきました。こちらの数は確かに少ないですが、我々の考えは一致しています。ところが連中ときたら、テレンス〔テレンティウス、前二世紀ローマの喜劇詩人〕ではないですが、人の数だけ意見があるという状態です。それに船の件については、私は異なる見方をしています。重要なのは船が到着して、それを連中がちゃんと見るということです。船倉にラム酒やたばこや装身具をいっぱい積んだ船が、見えるところに錨を下ろしていさえすれば、我々に大いに有利に働くはずです。私としては条約が無事調印され、我々の意のままになるまでは贈り物を渡してしまうのは反対です」

ワトソンはまじめくさった顔でうなずき続けながら、立ち上がった。長身で黒っぽい服を着て、鬘をかぶり、くぼんだ目に青ざめた面長な顔の彼の姿は、人を威圧する力があった。

「もちろんトウモロコシは別です。彼らの蓄えも残り少ないようです。ですから食物を贈るというのは適切なことです。何があっても、インディアンたちにしみったれと思われることは避けなければなりません。何より彼らの軽蔑することですから」

「贈り物の件に関してはご判断に従いましょう。それでは先に渡すのではなく、あとで渡すことにしましょう」とキャンベルは言った。

ワトソンはかすかにほほ笑んで言った。

「こんなふうに贈り物を出したり引っ込めたりというのは加減が難しいんです。勘どころを抑えていないとね。さあ、そろそろ失礼して休むことにしましょう。遅くなってきましたし、明日はすることが山ほどあります」

第四十三章

会談の場となったピコラータ砦は、セント・ジョン川の東岸、官邸から二十マイルほど離れたところにあった。木製の柵に囲まれた石造りの塔で、戦争中にスペイン人が対インディアン戦の前哨基地として築いたものだった。

ワトソンとキャンベルはイラズマスをともない、軍隊の分遣隊にエスコートされて午前中にはそこに着いていた。クリーク族の酋長たちは西岸に馬を残し、百人の戦士を連れてカヌーで川を渡って来た。柵の内側には松材の大天幕が張られ、白人たちは中でインディアンの客人の到着を待ち受けていた。暑い日射しを遮るため、屋根と左右両脇には松の枝が広げられている。中央には演説者の演壇の役を果たす長いテーブルがあった。その上には、さまざまな色のビーズを通した長い皮ひもがヘビのように渦巻状に置かれている。両側には、酋長たちのために、毛布を巻き付けた棒が座席として用意されていた。

ところがインディアンたちはすぐには入って来ようとしない。彼らは皆、天幕から百五十ヤード離れたところに集まり、各々の酋長のうしろに黙々と列をなしていた。天幕の下の日陰の片隅に目立たないように座っているイラズマスは、この列の並びと、その静けさが奇妙に海を思い出させると思った。頭の羽根飾りの白い羽毛が揺れて止まる様は、赤黒い潮の渦に浮かぶ白い泡のようだ。天幕の内部に入ると何もかも外より色が濃く見える。大佐の詰襟の上着はルビー色に見え、ワトソンの鬘の銀白色は黒っぽい上着に映えて目を引き、テーブルの上の安物のビーズは高価な宝石のように輝いていた。

イラズマスは気づかなかったが、何か合図があったらしく、インディアンたちがゆっくりと前に進み始めた。中央の二列縦隊を率いた酋長たちは肩の下まで垂れた羽根飾りをかぶり、腕にはビーズの腕輪を巻いていて、ほかの者たちと容易に区別できた。その手に羽毛の束のような物を持っているようだが、離れたところにいるイラズマスにはそれが鳥の死体のように見えた。インディアンたちは二十歩ほど近づくと、ガラガラいう音を立てて荒々しく耳障りな歌声とともに、突然一斉に頭を上下させながら踊り始めた。例の羽毛の束のような物を持った酋長たちを中心にし、その周りで、体をかがめては、すり足と突き足を繰り返す。

彼らはそのまま歌い踊りながら、天幕から二十ヤードほどのところまで進んで来ると、ぴたりと立ち止まり、黙ってその場を動かなくなった。大きく上下する胸の動きを別にすれば、その体は微動だにしなかった。一分もそのままの状態でいただろうか、二人の酋長が足早なステップで踊りながら前に進んで来た。手に持っていたのは羽毛が付いた長いパイプだった。

酋長たちは踊り続けながら、ためらうことなく天幕の中に入って来ると、白人たちに向かって進んで来た。そして総督と担当官の顔と手をパイプの羽毛でなでるのが見えた。二人ともぴくりともしなかった。次に一人がイラズマスの方に近づいて来た。羽毛が触れ、パイプの火皿からは火のついたたばこの香りがした。一瞬イラズマスの目が、ビーズのヘッドバンドの下からのぞく不思議に無感情な輝く目と合った。列の中からシカ皮を担いだ二人の戦士が進み出て、一部を床に、一部をテーブルの上に置いた。残りの酋長たちも前進し、各々の場に座った。パイプが差し出され、白人たちはまじめくさって交代にそれをふかし、酋長たちがあとに続いた。また深い沈黙があり、やがて担当官が立ち上がり、通訳のために間を置きながら、ゆっくりと慎重に話し始めた。

彼はまず、酋長たちと戦士たちがこの会合への招待に応じてくれ、その約束を守ってくれたことをうれしく思うと述べた。そしてまた総督と自分の話を聞けば、彼らもきっとうれしく思うだろうと言った。イングランドの国王が特別の使者を派遣したのだと言ってイラズマスを紹介し、インディアンの兄弟たちに、これから話すことに注意して耳を傾けてほしいと語った。

演説の締めくくりとして担当官はテーブルからビーズのひもを一本取り上げると、ゆっくりとした動作で土の床に落とした。ビーズは床に落ちて、こもったような音を立てた。この儀式のときも、その前の演説のときも、インディアンたちは沈黙を守り、無表情なままだった。

　今度は総督がテーブルの前に出てきた。両側の酋長たちの無表情な顔に鋭い視線を投げかけてから、いつもと同じくきびきびとして率直に、相手に信頼を寄せた話し方で演説を始めた。

「友人であり兄弟である皆さん。私の主人であり皆さんの父である偉大なる国王は、この地からフランス人とスペイン人を追い払ったあと、私を新たなる征服地であるこの地の白人たちを統治するという任務に就けてくださいました」

「私は赤い肌のインディアンの皆さんをよく知り、また愛する者です。インディアンの人たちと長い間ともに暮らし、その慣習としきたりを知ってもいます。偉大なる国王は、臣下たる白人たちと、子である赤い肌のインディアンの間に平和と調和が保たれるように、私が全力を尽くすことをご存じです」

「皆さんは、白人たちが皆さんの狩猟地を奪おうとしていると思っていらっしゃるようですし、またそういう話を聞かされてきたようです。しかし、そのような心配はまったく根拠のないものなのです。なぜなら、インディアンの皆さんの狩猟地に対する私の気持ちはよく知られていると思うからです。チェロキー族のところにいらした皆さんはもうご存じに違いないですし、また戦いのあとチャールストンで条約の調印があったときには、私はチェロキー族の祖先の土地を奪うことに反対の意を表明し、またそれを実際に阻止したことはすでにお聞きになったことと思います。フランス人から皆さんの兄弟であるイギリス人を討つように説得され、我々の敵となって戦った部族に対してさえ、私はそのように対処したのであります。ましてや常に我々の味方だった皆さん方に害を及ぼすことなどあり得ないことは確信していただけるでしょう」

　イラズマスはキャンベルの演説を聞きながら、良い演説だと思った。これまで多くの演説を聞く機会があったが、明らかにこれは優れた演説だ。とはいえ、インディアンたちの無表情な顔からは何も読み取ることはできなかったが。キャンベルには生来の意志の強さからくる威厳があるし、内容も聴衆の知り得ることに限定し、そこに訴えて話をした。そしてまた彼の言葉には誰もが感じ取れる誠実さがあった。打ち負かされ、意気阻喪したチェロキー族を守った話のときには感極まって声がかすれた。イラズマスはもう一度、キャンベルはフロリダの土地会社の長に据えるには最適の人物かもしれないとの意を強くした。

天幕の外に座っていたインディアンたちは身動き一つせず、その目は演説しているキャンベルをじっと見ていた。太陽は頭上高くまで昇っていた。この予備的な儀式で午前中が費やされた。太陽の光が、白い羽毛やビーズの装身具や滑らかな筋肉質の体に降り注いでいた。キャンベルは話をやめてビーズのひもを取り、肩の高さから床に落とした。

「皆さんは狩猟をして生活しています。したがって広大な土地を必要としています。ですがまた皆さんの近くにイギリス人の兄弟たちがいることは皆さんの利益になることです。皆さんや皆さんの妻子の衣服を、狩猟のための銃や火薬や弾丸を、そしてそのほかにも必要だが皆さんには作れないものを、皮革と交換してくれるのはイギリス人の兄弟だけだからです。白人たちを皆さん方の近くに呼び寄せるためには、家畜を飼ったり食物を作れるように皆さん方の土地の一部を与えてやることが必要になります。土地がなければ白人たちは食べていくことはできないし、皆さんに必要なものを供給することもできないからです」

キャンベルは演説を終え、重々しく別のビーズを床に落とした。担当官が再び手短に話をした。境界を設定しなければならないこと、その設定は彼らに委ねるが、国王の許しのおかげで彼らは交易の恩恵に浴することができるのだから、偉大なる国王への感謝の念を表してもらいたいことを強調した。

担当官の話が終わると辺りは一層静まり返った。天幕の内側にいる酋長たちはまったく無言だった。彼らの顔はその火のような目がなければ、石と化したように見えただろう。十分も経っただろうか。イラズマスにはもっと長く思われたが、天幕の外の前列にいた若い男が立ち上がり、テーブルへと進んで来た。通訳のためらいがちな英語とは対照的に、男はいきり立って、ぶつりぶつりと切った話し方で、交易品に対して商人たちが要求してくる値の高さについて不満を述べ始めた。さらに担当官は半年前のペンサコーラでの会談のとき、交換レートを下げることを約束したと言った。男はセンポワフェという名で、部族の指導者の一人ではあるが代表者ではないし、総督の話について答える任は自分ではなく酋長にあるが、ただ以前にそのような約束がなされたこと、そしてそれが実行されていないということを言っておきたいと言った。それに、これは自分の意見だが、もし国中に白人が定着することになれば、我が部族の者たちは、猟をしようにもネズミとウサギしか見つからないことになるだろう。白人はネズミやウサギと交換でも品物をくれるのか、と付け加えた。

　この若い男が不満を述べている間、酋長たちは黙ったままでいたが、天幕の外に座っている男たちからは同意を示すように短くぶつぶつ言う声が聞こえてきた。話を終えた男はビーズのひもを床に落とし、白人の面々を正面から見据えてから自分の元の場所に戻った。その目が一瞬強く光り、男が深く息を吸い込むのが見えた。イラズマスには、この男が怒りのためか、何か別の感情のせいなのかははっきりしないが、気持ちが高ぶっていることに気づいた。

　それに対してワトソンは交易レートを下げるなどということは自分の権限外のことであり、したがってそんなことは約束しておらず、またペンサコーラでもそう言ったはずだと答えた。ワトソンはタレチーアとキャプテン・アレック、そしてまたその会談に出ていたすべての酋長たちに、自分がそんなことを言ったとは聞いていないはずだと訴えた。イラズマスは天幕の内側に座っている何人かの酋長が同意してうなずくのを見た。

　ほかには進み出て話そうとする者はいなかった。インディアンの側は沈黙したままで、不動の姿勢も崩さなかった。かなりの時間が過ぎた。担当官は会談をいったん閉会し、翌日に持ち越すと宣言した。

　セント・オーガスティンに戻ったとき、ワトソンもキャンベルもあまり話をしようとしなかった。夕食まで顔を合わせなかったので、イラズマスは今日の初会合がいかに不首尾だったかを知らずにいた。

「みんな敬意を持ってお二人の話に耳を傾けていた

ではありませんか。境界を設定することに反対だと言った者は誰もいなかったのではありませんか」とイラズマスは言った。

「連中は狡猾《こうかつ》なのです。言いたいことは言葉ではなくて合図で示すんです。そもそも酋長級の者は誰も口を開かなかったのですが、これはよくないしるしです。今日話した男はカシータ・クリーク族の主力戦士ですが、それほど高い地位の者ではありません。交易品の値段について奴が言ったことはただの空《から》威張りと作り事です。私がそんな約束などしていないことは皆が知っています」とワトソンは言った。

「皆と言いますと、本人も知っていたわけですか？」

「よく承知していますよ。ただ我々を受け身に回らせたかっただけです。こういうことは前にもありました。連中はただ感情だけで議論してくるのです。ネズミやウサギの話も問題外です。あの男の部落はジョージア北部のチャタフーチ川の東岸にあります。だから奴の話していたのはジョージアのことでフロリダとは関係ない話です」とキャンベルも言った。

「彼らにとってはみんな同じ一つの土地なんですよ。国境を基準になんて考えていませんからね」とワトソンが言った。

「じゃあ明日はどうなるんでしょう？」

「様子を見るしかありませんな」ワトソンはますます重々しく答えた。「明日は酋長たちが話をするでしょうから、そうなればわかってきます。しかしそう簡単には進まないと思いますよ。なにしろ今のところ、すべてが凶と出ていますからね。神のご加護により、連中が道理というものをわきまえるようになることを祈りましょう」

夕食のあと、レッドウッドはちょっとお話できますかとイラズマスに尋ねた。少佐は宿舎から歩いて来ており、晴れた夜のことだったので、帰り道を少々お付き合いしましょうとイラズマスは答えた。

この時刻になると街はがらんとしていた。砂ぼこりが二人の足元にたまっていて、足音を消していた。家々はよろい戸を閉め、大半はしんと静まり返っていた。砂と砕いた貝殻を固めた塗り壁は、時の経過とともにあちこちが崩れて、かすかな月明かりを浴びた建物は、輪郭が摩滅したように和らいで見えた。

一緒に歩きながらレッドウッドが話し始めた。

「お約束したようにここに残っているインディアンたちに聞いて回ったんですが、半島の南部にいる集団のことを知っている者は見つかりませんでした。ある意味では時期が悪かったと言えます。スペイン人と一緒に去った連中の中には知っている者もいたかもしれないのですが。ご存じのように今この辺りに人はあまり残っていませんし、残ったインディアンたちは定住型の連中で、どうやってかはわかりませんが、とにかくここで何とか生き延びているんです」

「仕方がないですね」イラズマスは少佐の調査にあまり期待を懸けないようにはしていたのだが、それでもがっかりする気持ちは抑えられなかった。「私のためにお骨折りいただいて感謝しています」

「ですから連中の中からガイドを雇おうとしても役に立たないでしょう。それでもまったく無駄骨だったわけではありません」

　二人は大きなバルコニーの付いた高い建物の横を通りかかった。よろい戸から明かりが少し漏れていた。ちょうどそのとき、上の階のどこかから話し声と笑い声が聞こえてきた。

「人の気配がするのはここぐらいなものです」とレッドウッドは言った。「娼婦たちの中にはスペイン人について行かずにここに残った者もいましてね」と言いかけて、レッドウッドは突然何か思いついたようだった。

「私の宿舎まで大体ちょうど半分くらい来たんですが、宿舎まで行って、また一人でお戻りになるのでは遠過ぎるでしょう。どうです、ここでワインを一本開けるというのは？　女たちを試そうというんじゃありません。そちらに関心がおありなら、もっといいところをご紹介できますよ。ここの連中はスペイン人たちの使い古しですし、それに、うちの部下たちも宿舎にもっと近い売春宿があるのに、ここまで来ていますからね。ですから、やめといた方がいいでしょう。そういう話ではなく、ここのおかみのママ・ロザリータが私のことをよく知っていましてね。前にけんかがあって賠償やら何やらで世話をしたことがあったんです。おかみなら邪魔の入らない部屋を用意して、一本開けてくれるでしょう。そうすれば落ち着いて話ができます。どうです？」

「結構ですよ」

イラズマスは別に飲みたくはなかったが、レッドウッドの話はすんでおらず、多分わざとだろうが、肝心なところで話が中断していた。少佐は陽気そうにしていても、どこか寂しそうだとイラズマスは思った。

手入れのされていない庭を通ってノックすると、巨体のセニョーラ・ロザリータが中に通してくれた。確かにレッドウッドはここでは顔が利くようだった。待たされることなく建物の裏にある部屋に通され、おかみ自らが甘く濃い赤ワインを運んで来た。

レッドウッドは軍服の上着のボタンを外し、脚を長々と伸ばしながら「これで落ち着いた」と言い、物思いにふけるような目付きで話を続けた。

「どういう訳だかわからないんですが、ワトソンといると歯ぎしりしそうにいらいらするんですよ、あんなに飲んでいてもね。それはともかく、先ほども話しましたように、セント・オーガスティンでは埒が明かないんですが、ここから十五マイル離れたマタンザスに住むあるインディアンの名を教えてもらったんです。彼は低地クリーク族で、今日会った連中と同じ部族の者ですが、仲間から離れて暮らしているという話です。ニプケという名なんですが、ヤング・ソルジャーとも呼ばれています。戦争中ティムクア族相手の急襲に加わっていたので南部のことはよく知っているそうです。ご存じのようにあの当時、スペイン人に味方したインディアンの頭皮を持って来た者には報償金を出していましたからね」

「それは初耳です」

「我々に味方しない者はすなわち敵と見なされていたんですよ。その地域を攪乱《かくらん》する目的で我が軍が用いた恐怖政策だったんですが。何しろ頭皮を持って来ても誰のなのかはわかりはしないのですが、それでも報償金は支払われたんです。ニプケは前にイギリス軍のために働いていてギニー硬貨のありがたみを知っているので、話も早いんです。あなたの探している逃亡者たちのことは直接は知らないかもしれませんが、その一帯のことはよく知っているし、跡をつけたり、こっそり動いたりすることなら得意らしいですよ」

「おあつらえ向きの人物のようですね」

「関心があるんでしたら、明日にでも一緒にマタンザスまで馬で行ってみましょう。私も午前中なら一、二時間、時間がとれます。この辺は物騒になっていますが、条約が審議中である限りは危険はありませんからね。このニプケという男と話をつけたければ、こちらから行くしかないんです。使いの者をやってこちらに来るようにと伝えても、実際に姿を現すのは来週になるか、来月になるか、下手をすれば全然来ないってこともあり得ますからね」

イラズマスはどうしようかと悩んだ。

「そうしたいのはやまやまなんですがね。この問題は早く片をつけたいですからね。しかし私は明日の会談に出ることになっていますし」

「ああ、そのことだったら、ワトソンも総督も別に文句は言わないと思いますよ。それどころか本当のところは、欠席なさった方がありがたいかもしれません」

「どういうことですか?」

「今日の会談は思わしくなかったようですね。明日はもっと雲行きが悪くなりそうなんですよ。そうなるとインディアンたちが動揺するような種をまかなくてはならんでしょう。連中の結束を危うくするようにね。連中の間に嫉妬心とか、贈り物のことで遅れをとるのでは、という焦りを引き起こすようにするんですよ。そういえばジョージアからの船の姿が確認されたという話は聞いたでしょう?」

「いいえ」

「明朝には船は砂州のこちら側まで来れそうなんです。そうなると、こっちの手持ちのカードは、がぜん有利になるというわけです。あなたのことでしたら、ワトソンのことだ、偉大なる白人の父が遣わされた使節は、この話し合いは出るにあたわずと言ったと伝えるでしょうよ」

「なるほど」しばらく黙り、イラズマスは続けた。

「商談で敵を扱う方法に似ていますね。相手を動揺させ、その分裂を図るということですね。法に触れることもない」

「確かに法には触れませんとも」

レッドウッドはまたワインを口に含んだ。細めた目が半分まつげの下に隠れていた。男にしてはずいぶん長いまつげだ。そのせいでレッドウッドの色白く肉感的で、のんきそうな顔立ちが繊細にも見えることにイラズマスは気づいた。

「頭皮と引き換えに報酬を与えたというのも、同じ考え方からだったんでしょう。ティムクア族はそれで動揺をきたし、分裂しましたからね」

「私には同じにには思えませんがね」

イラズマスは冷たい口調で言った。自分の表現をそんなふうにまねられて、からかわれるのは腹立たしかった。レッドウッドの話し振りにはどこか横柄なところがあって、それがだんだん気になり始めていた。キャンベルが時折、痛みを覚えたように顔をしかめていら立ちを示す気持ちが、今ならよくわかる気がした。そうは言っても、レッドウッドが自分の頼みを聞いてくれたのは確かだし、彼が酔っ払っているのは明らかだった。レッドウッドの顔はますます赤くなり、ろれつも回らなくなっていた。

「それはともかく、明日の件については感謝していますし、ご一緒していただけてうれしいです」と調子を和らげ、イラズマスは言った。

「結構ですね、それで話は決まった。ところで、今日の件についてはどう思いました？」

「大半が儀式で時間が過ぎましたからね。もちろんインディアンの慣習を知らなかった私にはとても興味深かったのですが。彼らはみんなめかしこんでいましたね。きっと一張羅のビーズに羽毛だったんでしょう」そう言ったとき、イラズマスはくすりと笑った。

「こちら側も同じだったんでしょう？」

「どういうことでしょう？」相手を見据えて、イラズマスは尋ねた。

「キャンベルは軍服で、ワトソンは一張羅の黒羅紗のスーツに銀髪の鬘でしょう。あなたもいつもと変わらない、非の打ちどころのない装いでしたね。つまり彼らとはファッションが違うというだけのことですよ。むしろ連中のファッションの方がこちらの気候には向いているでしょう」

こんなふうに比較されたのを何となく不愉快に思い、イラズマスはすぐには答えなかった。レッドウッドは少し待ってから話し続けた。

「儀式というのは、あの長パイプのことでしょう？平和の象徴のパイプの？　これまで何度も見てきましたよ。アメリカ中で、インディアンたちが手にパイプを持って、歌い踊りながら破滅に向かって進んでいく姿をね」

「破滅というのは違うでしょう。君は何でも大げさに言い過ぎますよ、レッドウッド君。キャンベル大佐の話では、彼らは広大な土地を所有したままでいられるようじゃないですか」

「この先どれだけのことだと思います？　今のところは我々もそうするしかないからですよ。そうでないと連中は蜂起して、我々をこの地から一掃するでしょうからね。キャンベルは彼なりに理性的な男です。クリーク族のこともわかっているし、同情心もある。だが有利な条約を結ぶのが任務ですし、彼の昇進もそれに懸かっている。となれば、迷いもなく一心に進みます。今日話した若いインディアンが言っていた交易の値段の不満も、まったく見当違いな話とも言えないんですよ」

「見当違いではないですって？　ワトソンがしてもいない約束を破ったと言って非難したんですよ。それに若い男の話はフロリダのことではなくジョージアの話でしょう？」

「そこなんですよ。あの若い男は、ヴァージニアやカロライナからジョージアの辺境に向けて、土地に飢えた白人植民者たちがどっと押し寄せて来たのを見ているんです。それを止めようとする策は何もとられなかったし、今後もそうでしょう。なぜか？　その理由はあなたにもよくわかっているはずです。いやむしろ、あなたの方がよくわかっていると言えるくらいだ。この周囲を見て回っていましたよね。ここは豊かな一等地で、一財産つくるのは簡単でしょう。インディアンがいなければ値打ちはもっと上がる」

レッドウッドはうしろに寄り掛かり、無頓着だがわずかな辛辣な独特の笑みを浮かべた。階上で物音がして、話し声が聞こえ、階段を昇り降りする足音が聞こえ、それからまた静かになった。

「その上、軍隊を使う必要もほとんどない。条約に従って、土地を譲り渡すようにインディアンたちを説き伏せられるのですから。交易こそ彼らを破滅に向かわせるものなんです。この交易の大いなる祝福ってやつがね。ワトソンは交易の恩恵に浴することを感謝しろと言い、キャンベルは交易品が欲しければイギリスの兄弟たちに土地を明け渡せと言いました。しかしインディアンたちは何世紀もの間、この地で狩りをして暮らしてきているのですよ。その間、自分たちの幸せのためには、マスケット銃やビーズ、サラサがなくてはならないなんて思ってもみなかったんですよ。今では、それ無しでは生きていけないんだと説得されている。変な話じゃありませんか」

イラズマスは笑ってみせたが、心底からではなかった。レッドウッドにはだんだんうんざりしてきた。気のいい思慮を欠く屈託のなさと見えたものが、実はまったく違うものであるように思えてきた。人に喜んで受け入れられるかどうかも確認しないで、レッドウッドは自分自身の考えを人に押し付けてくる。しかもその考えときたら、つむじ曲がりで危険分子的でさえあるのだ。交易が両者に利益をもたらすというのは誰もが認めるところだった。イラズマスは常識ある人々に広く受け入れられた考え方にあえて逆らう者のことをいつも嫌ってきた。

「インディアンたちが毛布や鏡を欲しがるとすれば、それは彼らの問題でしょう。一番いい条件でそれを手に入れるようにすればいいんです。一方、こちらはこちらで、できる限り自分に有利な条件で彼らの要求に答えればよいのです。長期的展望に立てば、これが両者にとってよいことは常識ではありませんか。こう言っては何ですが、君はずいぶん否定的な見方をしていると思いますよ」

イラズマスの口調にはどこかとがめるような素っ気なさがあり、レッドウッドもはっきりそれを感じ取ったらしい。その顔からは笑みが消え、眉を少しひそめて彼は言った。「長期的展望に立てばと言いましたよね。でも、我々の間には短期的関係しかないんですよ、あなたや私やクリーク族の間には。私のようにインディアンたちと一緒になって戦ってきて、彼らが友情のためならどれだけのことをするかを見てきたなら、あなたももっと複雑な見方をするかもしれないですよ。キャンベルも私に劣らず彼らのことがわかっているんですが、彼の場合、目的が定まると余計なことを考えない一途なところがあって、そこが違うんです。そういえばあなたもそうですよね。考えてもみなさい。何か月も事業を放り出して、港にチャーターしたスクーナー船を待機させておき、五十人の分隊を連れて未開の地に大変な遠征をしようっていうんですからね、しかも、もう取り戻せそうにない昔の損失のために。まさに一途と言えるでしょう。もちろん、私だって自分の義務をおろそかにしているつもりはありません。国王と自分の国を第一と考えています。でも、余計なことを考えず一途に、というのはいつも私にはひどく難しく思えてならないんですよ」

そこでちょっと話をやめ、それから総督の猫なで声と精力的な身振りをなかなかうまくまねて言った。

「何と言いますか、頭の中に突拍子もない仕切りがあるんですよ、何と説明したらいいかわからないんですが」

そのときレッドウッドは自分の物まねが相手に引き起こした反応を見ていなかった。二人の関係からはすでに温かな感情のようなものは消えていた。それは二度と戻らないだろう。今もレッドウッドがイラズマスの方を見ていなかったのは、よかったのかもしれない。もし見ていれば相手の顔に浮かんだ不快げな表情に気づかずにはいられなかっただろうし、そうなればそれに対して何らかの返答をしないではいられなかったはずだ。レッドウッドはそういうことを見過ごすことのできない男だった。だが彼は気づかずに独り言のように話を続けた。

「自分でも何て説明していいかわからないんですが、そのせいで、私は薄給の少佐で人生を終えそうです」

イラズマスはレッドウッドには借りがあるという思いと、彼が今酔っていると承知していた。そのおかげで、かろうじて腹立ち紛れの返答を控えることができた。レッドウッドのでしゃばった推量が、実は、計画を立てている最中に時折イラズマスを襲う疑念にあまりに近かったのだ。周辺地域を馬で見回っているとき、食事の席で皆と同席しているとき、官邸の庭を一人で散歩するとき、ふと、自分が今こんなところにいることの奇妙さに、また自分が費やしている時間と金の莫大さに、ほとんど恐慌を来たしそうな疑念を覚えてしまうのだった。今さらこんなことをして何が得られるというのか？　だが、いつもそこで自分の気高い目的を、正義の使者としての任務を思い出すのだった。結局、レッドウッドは何も知らず、偏った考え方をする男に過ぎない。交易についての彼の意見がそのいい証拠だ。交易がもたらす恩恵については、分別のある者は皆知っている。少佐は無知な男——そうだ、彼は一途でなく無知な男なのだ。こう見下すことによってイラズマスは気を取り直し、平静さを取り戻した。レッドウッドに向かって目を細めたままだが、ほほ笑みかけて言った。

「ちょうどもう一度乾杯できるほどは残ってますね。では交易の恩恵に、そして一途な男たちに乾杯！」

少佐もグラスを掲げて言った。

「あと一つは何でしたっけ？　ああそう、正義だ。正義に、もちろん長期的展望に立った上での正義に、乾杯！」

第四十四章

レッドウッドが予想したように、交渉を欠席したいというイラズマスの申し入れは礼を逸しない程度に喜んで受け入れられた。イラズマスは理由をキャンベルに打ち明けておいた。自分の意図の真剣さを知れば、総督も兵と大砲の件で、もっとはっきりした保証をくれるかもしれないと思ったからだ。しかしキャンベルは心ここにあらずといった様子で、ただうなずいて、何やらぶつぶつ言っただけだった。

ヤング・ソルジャーの異名を持つニプケは思ったより年配の無口なずんぐりとした体躯の男で、濡れた赤粘土のような肌に顔には深いしわが刻まれていた。小川の近くに松材の小屋を建て、牛囲いとトウモロコシ畑と、二人の妻を持っていた。レッドウッドは通訳を同行させていたが、ほとんどその必要もなく、ニプケは英語が十分理解できた。イラズマスたちの質問に注意深く耳を傾けていたが、顔の表情は変わらなかった。彼が言うには、以前、南部に行ったときには黒人などまったく見掛けなかった。ビスケーン島に黒人がいるという話については、自分では見ていないし信じてもいない。逃亡奴隷たちが高地クリーク族と一緒に暮らし、インディアンの女と結婚しているのはこの目で見たことがあるが、この連中は北部のイギリス植民地から逃げて来た者たちだということだった。

偵察兵として遠征隊の先頭に立つ気はないかと聞かれたとき、ニプケはしばらく返事をしなかった。イラズマスは彼が断るのではないかと心配した。この地に住まいを定め、魚のいる川、獲物のいる森がそばにある。さらにトウモロコシを育て鶏を飼う二人の妻もいるのだ。だが、ニプケにはその気が十分あった。迷ってみせたのは手当を上げさせるためだった。結局、リーダーとしてのニプケには一日五シリングを支払うことになった。偵察隊にはあと四人は必要だが、それはニプケが見つけて来ることにして、その四人には一日三シリング支払うことで話は決まった。金はその当日から数えて支払うが、前払いはしないことになった。レッドウッドの忠告によるものだ。もし先に払えば、ニプケはその金でラム酒を買ってもめ事を起こすか、肝心のときに酔っ払って前後不覚になってしまうに決まっているからだ。とはいえ、イラズマスは善意のしるしとして、このインディアンに自分の着けていた皮の弾薬筒ベルトを贈った。

　ニプケの小屋までの行き帰りに加え、長い沈黙や、もったいぶった話し合いがあり、その上、ミルクとトウモロコシのケーキを勧められたりして、思ったより時間がかかった。セント・オーガスティンに戻って来たときには午後も半ばを過ぎていた。レッドウッドは兵舎に用があると言ってそのまま別れ、イラズマスは一人で官邸に戻った。官邸は暗い雰囲気に包まれていた。話し合いは早々に物別れに終わったようだ。インディアンたちは妥協しなかったという。

「連中は一インチだって、ごくわずかでさえ譲ろうとしないんですよ」ワトソンは怒りをあらわに言った。「酋長たちが全員次々と演壇に出て来ました。タレチーアに、キャプテン・アレック、ウィオフケ、ラチゲ、それにチェイハゲもね。ところがみんな申し合わせたように同じことを言うんですよ」

「何て言うんです?」

「我々には潮のところまでしか認めないと言うんです」

　キャンベルは短く言った。彼はまだ軍服を着ていて、拍車の付いたブーツを履き、腰には騎兵の刀を下げていた。

「どういう意味かよくわかりませんが」

　イラズマスは尋ねた。

「つまり連中の言っているのは海の潮のことです。海水はピコラータまで上がって来るんですよ。連中はピコラータの北側に線を引き、そこからセント・ジョン川の河口までの間にイギリス人を押し込めようっていうんですよ」

「しみったれた広さです。あれでは我々の考えるような規模の植民なんて無理です。話になりませんよ。絶対に呑めない案です。しかも連中の言い方がまた脅すようなんです。いや、もちろん間接的な脅しですよ。ですがそれが連中のやり口です。万一、白人やその家畜が境界線を越えてしまうようなことがあれば、とても気の毒で残念ではあるが、その結果に責任は持てない、と言うんです。この新植民地でイギリス国王を代表する我々に向かってですからね。無礼千万です。まさに堪忍袋の緒を切らさずにいるのが精一杯というところでした」とワトソンが付け加えた。

「私はそんなことはありませんでした」

キャンベルがかなり厳しい口調で言った。軍人と役人との緊張関係がここにきて顔を出し始めていた。

「あなたが今、何かつまらないことを一言でも言ってごらんなさい。切れるのはあなたの堪忍袋の緒だけではすみません。一緒に頭の皮も切り剝がされるでしょう。こちらの情報部隊の話では連中は少なくとも五千人はいるのです。その上、彼らには地の利もあります。この一帯でスペイン人を相手に何年も戦ってきたんですからね。対する我々の方は、ヨーロッパから来たばかりの兵が数百名いるだけなんです。しかも、受けた訓練と言えば、開けた土地で方陣形をつくるのと一斉射撃をすることだけですよ」

「それで我々は一体どれだけの土地を要求しているんですか？」

イラズマスは尋ねた。

「我々にも植民者を呼び寄せるための甘い水は必要です。それで河口から水源までの川の東側一帯と西岸の一部を要求しているんです」

「それはまた大きな開きがありますね。そんな案に連中は同意しますか」

「だから少し作戦を変えることにしたんです」

キャンベルは用心深い笑みを浮かべた。

「ところでインディアンの酋長と一緒に食事をなさったことはありますか？」

「いや、ありません」

「じゃあ今晩は初体験ということになりますね」

「何ですって、連中を食事に招いたのですか？」

突然、ワトソンはぎょっとさせるような、死体の奥深くから聞こえてくるような奇妙な笑い声を上げて言った。

「全員じゃありません。そんなことをしても何にもなりませんからね。招いたのは二人だけです。タレチーアとキャプテン・アレックをね。最も権力を持っているのはこの二人なのです。連中はね、総督の官邸に招待されるという名誉を大げさに考えるようにできているんです。招かれた者にも、招かれなかった者にも、この招待はそれぞれに大変な意味があるんですよ。今日の脅しが思ったような効果を上げず、それどころかまったく逆の目が出たので面食らっているでしょう。その上、私が思いついたちょっとした誘惑の種もありますからね」

それ以上は説明しようとせず、ワトソンはただカラカラと笑ってみせた。それからまた重々しい調子に戻って言った。

「必ず連中の間に不和と衝突を生み出してみせますよ」

この言葉を機に一同は各々の部屋に別れた。イラズマスも遠乗りの疲れを癒やすため部屋に戻った。目覚めて階下に降りたときには二人の酋長はすでにテーブルに着いていた。総督と担当官の真向かいが二人の席で、少し下手の方にはフォレストという混血の通訳も同席していた。食堂に入って来たレッドウッドはイラズマスとちょうど同時になり、二人は一緒に紹介された。マホガニー色のよく似た二人の異国風な酋長と顔を合わせ、その突き出た額の下からのぞく鋭く荘重《そうちょう》で火のような目とイラズマスの目が合った。イラズマスが差し出した手は、握手をされる代わりにきつく握られ、前腕もちょっとの間強く握られた。そのとき、たき木の煙と、肌に擦り込んだ甘い油の香りがした。顔も油でかすかに光っている。儀式用の羽根飾りの代わりにふだんのヘッドバンドを着け、綿のシャツの上にチョッキを着て、縁飾りの付いたシカ皮のズボンをはいていた。

キャンベルはメニューには気を遣って、インディアンたちが食べ慣れていて好みそうな物を出すように手配していた。焼いた野生の七面鳥、トウモロコシのケーキ、カボチャ、それに蜂蜜がたっぷりかけられたサワーオレンジが用意されていた。クリーク族は蒸留酒にはひどく弱いので、ラム酒もブランデーも出されていなかったが、ワインとルートビール〔アルコールを含まない炭酸飲料〕は用意されていた。

タレチーアとキャプテン・アレックは無言で、べルトから小さなナイフを取り出して肉を切り分け、それを指で口に運んだ。骨の周りの肉も器用にきれいに食べきった。イラズマスは彼らの落ち着き払った態度に、またくつろいだ優雅な動作に驚いていた。見慣れない周囲の様子にも臆せず、招待した主人側が自分たちとは違う作法で食べているのを見ても何の緊張感も覚えないようだった。彼らの沈黙も、緊張したり物怖じしたためではなく、そういう習慣であるためのように見えてきた。ただその目だけは野生的で、何を見るときも常に濡れたような光を放っていた。

食べ終わると、二人はやせてとがった顔のフォレスト氏を介して、食事がすばらしかったことを伝え、それを強調するようにうなずきながら、心からの感嘆の声を発した。キャプテン・アレックは総督に建物の大きさと壮麗さを褒めて、こんなに頑丈なところに住んでいたら、敵を恐れなくていいだろうと言った。それに続いて今度はタレチーアが短い演説をした。彼はタマ、すなわち「炎の舌」を持つ男として知られていた。演説の中で、彼は二つの国の間に常に真っすぐな道が通じていることを望んでいると述べた。またイギリス人たちが海岸に火を灯したのであり、イギリス人とインディアンが仲良く暮らし、子供たちが無事成人することが「息の贈り手」の意志であると語った。

それに対し、総督は二人がこの席に来てくれたことを歓迎し、このような機会がまたあることを希望すると述べた。なぜならタレチーアもキャプテン・アレックも自分の赤き兄弟であり、特に大事な人物であるからだ。ただし両国の間の道は、土地のことについて、赤い人々が白い兄弟たちに寛大に振る舞ってくれなければ真っすぐに通ることはないだろう。赤き人々に今求められていることは、それほど難しいことではないはずである。二人も知っての通り、ジョージアからはもう船が到着しており、錨を下ろしている。船には毛布、弾薬、ラム酒、そのほか赤い兄弟たちが望む物がたくさん積まれている。だが、もし彼らが土地を譲ってくれないと言うなら、贈り物はあきらめてもらわなければならない。というのも、偉大なる国王は贈り物の代わりに何をもらったかと必ず尋ねるはずで、そうしたら総督は何と答えたらいいのか。タレチーアとキャプテン・アレックは大切な友として、また「大きなメダルの酋長」となるはずの者として、仲間の人々に話をして、彼らが今日のように、非建設的な態度をとらないよう説得してくれるよう願っている。

二人のインディアンは表情を変えずにじっと聞いていた。とはいえ、船の話が出たときには、二人はさらに不動の姿勢になったように思われた。長い間、考え込んだ様子で黙っていたあと、キャプテン・アレックがおもむろに口を開いた。総督が言った「メダルの酋長」という話は初耳で、一体どういうことなのか、もっと詳しく話してもらいたいと言った。それはイラズマスも同じだった。だがすぐに、これこそ担当官がひどく謎めかして言っていたことに違いないと思った。

次にワトソンが一段ともったいぶった様子で話し始めた。偉大なる白人の国王は、イギリス人の兄弟たちに対して友情を示してくれた赤き子らに与える特別のメダルを用意してくださっている。このメダルには偉大なる国王の顔が刻まれており、ブロンズでできている。メダルの中には人間の手のひらほどもある大きな物もあり、これは一番重要な人物に与えられ、その人々は「大きなメダルの酋長」として知られるようになるだろう。またそれより小さくて一ドル硬貨ほどの大きさの物もある。大きい方も小さい方もいずれも、偉大なる国王への敬愛を表した者たちの首に掛けられることになっている。そしてこのメダルの授与は部族のすべての長《おさ》たちの面前で、特別な儀式として執り行われるだろうと。

クリーク族の二人は熱心に話を聞いていたが、何も言おうとはしなかった。再び友情の念を確約したあと、二人は堂々とした態度で辞去した。通訳のフォレストは、去り際に総督からの指示を受けたが、彼は酒の業者として、自分の商売の行く末が総督の腹一つに懸かっていることをよく承知していた。総督はフォレストにクリーク族の中に入って行って、内部で意見の違いがあるところを見つけたら、イギリス人の友情の価値のことを話し、翌日の会談にはどんな方針で臨むべきかを教えて回るように言った。

「やれることは皆、手を尽くしてやってみなければなりませんからね」とその晩の別れ際にキャンベルは言った。「通訳というのは両方の世界を行き来する者だし、彼には何かオーラのようなものがあって、信頼感を起こさせる人物なんでね」

キャンベルはいつもの抜け目のなさそうな笑みを浮かべていた。その光る目は常にもまして容赦なさそうに見えた。

「我々が相手にしているのは、ずる賢い連中なんですよ、ケンプさん。我々はどんなに不本意であっても、連中に負けずにずる賢く振る舞わなければなりません」

第四十五章

ワトソンの考えでは、イラズマスは翌日の交渉には出ない方がよいだろうということだった。微妙な駆け引きが行われている今、イラズマスが出席すると、こちら側が妥協の道を探ろうとしていると思われ、弱みがあると受け取られかねないからだ。それで総督と担当官の仕掛けた計略がどんな結果を生んだのかをイラズマスが知ったのは夜になってからだった。

夕方二人に会った途端に、交渉はうまくいったことがすぐわかった。二人はそれぞれに自分らしい満足感の表し方をしていた。キャンベルは並みはずれた洞察力を持つ男であるかのような風格で、ワトソンはいつも以上に仰々しい話し方をし、指の長い手をこすり合わせていた。話では昨日客人となった二人のインディアンは態度を一変させ、川の東側の土地すべてと、西岸の一部さえ譲った方がいいと言い出したそうだった。尊敬を受け、影響力もある二人から出された意見であったので、酋長たちもほぼ一致して支持に回った。

「二人はここを出たあと、夜遅くまで話し合ったに違いないですな」

ワトソンは言った。

「結局本性は隠せず、ですよ。連中には確固とした意志などないのです。前にも似たようなことがありました。連中は我々を威圧しようとしたんですが、効き目がない。それで我々が脅しに乗るような人間じゃないことがわかったんです。その上、もらえると思っていた物も手に入らなくなるのでは、と心配になってきたんですね。ちょうどそのときに、こちらが特別な贈り物をちらつかせる。すると結果は?」

そこでワトソンは手をひらひらさせた。

「降伏ですよ。しかも無条件の全面降伏ですよ」

ワトソンは黄色い歯をむき出してにっと笑った。イラズマスの記憶ではそんな彼を見たのは初めてのことだった。

「私はメダルを持ってアメリカ南部を渡り歩いて来たんですよ。重いの何のって、大変でしたがね」

「明日、彼らに条約文書を見せるんですが、間違いなく連中はサインしますよ」キャンベルは言った。

「イングランドにとっても、ジョージ国王にとっても——国王に祝福あれ——今回のことは重大な意味があります。我々のこの努力が認めてもらえるといいのですが」

翌日、ピコラータ砦では、低地クリーク族の三十名の主だった代表が自分たちの名前に印を付けた。これで海岸から川まで、そして南方の水源までの土地全部への植民が可能になった。それからタレチーアとキャプテン・アレックと、それにもう一人イギリス側に味方したエスティメという酋長に大きなメダルが贈られた。一方、ウィオフケ、ラチゲ、チェイハゲらは皆「小さなメダルの酋長」にされた。このメダルの授与式はひどくもったいぶった儀式で、担当官が酋長たちを総督のところに連れて行き、総督が彼らの首にメダルを掛けた。同時に礼砲が鳴り、続いてイースト・フロリダ・スクーナー号から祝砲が撃ち出された。

その晩、官邸では祝いの晩餐会が催され、酋長たち全員が招待された。総督はきらびやかな緋色と金の軍服を着て演説した。その中で、フロリダは永遠に国王の所有となるように願い、赤き人々とその白き兄弟たちが末永く実りある協力をしていくことを期待する、と述べた。

胸に大きなメダルを輝かせたタレチーアが、集まった酋長たちを代表してこれに応えた。自分は「タマ」、すなわち「炎の舌」を持つ男であり、総督の言葉を聞いてうれしく思う。寒くなってきているので、毛布が早く人々に与えられるよう希望するが、一枚では足りない、と述べた。同席していた酋長たちは太いうなり声でこの挨拶に賛同した。

担当官は大小のメダルの酋長たちに祝いを述べ、メダルの栄誉を与えられている人もいない人も、クリーク族の人々は皆、これからは偉大なる白人の国王を友とし父とするのだ、と言った。

事実関係を述べると、このときに偉大なる白人の国王は、二十年以内に北アメリカ全体を失い、また、クリーク族を完全に滅ぼしてしまう政策の第一歩を踏み出したのだ。またジョージ国王は、このときすでに早口で訳のわからないことを口走り始めていて、医師たちが首をかしげる赤黒い尿を出していた。

真夜中近くになって、酋長たちは一団となって立ち去ったが、そのころには足元をふらつかせている者が多く、馬に乗るにも、官邸構内で待機していた若い戦士たちの手を借りなければならなかった。ワトソンは胃が弱く、どんなときでもパーティーは苦手なので、早いうちに自室に退いた。兵舎で起居する士官たちも宿舎に帰り始めた。レッドウッドは飲んでいたので顔を赤くし、目もすわり始めていたが、よろめくほどではなかった。レッドウッドは去り際に、将来、メダルの酋長たちは、イギリスの兄弟たちが撃った弾丸を止めるのに今日の記念品が役に立ったと思う日がくるだろうとキャンベルに言い、総督の不興を買った。

レッドウッドも去って、イラズマスはキャンベルと二人きりになった。二人ともまだ休みたい気分ではなかった。二人とも禁欲的な性格である上に醜態をさらしたくないという思いも共通していて、今晩はほどほどにしか飲んでいなかった。それにまた二人とも理由は異なるとはいえ、幸福な気分だった。もっともイラズマスは遠征について、まだ詰めなければならない点があることは承知していた。

「今日はめでたい日ですよ」キャンベルは言った。「ブランデーを少しどうです。私の書斎に行きましょう。その方が居心地がいい」

その同じ部屋で、キャンベルはワトソンと交渉を進める作戦をあれこれ練ってきたのだった。今、机の上には途中まで書き上げられた最終報告書が広げられていた。ソファーに腰を下ろしながら総督は言った。

「歴史的出来事とさえ言えるでしょう。我々は要求した以上のものを得たんですからね。東フロリダにおけるイギリス国王の領土は、今や海岸線すべてにわたって潮の上がってくるところまでと、水源から河口までの川の東側すべてにまで及んだわけですよ。

ワトソンは例のメダルを申し分なくうまく使ったと言うべきでしょう。ワトソンと私の間には考え方の違いがそれなりにありましたが、彼の時機の見極めどころは文句のつけようがないものだったことは確かです」

「ワトソンが自分の仕事を心得ているということは間違いありませんね」イラズマスは言った。

「その上、さらにいいことを思いついたと言うんですよ。今日、部屋に退がる前にこっそり耳打ちして行ったんです。何と、インディアンたちに約束した品物のうちの一部をすぐにはやらないで、何か月か取っておけというんです」

「そんなことをして、どんな利点があるというんです？」

「今すぐ渡したら彼らは報酬だと思うだけだが、もうしばらくあとになって贈られ、しかもこちらが何の見返りも要求しないとなれば、我々との絆はもっと強くなるだろうと言うんですよ」

「ワトソンがロンドンのシティーで職を得たいと言うのならすぐにでも用意しましょう。彼なら株主たちをうまく扱うことは請け合いです」

総督はブランデーを一口飲んで言った。

「一番よかったのは今回の交渉が商務省が決めた予算の枠内で収まったということですよ」

キャンベルはイラズマスの方を見て、子供のときに何かやり遂げたときのことでも思い出したかのように、その用心深そうな顔にうれしげな笑みを浮かべた。

「今回の会談の経費として、食料を除いて全部で四百ポンドの予算が与えられたのですが、それを三百八十ポンドと十六シリング八ペンスに抑えました。明日一番に請求の明細書を仕上げるつもりです。きっと商務省のお歴々も評価してくれるでしょう」

キャンベルのうれしげな顔と満足そうな様子を見て、イラズマスは今こそはっきりした約束を取り付けるときであると思った。これまでもずっと自分の目的の火は絶やさないように燃やし続けてはきたが、それを極力小さな火にするよう抑えてきた。総督が手持ちの現金をうまく扱えたことを単純に喜んでいるのを見た今、その火に油が注がれ、それがまた燃え上がり始めた。イラズマスは炎が渦巻き、躍るのを感じた。土地の取引のことを話して餌をまいてみたが、あれは誤算だった。総督はイラズマスのように将来の展望を広げていくタイプの男ではないからだ。彼は用心深く、しみったれだ。だからそんな将来の展望より、目前の現金に関心を持つはずだ。

「成功なさって何よりです」イラズマスは言った。「また、この歩き始めたばかりの植民地にも心からの祝福を贈ります。あなたが舵を取る以上、この植民地の未来は安泰でしょう。こんなふうによい結果が出たのですから、私もじきに半島南部へ向けて出発できますね。私の方は兵と銃さえ用意していただければいつでも発てるよう準備はできています」

これを聞いた途端にキャンベルの顔が曇ったのを見て取った。総督は注意深くグラスを置いた。そのとき初めてイラズマスは彼の小さく強靭《きょうじん》な手の甲が赤い針金のような剛毛で覆われているのに気づいた。

「そのことについてはよく検討してみなければなりません。まだ今のところインディアンたちのことも考えなければなりませんし」とキャンベルは言った。「贈り物が配られたら、連中はきっとそれぞれの地に散らばって行きますよ。それよりも、この新しい植民地の財源にあなたがどれだけ貢献できるかを考えていただきたい。しかも今のようにお金が入り用なときにですよ」

「は？　おっしゃることがよくわかりませんが。貢献とは何のことです？」

キャンベルは警戒する様子を見せた。

「いいですか？　もしあなたに兵のことをお願いできないとなれば、どうなると思います？　ジョージアから不正規の兵を募って武装させなければならないでしょう。そうなると利益の半分は愛国心などこれっぽっちもない欲得ずくのごろつき共の一団に流れて行くんですよ」

「利益ですって？　どうも今夜は頭が働かないようだ。ブランデーのせいですかな」とキャンベル。

「とんでもない。あなたは軍人であり国王に仕える身ですから、ご自分の利益を図るなどという考えが浮かばないのは当然です。今回の遠征が経済的にどういう意味を持つかについて十分に検討してはおられないようですね。この辺りを調査してみてかなり確信を持てましたよ。私の計算が正しければ、あなたの管轄下のこの出来立ての植民地の中のどこかに、連中は女や子供も含めて恐らく百人以上はいるでしょう。連中は子供を産んで増えているでしょう。大半は黒人か混血です。チャールズタウンでなら、現在の相場で、健康な成人奴隷の場合、黒人でも混血でも男なら五十ポンド、女なら三十八ポンドの値がつきます。それに比例して十歳以上の子供もいい値がつきます。荷をサウスカロライナまで輸送する費用は大したことはないでしょう。その連中を市場に連れて行けば大金が手に入るというのは細かく計算しなくてもわかることではありませんか。そこでです。もし連中を捕まえるのに、あなたの命令で兵を動かしたとすれば、あなたにも利益は請求はできるわけですよ。もちろん国庫に納めるためですが」

「もちろんですとも」

「そしてその戦闘中に仮に人員が失われることがあっても、そのような事情であれば許されるのではないですか」イラズマスはしばらく黙っていた。それから考え深げな調子で言った。

「二千五百ギニーの純益は見込めるでしょう」

そこでイラズマスは熱心にこちらを見ている総督の小さな目を見た。その目にはまだ誤解を招きやすいきらめきがあった。

「つまりあなたは金は要らないということなんですか?」

キャンベルは感情が高まると必ずそうなるが、今も柔らかな声で聞いた。

「そうは申しません。黒人たちを買ったのは私の父ですし、私は父の投資の幾分かを取り返そうと思っています。これまでにかかった費用の埋め合わせもしたい。そしてまた奴隷の売却代金の半額をいただくつもりです。これはあなたにとって決して悪くない条件だと思いますが、私は経済的な目的だけでやろうとしているわけではありません。その船の乗組員は皆、殺人者や盗人《ぬすっと》であり、黒人の男女及びその子供は父から盗まれた財産であるわけです。乗組員に対しては正義の制裁を下し、黒人は本来の所有者である私が取り戻し、売り払おうと思っています。それに個人的な理由もあります。まあ、それはお話ししませんが、確かにそれも強い動機にはなっています。いくら歳月が経ったとはいえ、何も変わっていません。いや、どうして変わるはずがありましょう」

話しているうちにイラズマスはだんだん早口にな

っていった。下顎がかすかに震えるのを感じ、初めて自分が激するあまり歯を強く噛み締めていたことに気づいた。それでイラズマスは少し気持ちを落ち着けて話し出した。

「金に困っているわけではありません。あなたが公式にこの遠征を支援して兵と銃を提供してくださるのと交換に、かかる費用を――そう、三百五十ポンドですか――差し引いた上で、奴隷についての私の権利の半分をお譲りすることに署名いたしましょう。書類も書きます。単純極まりない話です」

キャンベルはうなずいて口を真一文字に結び、それから視線を脇にそらした。そしてしばらく考えてから言った。

「あなたの動機には敬意を払います。分別も情もある方だとお見受けしました。ですがここでの私の立場というものもご理解いただかなければ。もし相手が抵抗したら、こちらの兵が失われることもあります。大砲だって損害を受けるかもしれません。大変なことですよ。そうなれば私が責任を取らなければなりません。そういう状況ですから、もう一度考えてみていただかないと。だから、あなたのかかった費用は奴隷を売る前ではなく、売ったあとにあなたの分け前から引く方が理にかなっていると思われますが」

「いや、たとえ多少の損失があっても、本国にはそれを好意的に受け止められるでしょう。何しろ国王の領土にいる悪党共をいぶり出そうというのですからね。むしろ高く評価される行為です。会談の費用を数ポンド何シリングか浮かすより、はるかにあなたの評価を高めるでしょう。しかし私も理にかなっていないと言われるのは嫌です。何しろ私の目的は金だけではありませんからね。必要経費の額をあと百ポンド下げましょう。しかし黒人を売る前に差し引かせていただきます。さあ、これが私にできるぎりぎりの線での申し出です」

キャンベルはまだ腹が決まらないようだった。そこでイラズマスは、あの名手ワトソンにも匹敵するような絶妙さで、時機を見計らってわざと何気なさそうに付け加えた。

「もちろんこれは私とあなたと二人だけの取り決めですから、計算書など要りません。私の取り分はできれば現金か手形で受け取ります。残り半分のあなたの取り分については、売買の領収書や記録もすべて一緒にそのままあなたにお預けいたします。この新しいフロリダ植民地のよりよい統治に役立つようあなたにお任せいたします」

「わかりました。さあ握手です。ただし三日間の猶予はください。クリーク族もそのくらいの間は、我々が渡したラム酒で酔っ払っているでしょう。しかし何かあったときには軍の力が必要になるかもしれません。三日経てば連中もそれぞれの地に散って行くはずです。三日です。そうしたら兵と銃はあなたの手に預けることができます。約束しましょう」

そこで二人は乾杯し、それぞれの部屋に戻る前にもう一度握手した。部屋で一人になったイラズマスは、横になっても体がほてり、正当な利益と当然の応報という考えに興奮して眠れなかった。彼の目的は見事に結び合わされた。自分がいるこの地の南のどこかに、今この瞬間もマシュー・パリスが、目覚めているか眠っているかはともかく、天罰の下るときが近づきつつあるとは知らずに体を横たえているのだ。イラズマスは、従兄が南のどこかにいること、今なお生きていること、そしてこの最終の幕が両者の間で演じられるのを、たとえ知らずにいようと待ち受けていることに、もはや何の疑念も抱いていなかった。パリスが死んでしまったかもしれないとか、自分の手の届かないところに行ってしまったかもしれない、という悪夢のような恐れは今ではすっかり消えていた。物事の完結、正義の遂行のためにはパリスの生存が是が非でも必要であり、それゆえにパリスはそこにいるに違いないのだ。このほとんど子供じみた信念は、闇の中で横たわっているイラズマスの脳裏に浮かんでくるいくつもの顔によってますます揺るぎないものになっていくのだった。生きているときの父の顔、死んだときの父の顔が次々とイラズマスの脳裏をよぎった。造船所で父の運命を決することになった木材を嗅ぎ分けてみせ、役者ぶっていたときの父の顔、顔を紅潮させ会話を牛耳っていた端正な父の顔立ち、そして最後にろうそくの光の中でじっとあらぬ方を見ていた死者となったその顔。セーラの顔も、ミランダの役を演じているときの威厳のある顔、愛に満ちた静かな顔、それから頬に涙を流し、目には突き刺すような非難の色をたたえた顔などが浮かんできた。グロテスクなマスクをのせた妻の顔も目の前を漂っていった。そして父の死後に、健康を取り戻し元気になった母の顔も。イラズマスには母のその変わり方がどうにも許せなかった。最後にそれらのすべての顔を押しのけて現れたのが、自分を抱き抱えて運び去った若者の笑い顔だった。

そうなのだ。従兄マシューよ、貴様の最期は迫っている。父と同じくお前もその首をつるしてやるぞ。イラズマスはその笑い顔を前に心に誓った。暗闇の中に横たわるイラズマスは、従兄の喉元を締め上げる綱の感触を、まるで自分のことのようにはっきりとその首に感じ取っていた。

第九部

第四十六章

登り屋ヒューズはセント・オーガスティンに向けて航行して行くイラズマスの船を目撃していたが、今度は同じ船が通常より長く錨を下ろしてとどまっていることに気づいた。ヒューズは池を囲むジャングルの中にいて、ゴムの木の高い枝に登っていた。そこはオジロジカが水を飲みに来る場所で、ヒューズはその日も早朝からずっとシカが現れるのを待っていたのだった。

長年の習いで、ヒューズは遠方の船の帆の種類を確認した。四角いトップスルが二つ付いた縦帆帆装——スクーナー船だ。水平線を帆走して行く船はこの数年よく見てきた。キューバに向かう船首の高いスペイン商船、時折海岸沖をパトロールするフリゲート艦、それに漁をするインディアンの大三角帆の長いカヌーなどが海上を渡って行く。それらは皆ヒューズの無関心な視界の中に姿を現しては遠ざかり、そして不確かな記憶のようにやがて消えて行った。

ヒューズも今では五十四歳で、今さらどこかよそに行きたいなどとは思わなくなって久しい。人間嫌いのヒューズは他人が何をしたがっているかについてあれこれ考えを巡らしたりしない。確かに、水を汲むだけにしてはあの船は長くとどまっているなとは思った。しかしすぐそれは意識から消え、二十ヤードほど離れた木の枝で、何かをついばんでいる明るく黄色い翼《つばさ》のキツツキの足とくちばしの動きに気を取られた。目の前に人間以外の生き物がいれば、ヒューズは何時間でも飽かずに眺めていた。高い枝の間に登って縄梯子を引き上げ、それを綱で縛った流木の台の上に巻き上げておいた。誰にも邪魔されることなく、血管中に使い慣れた薬物が溶け込んでいくように、孤独がじわりと広がっていく感覚を楽しんでいた。

ヒューズが共同体での生活を始めたのは、いささか遅過ぎたようだ。猛々しいほどの彼の人間嫌いの性質は、和らげようにももう手遅れだった。だが、いつでもこの誰もいない場所に逃げ込むことができるし、今では暴力的衝動は収まっていた。彼の行動範囲は広く、海岸近くの松林の尾根からその背後の沼地やジャングルの小山、それに共同体の村からはるか奥に入ったところに広がるススキの大海にまで及んでいた。彼は土地を耕すことなく、殺したり集めたりできるものを食べて暮らしていた。時々食料と交換するのに獣の皮を持ち込んだり、また不規則な間を置いて自分の女であるランバの小屋に通った。

ランバのもとへ通うについては、初めのうちはもめ事が絶えなかった。特にヒューズが、自分が訪ねて行ったら、ランバがいつでもすぐに自分だけに献身的に振る舞うように要求したので一層面倒になった。ヒューズの要求は、女の同意を重視する規則に反していたし、ランバを共有するもう一人の男、マンド・タミーの名で知られる黒人の体面を傷つけもした。三人はそのために大げんかし、タミーは腕にナイフで傷をつけられ、医者のマシュー・パリスに縫ってもらわなければならなかった。ヒューズもランバの爪で目をえぐられかけたが、好運にも一生の傷にはならずにすんだ。とはいえ習慣というのは、皮膚のようにすべてを覆い、何年か経つうちに三人は一種の了解に達した。共有という行為には、互いの権利の尊重が必要なのだということをヒューズに理解させることはどうしてもできなかった。しかしヒューズに関しては、ある程度まで特例として大目にみられていた。彼の見張りによって一度は村が救われたことを、皆決して忘れなかったからである。

ヒューズは、キツツキが木の下の方の葉の中に姿を消すまでじっと見ていた。次に目をハチに向け、また夢中で見入った。ハチは彼のいる見張り台より何フィートか下に咲いている樹木の花のところにいた。その木自体はヒューズが登っている木とほぼ同じくらいの高さまで伸びており、すべすべした樹皮に覆われていた。彼は垂れ下がった白い花序の間を必死になってよじ登って行くハチを目で追い、この虫が花の一つに入るたびに身を震わせる様をじっと観察した。これは一体どうしてなのか。ヒューズは頭をゆっくりと働かせた。ハチは花粉を散らす手伝いをしているのだろうか？　時折ふとヒューズは枝葉のすき間から、眼下の黒い池を見やった。今のように乾期で水位がススキの根より下に下がっているときには、シカはジャングルの小山の中の池に来ることが多い。そして特にこの池にはシカが来るのを知っていた。池の縁の柔らかな土にはシカの足跡が、また近くには、先が少し噛み取られたヒガンバナもあった。

黒い池には、すぐそばに茂ったキャベツヤシとその着生植物の穂、そして薄い布のように垂れ下がった苔が見事にそのまま映し出されていた。今はこの池に映る風景をかき乱すものもなく、水面上のすべてが鏡のように穏やかであった。しかしヒューズはこのジャングルの池の近辺は危険に満ちていることをよく承知していた。ここに水を飲みにやって来るのはシカだけではない。ヘビの跡を見つけたこともあるし、縁にピューマの足跡を見たこともあった。

今いるところは待つにはよい場所だ。地上四十フィートでは、それほど蚊に悩まされることもないし、仰々しいカモフラージュの必要もなかった。シカは上方を見上げることはめったにないし、彼のいる高さでは匂いも気づかれない。弓と籐製の矢は、見張り台の上のすぐ手の届くところに置いてある。弓はヒューズの身長ほどもあった。自分で木材を伐り、乾燥させ、それをシカの腸で張った。この弓を引くには全身の力が要る。村の大半の男たちは、とがらせた魚の骨を矢の先端に付けるというインディアン方式をまねていたが、ヒューズは矢尻には石を好み、バランスを取るのに矢尻が重い分だけ矢軸を長くしていた。この矢をヒューズは見事に使いこなしていた。このくらいの距離ならシカが水を飲んでいるときには一発でその首を折ることができた。即死させる方がいい。その方がシカに対して敬意を払うことになるし、恐怖感を覚えさせずに死なせた方が肉もうまかった。

いつかは、恐らく夕方の早いうちに、シカは木々の間からやって来るだろう。それまでこうして待っていることは別に嫌ではなかった。嫌でないどころか、このように忍耐心を試されているときこそがヒューズの知る幸福に最も近いときだったのだ。この感覚を彼が知っている言葉では言い表わせなかったが、まるで自分の周囲にある要素が――葉の茂みが、黒い水面が、明るい光が、そしてまた彼の周りにいる小さな生き物たちの命が――彼がそこで待っていることによって解放され、その存在を全うするようだった。

正午過ぎに少し雨が降った。天気の変わり方は毎日同じだった。まず朝は暖かく晴れ上がり、それから昼に向かって雲が東に集まり、あっという間に空全体に広がる。海上にスコールが斜めに降り注いで、まるで逆さにされた扇のように見え、海は煙のようなしぶきに包まれる。これが陸の方に広がり、にわか雨が降るか、時には土砂降りになる。午後も半ば過ぎるとまた雲一つなく晴れ渡り、朝と同じく暖かな日の光が降り注ぐ。この季節では雲はできてはすぐ消えていく。雨はきれいな窓ガラスに息を吹きかけてできるつかの間の染みのようで、地上に何の変化も残さない。

ヒューズは木の幹にもたれて足を引き寄せ、雨の下でじっと座っていた。しばらくすると濡れた葉から、かすかに湯気がのぼってきた。葉が完全に乾ききらないうちに、見えない糸にぶら下がったクモが下りて来て、ヒューズの顔のすぐ前で止まった。この種類のクモは前にも見たことがあった。巣を作らず、葉陰や枝の裂け目の中の落ち葉の中にいる獲物を捕まえるのだ。ヒューズは注意しながらゆっくり身を乗り出して、この生物を近くから観察した。クモの目は受け皿のような形をしていて動かない。目の中をのぞき込むと、脈打つようについたり消えたりする光が見えた。まるでよろい戸の開け閉めで奥の明かりが点滅して見えるようだった。

イラズマスの船を見たもう一人の人物は、テムカ・タングマンだった。彼は村から一マイルほど海岸に下った入り江までカヌーで漕いで行くところだった。葦《あし》が生えた岸辺に漁網を仕掛けておいたのだ。彼は過ぎて行く船にはまったく注意を払わなかった。数日後に開かれる集会のことで頭がいっぱいだった。その集会で、彼は魔術を使っているという告発を受けたブルム族のイボティの弁護を引き受けたのだ。タングマンの弁舌力は誰もが認めており、タングマン、つまり舌の男という名もそこからきていた。今、彼は不運な男として知られているイボティが、初めに申し出たドングリの粉の代わりに、労働で支払うことに同意したことについて考えていた。タングマンはドングリの粉など欲しくなく、カボチャとサツマイモを植えるための土地を開墾してもらいたかった。どちらも真水の潟に接する豊かな土壌ではよく育つ作物だ。イボティは、タングマンが勝ってくれれば、五十歩掛ける十歩の広さの土地の根株やつる草を取り除くと約束した。負けた場合には当然だが報酬はない。二人の人間が証人として立ち会って、イボティとタングマンは契約に手を打った。

「イボティ、お前は十日は働かなきゃならんぞ」

タングマンは声に出して言った。

「わかっているのか?」

タングマンは自分の声の響きが好きで、人のいないところではよく独り言を言った。十二年も経った今では、子供のときに話していたテムネ語よりもピジン語の方が自然に出てきた。タングマンはこの依頼人が働く日数でなく、仕事を仕上げることを約束したのには驚いてしまった。日数で約束しておけばイボティが働く量は半分ですんだだろうに。奴は不運なだけではない、ばかなのだ。いや、もしかしたらそれは同じことを指すのかもしれない。

タングマンは落ち着いた男で、生まれついての弁舌巧みな商売人だった。マングローブの茂みの中を通る狭い水路から明るく光る波立つ外海に出て行きながら、タングマンは今、金色に輝く自分の未来の図を頭に描いていた。余分に採れた野菜は、遣り手のキャヴァナとティアモコが北方から持って来る塩や火打ち石と交換しよう。塩や火打ち石は品薄になって値が上がるまでずっと取っておける品物だ。

タングマンは水面をかき乱しながら網を引き上げた。大きな緑の斑点のあるトカゲ魚が下の方で暴れて、その長い下顎に並んだ歯の列が見えた。

「この魚はおしゃべりだ」

タングマンは言った。

「目付きが悪いぞ。さあ見てろ。お前をどうするか」

そう言いながら、カヌーの底から短いこん棒を取り出してトカゲ魚の頭を殴りつけた。途端に魚は動かなくなった。

「おい、さっきの悪い目付きはどうした？」

額に大きな肉瘤《にくりゅう》のある銀青色の魚を網の中に見つけてタングマンはうれしかった。故郷の川でも見掛けた魚だった。

「はるばる遠いところまで来て、長生きして、大きな頭になったな。でもここで終わりだ。魚が死ぬのは人間と同じで一回きりだ」

タングマンは今回の弁護では勝てる自信があった。独自の調査によって、あっと言わせる証人を見つけてあるし、証人は秘密を守ると約束している。だが心配な面もあり、中でも彼を一番悩ましているのは、イボティを告発した人物、ハンボのことだった。ハンボはタングマンの商売の取引相手の一人で、ダンカと同じくシャンティ族だった。その上もっと困ったことに、友人にはいいが敵には回したくはない人物であるキレクも同じ部族だった。シャンティ族で生き残ったのはこの三人だけだったが、彼らはかなりの力を持つグループとなっていた。彼らは男の子供は自分たちのものであると主張し始めたが、それは村のルールにも習慣にも反することだった。

網はまた元に戻された。大きなブダイを別にすれば、大した獲物はかかっていなかった。だが餌用の魚が二匹かかっていた。真鍮のようなあざやかな光沢を放つ色でそれとわかる。食用には適さないが、油が多いので餌として切り刻んでまいておくと、水路の入り口の深みに潜む食用の大きな黒ずんだ銀色の魚が引きつけられて来る。タングマンは昔、別の世界で生きていたとき、もっと広くて流れも急な川で、やはり同じことをしていたのを覚えていた。

奴隷狩りの一団に捕らえられ、船上で売り渡されたとき、タングマンは十四歳の少年だった。惨めで恐怖に満ちた航海の記憶をはさんで、その向こう側には子供のころの楽園のような記憶があった。だから魔法の国のように、完全には信じられないが、思い出すと不思議に鮮明によみがえり、しかもそのよみがえり方には何の法則もなかった。タングマンは今乗っているのとよく似た丸木舟のカヌーに揺られて、ロケタ川の明るく波立つ水面に餌をまいたのを思い出した。父は舳先にいて長い槍を持っていた。この記憶はいつも変わらない。澄んだ渦巻く水、河口付近で砂州に砕ける波、川の両岸沿いに並ぶ円錐形の屋根の小屋が思い出された。そして尾が二つに分かれた白く大きな鳥が何羽も川の上を飛んでいる。彼は水面に映る鳥の影は覚えていたが、それが何か音を立てたり、どこかに止まったりした記憶はなかった。だから彼の記憶の中ではこの鳥たちは、いつも静かに水面をかすめては舞い上がり続けていた。

ちょうど同じころ、村の外れでは、ビリー・ブレアと黒人のインチェベが議論をしていて、その議論にも同じく過去と現在が交錯していた。

「ああ、ビリー、ビリー、ほんと、お前はかわいそう。泣けてくるよ」

インチェベは頭を振りながら悲しそうに瞬きした。

「お前、物事の見分け、つかない。そこがお前の問題ね」

インチェベは小柄で真っ黒な肌をし、表情豊かな少しゆがんだ顔をしていて、動作は敏捷で繊細だった。

ビリー・ブレアは縁がほつれてぼろぼろになったヤシの葉の帽子を目深くかぶり、顔の下半分は金髪の縮れた髭に覆われていた。だが帽子の下からのぞく青い目は昔と変わらず怒りっぽく、今は特に議論で激したため大きく見開かれていた。世の中にあるさまざまな論理性の欠如や矛盾に対して、彼は必ず猛烈に食って掛かるのだった。

「おいおいチェベ、てめえはとてつもなくとんまなことを言ってるんだぞ。結局、てめえの話は、雨を降らせる石を手に入れたと言うのか？　てめえがそのくだらん石を打ち合わせて雨を降らせるなんて、俺が信じると思うのか？　そんなくそったれ話を」

議論のときのインチェベの強みは、相手を説得しようとしないところにあった。だが、それがまたビリーを激怒させた。インチェベは、いつも自分が正しいという確信を持っていて、しかもそれを特に言い立てることもなく、落ち着き払ってその確信をただ表情ににじませるのだ。

「何を信じようとお前の勝手だ。が、俺、本当のこと言ってる」

インチェベは言った。

二人とも少々頭にきていた。二人してほとんど丸一日、沼地で七面鳥を撃ち取ろうと、つまずいたり滑ったりしながら、悪賢く機敏な鳥を追いかけていたのだ。七面鳥をおびき寄せるため、鳴き声をまねてゴロゴロという音まで出してみた。それなのに成果はゼロ。結局、獲物はシチューにもならないような小さなリスが二匹だけだった。そういうとき二人とも相手に責任を負わせようとしがちだった。二人は女を共有していて、いら立たしいほど近い関係にあった。サリアン・キヴィはひどく太ってきたし、器量は前から大したことはなかったが、気立ては良かった。生まれつき誠実で、しかも料理の腕は抜群だった。彼女はこの二人の男と十年間満足して暮らしてきた。

「てめえはディンカ・メリにぺらぺらつまらんことをしゃべったそうじゃないか。雨降り石を手に入れたとか言って、偉そうな雨屋になりすましたそうだな」

インチェベは返事をせずに、ただその小さな明るい目で自分の周りを見回した。ビリーも困惑したようにしばらく黙りこくった。最近ビリーはよく、急に意識が停止するような状態に陥ることがあった。一人きりのときも、人といるときも、あるいは今のように議論のさなかでも、事物が突然静まり返って、目の前のすべてが固定し、動かなくなるように感じられるのだ。そういうとき必ず、自分が今ここにいることの奇妙さ、非論理性に対して、困惑したような感覚に陥るのだった。今も村の端の小屋の方に目を向けながらその感覚に襲われていた。ここからは傾斜した葺き屋根しか見えなかった。あとは、居住地全体を囲むヤシの丸太の防御柵に隠れていた。ビリーとインチェベは柵の外にいて、木がまばらな森の中に続く低い小道に立っていた。子供たちが何人か柵のところで一緒に遊んでおり、その近くに二人の女が立って話をしている。遠方には魚の罠らしき物を運ぶリビーの大きな図体も見えた。ビリーはさげすみの目でリビーの姿を見て、どうせキレクの使いっぱしりでもしてるんだろうと思った。

「ディンカはてめえの言うことなんか信じるものか。生まれたての赤ん坊じゃあるまいし、てめえが自分と寝たがっていることぐらいあの女はわかっているさ」ビリーは言った。

インチェベは動じなかった。

「俺も赤ん坊じゃないよ。ディンカと寝たがっているのはお前の方だってこともお見通しさ」

　ディンカは二十二、三歳ほどの、若くて背の高い優雅な体付きの女で、笑うときは人を小ばかにしたようにも見えるのだが、目は柔和だった。彼女のところに通っていたのは無口な中年のブルム族の男で、彼にはアモスという名しかなかった。だが、この男は漁に行ったきり戻って来ず、今では恐らく溺れたのだろうと思われていた。

「ビリー、お前妬《や》いてるね。そうなんだ」インチェべが言った。

　ビリーがわざと大声で笑ってみせると、帽子の縁がパタパタと上下に揺れた。

「俺が妬いてるって？　そりゃまた結構な話だ。そらそら、ごらんあれ、アフリカの雨屋の大先生だ」

「修行者だよ」

「何だって？」

「だから俺は雨屋の修行者だって」

　ビリーの目はまた勝利に輝いた。

「ほう。そりゃまた話が違うね。ディンカに言った話と違うじゃないか」

　ちょうどそのときサリヴァンがやって来て、二人に加わった。サリヴァンの持っているヤシの繊維を編んだ篭には、四分の三ほどまでムール貝が入っていた。

「よう、お二人さん、これを見てくれ」と言いながら彼は両手に貝をいっぱい持ち上げ、篭に滑り落とした。青い貝はカタカタ音を立て、日に焼けたサリヴァンは光る目で貝をうっとりと見つめた。サリヴァンはムール貝とアサリを採る名人で、どこで採ればよいかもよく知っていた。貝を採っていると、時折ゴールウェーで過ごした少年時代のことが思い出された。そのころ、この同じ海につながるゴールウェーの静かな湾で貝を採っていたのだ。

　サリヴァンはシカ皮のモカシン靴を履き、ヤシの葉を編んで作った腰布をまとっているだけだった。蚊に刺されないように全身に魚の油を塗り込んでいるので魚の臭いがする。うしろにかき上げた髪は肩近くまで伸びていたが、額に麻の繊維で作ったヘアバンドをして髪が顔にかからないようにしていた。

「交換するか？」

　商売になりそうだと思ったサリヴァンはピジン語に戻った。

「五パイント分のムール貝と交換だ。そっちの獲物は？」

ビリーもインチェベも何も言わなかった。サリヴァンは二匹の小さいやせたリスが頭を下にしてビリーの縄ベルトからぶら下がっているのを見た。

「それだけか？」

ビリーは関心のない振りをしてムール貝から目をそらした。

「本当のことを話すときがきたぞ」

しつこくビリーはインチェベに言った。

「てめえはディンカに雨石を見つけたと言ったんだろ。だったらそれを俺に見せてみろよ。そりゃ一体どこにあるんだい」

インチェベはサリヴァンに向かって口をゆがめて、表情豊かなその小さな両目を見開いてみせた。

「この男の言うことを聞いたか？　この男は雨屋がいつも雨石を持ち運んでいると思っているんだ」

そう言うと哀れむような目でもう一度ビリーの方を見た。

「それは水辺の秘密の場所に隠してある。けど、どこか言わない。雨石のこと知っている者ならそんなことわかるさ。それよりお前こそディンカの意見をどうしてそう気にする？　そんなの簡単だな。俺が理由を言おう。お前、ディンカの寝床に入りたいんだ、ディンカと寝たいんだ」

「おいおい」

サリヴァンは、わざと驚いた顔をしてみせながら言った。失われた人間の理性と慎みの幻を求めて彼の緑の瞳はさまよった。

「お前たち二人は家に宝石を持っていながら、値打ちのないディンカを追っかけ回しているのか？　そうだとも。俺はお前たちのサリアンのことを言っているんだぜ。料理はうまいし、好きなだけ抱かせてくれて、口やかましいことなんか絶対言わない。そんな女がいたら男はどうする？　教えようか。男はその女を宝物のように大事にするんだ。その女を離さないようにつかんで、乗っかって、よそへなんか行かないのさ」

こう言ったとき、サリヴァンはインチェベが近くに寄ってじろじろ自分を見ているのに気づいた。インチェベはビリーよりずるく、その分、疑い深かった。

「この問題であんたの考え、聞かせてもらってとてもうれしいよ」とインチェベは言った。村の中で時々起こる運の変化によって、今ではサリヴァンが自分の女を、あと二人の男と分け合わなければならなくなったことはみんなに知れ渡っていた。村では、男と女の関係はそのとき限りのものと、絆を結ぶものとが複雑に入り交じっていた。「あんたディンカなんか値打ちがないと言ったね。じゃあ、あんたはディンカがきれいな女じゃなくて、いい尻をしてなって考えてるのかね。どうなんだい?」

これは非常にずるい質問で、自分がサリアンを褒め過ぎたかもしれないと気づいたサリヴァンは、やられたと思った。

「お前が今言ったのは、確実に衰えて退化していくものなんだ」とサリヴァンは答えた。「俺のように商売の知識のある者なら誰だって、衰え退化するものに投資をしたって何の得にもならないことは知っているよ」

インチェベの落ち着きは少し失われた。

「何を訳わからないこと言ってるんだ? 俺に何か言いたいらしいが、あんたの国の言葉でちんぷんかんぷんだ」

そこでサリヴァンは慌てて言い直した。

「きれいな尻、それが何になる? みっともない女を持ったお前たちは運がいい。器量なんてじきに衰える。二度と元に戻らない。みっともないのはだんだんいいところが出てくる」

サリヴァンは逃げ道を探し、話題を変えようとした。

「お前たちはさっき何の話をしていたんだい? サリアンはお前たち二人の面倒をよく見るから、二人はまるで双子だ。同じオーブンで焼いたパンみたいにね、一人が少し余計に焼かれただけの違いだ」

これは確かにその通りだった。二人とも背が低く、動きは敏捷だった。そして二人はサリアンが二人のために作った、まったく同じ服を着ていた。気が利き愛情溢れるサリアンは、二人の間にどんな差別もしなかった。それで二人はまったく同じ服装になり、ヤシの葉の帽子に、赤く染められた飾り房が付いたシカ皮のズボン、そして船から持って来た交易品の綿布の残りから作った色のさめた青い袖無しの上着を着ていた。

「ディンカのことでも、サリアンのことでもない」

ビリーは厳しい口調で言った。

「そのいまいましい双子っていう話でもない。雨石の話をしていたんだ。どこにあるかを言わない方が確かにずっと簡単だ。そうとも、この間は雨が降ったのが遅過ぎた。どうして前もって雨が降るように石を打ち合わせないんだ？」

「時期がよくない」

「何だって？　時期がよくないだと？　みんなが雨を必要にしている今がか？」

「雨は人が必要とするから降るんじゃない。人の都合なんか気にしないんだ」

「さあ追い詰めたぞ、チービー」

ビリーはまた勝ち誇った表情になった。

「しっぽをつかまえたぞ。てめえは雨が降るのがわかるまで待って、それから雨石を打ち合わせるんだ、そうだろ？」

インチェベは平然とうなずいた。

「その通り。それが雨石を打つべきときだ」

インチェベは細い人差し指を立てた。

「だけどそれを見分けるのは雨屋だけだ」

「奴の言う通りだ」サリヴァンは二人の議論に関心を持ち始めた。「雨が降らないんじゃ、石を打っても何にもならない」

「ああ、てめえもインチェべと同じ悪党だ」

ビリーは汗ばんできた。インチェべの議論の真ん中に恐ろしい矛盾がある。だが、ビリーにはそれをえぐりだし、言い負かすことができるほどはっきりとはその矛盾をつかむことができないのだ。ビリーはほてった顔を無情な天に向けて「力を与え給え」と言った。

サリヴァンはゆっくりと頭を横に振りながら言った。

「ああ、確かにな。それじゃあ、骨折り損だ。そんなことしても何にもならない」

突然ビリーの頭の中で道が開けた。

「だったら、教えてくれ。どうしてそれが本当の石だとわかるんだ？」

「何だって？」

「だからてめえは石をどうやって見つけたんだ？石と一緒に生まれて来たわけじゃないだろう？　生まれつき持ってる石といえば、自分のタマぐらいだろうが。それとも、てめえたち雨屋は自分のタマを打ちつけて雨を降らせるのか」

インチェベはこれに対しては威厳ある沈黙で応じた。

「だったら、てめえはこの辺やらあの辺やらを探して、適当な石を見つけるんだろ？　違うか？」

ビリーは続けた。

「そうだ」

「ほらみろ」ビリーはちょっと休んで自分の勝利を味わった。「ただの石っころと変わらない石だ。じゃ、それがどうして本当の雨石だってわかるんだ？」

インチェベは心から驚いたようにビリーを見た。

「何ちゅう質問だ、それは？　本当の石じゃないと雨が降らないに決まってるだろうが」

第四十七章

村に帰って来たとき、ヒューズはたまたまマシュー・パリスの小屋のそばを通り掛かったので、不審な船のことを伝え、またそれが一晩錨を下ろしていたことも話した。大抵のことは遅かれ早かれパリスの耳に入ってきた。船員たちは習慣から、そして、いまだに残っている一種の敬意から、パリスには何でも報告していた。この敬意の念は、長い共同生活によって互いに親しくなっても消えることはなかった。パリスは敷地の端にある差掛け小屋を診療室として使っていた。黒人も白人も、ヤシの葉の葺き屋根の下で病気の治療やけがの手当てを受け、また体の不調を訴えたりする。そしてそのついでに、パリスに打ち明け話をするのだ。

パリスは小屋の隅にある、流木で作った低いスツールに腰掛けて、ヒューズが自分に話したことについて考えてみた。低く射し込む日の光を避けるため、パリスは帽子を傾けてかぶり、むき出しのひょろ長い脚を前に突き出していた。船が通常より一日や二日長くぐずぐずしていたからといって、特に異常とも思えなかった。理由はいくらでも考えられる。ただその情報をもたらしたのがヒューズであったということは注目すべきことだった。雲がいつの間にか形を変え色を変化させるように、人里遠く離れた共同体では、いつとはなく伝説がつくられていく。ヒューズも、生きている今、すでに登り屋、あるいは見張り人として伝説的な存在になっていた。この孤独な男はかつて仲間を救った。少なくとも皆はそう考えていた。それは村ができたばかりのころ、暴力と危険に満ちた時代のことで、そのとき人々を繋ぐ糸は、あと少しでぷつりと切れそうなほど強く張り詰めていた。

あれは最初の雨期のころで、ススキの広大な草原全体が水に沈んでいた。ヒューズがそのときのことを自分で語ることは決してなかった。そのことについてだけでなく何についてもヒューズは寡黙だった。しかし彼がそのとき人々に伝えた言葉はずっと記憶され、繰り返し語り継がれてきた。特にデルブランは、当初から物事をあまねく伝えることの重要性を見抜いていた。彼はその危機の時代に、先を見通し、逃亡者たちの間に連帯感を築こうとしていた。だから全員で祝えることならどんなことも見逃さなかった。デルブランは今はもう土の下に眠っている。しかし彼については、物語を伝え、祝う男としての伝説が築かれていた。

通訳のジミーは、特に子供たち相手に、このデルブランの仕事を手伝った。教えることが自分の天職であるとジミーは思った。とはいえ、子供たちの学校への登校ぶりはかなり不規則で、出席は天候に左右された。ジミーは子供たちに読み書きと簡単な算術を教えた。だがその教育法は物語を語って聞かせ、劇をさせることが中心だった。パリスも時々手伝うことがあったが、彼は教えることが苦手で、自分の持っているわずかな蔵書から一節を抜き出して音読してやるのだった。ポープやヒュームを読むと、子供たちはうとうとしたり、そわそわし始めた。

長い歳月でジミーの背中はこわ張り、その針金のような頭髪も薄くなって、すき間から頭皮が透けて見えるようになっていた。いつもにこにことほほ笑んでいるのは相変わらずだが、教室に入ると劇的効果を狙い、強いてまじめな顔をしてみせた。それがあまりにも対照的なので、効果はてきめんで、時には恐ろしくさえ見えるほどだった。ジミーはいつも同じようにヒューズの物語を話し始めた。その声は甲高く、歌うようでも、悲しげでもあり、子供たちの注意を引きつけるために手を高く上げて一点を注視した。

「昔むかし、ウーズがこの大きな木に登った。ウーズは何にでも登れた。この木は空高くまで伸びていた。ほーんとに大きな木だった」

ジミーは手を高く上げ、指を開いて、見えなくなるほど高いところにある枝や葉を驚いたような目で見上げてみせた。

「さあ、そこでだ。どうしてウーズはそんなことをするのかな?」

子供たちの手が一斉に挙がった。

「よし、サミー」

「ウーズはてっぺんまで行きたかったんだ」

この単純な答えに、クスクス笑う子供たちがいた。サミーはにこにこと周りを見回してから、机の上の両手に顔を埋めた。

「たいへんよろしい」ジミーは言った。「クスクス笑う連中のことなんか気にしちゃだめだ。笑うのは簡単。笑う方がおかしいんだ。お前は百パーセント正しい。まだたった四歳なのによく考えたね。だが、その答えのほかにもう一つ別の理由があった。さあ、テッカ、どうかな」

テッカは強くて、人を食ったようなところのある九歳の男の子だった。肌は濃い黒色で、頬骨が突き出て、明るく物怖じしない目をしている。顔はいつも磨いたように光っていた。「黒クマがウーズを追っかけて、登らせたんだ」テッカは言った。「黒クマがウーズを追っかけ、ウーズは尻を食われるのが怖かったんだ」

神聖なものが冒涜された感じがし、それに刺激されて笑い声を上げた者がいた。子供たちはこの伝説に何かを付け加えたいという意欲を抱いており、ジミーは時折、新しい材料を付け足すのを許した。だがテッカの試みは見事に失敗に終わった。

「黒クマなんかいなかった」怒りよりも悲しみのためにジミーは頭を振った。

「尻も、ウーズの人体構造のどこにも出てこない」

ジミーは、自分の権威を示したり教室の騒ぎを収拾するのに、子供たちの使えないピジン語の単語を使うとうまくいくことがあると知っていた。それにジミーはそのような単語を口にするときの響き自体が好きだった。

「そういうものは物語には出てこない」彼は言った。「よし、ラミナはどうだ?」

ラミナはサミーより少しだけ年上だった。厚い上下の唇は対称の花びらのような形をしている。ラミナはどんなに熱心に自分で手を挙げたときも、答える前に必ずしばらくの間ためらいを見せた。ようやくラミナは口を開いた。

「ウーズは見張りをしたくてそこに登った」

「その通りだね。それじゃウーズがそこに登ったとき、何を見たんだ？」

こういう調子で、問いと答えが繰り返されていくのだった。子供たちは問いの方も答えの方もすっかり覚えていた。最後にジミーが真剣に話をし始める。そうなると、ジミーの抑揚のある声が、夜のたき火がはじけて出すシューという音のように、あるいはキャベツヤシの中を風が通り過ぎていく乾いた音のように、なじみ深い音として響くだけだ。その間、黒檀《こくたん》色から濃い砂色まで、さまざまな肌色の子供たちは、皆、長いヤシの葉の陰に座って静かに聞き入るのだ。

「そのときウーズは見たんだ。何かぴかっと光る色のような物を。もしかしたらそれは白人の男の顔が光ったのかもしれない」

登り屋の英雄は、木々が密生した小高い丘よりさらに高いところにいたので、狭い谷間、というより細長い峡谷を見下ろすことができた。低木のパルメットヤシやヤブヤナギしか生えていない岩の表面がむき出しになっていた。その向こうには、水に浸かったススキの平原を水源にして沼地の間を川がくねりながら流れていた。流れの道筋をマングローブの茂みが示している。はるか彼方に、ススキの平原を呑み込んだ広大な湖がきらきら光っているのが見えた。

目の前の峡谷沿いに射し込む日の光を受けて、マングローブの下枝《したえだ》の葉の間から赤い物がちらっと見え、波立つ水面が光を反射した。ヒューズは望遠鏡の焦点を、草木の少ない地帯から、マングローブの茂みのすき間で流れがきらめくところに合わせた。望遠鏡はかつてはサーソ船長の持ち物だったが、今では皆の共有財産となっている。そのままじっと待っていると、流れを下っていく細長いカヌーが十五秒ほど見え、それからまた密集した茂みの陰になって見えなくなった。舳先には白人の男が一人いた。

縁のほつれた麦わら帽をかぶり、背中にマスケット銃を下げ、櫂で舟を漕いでいた。うしろの中央部にはインディアンが三人乗せられていた。インディアンたちは頭を垂れ、うしろ手に縛り上げられていた。彼らは化粧か入れ墨をしていたが、ほんの短い間見ただけなのではっきりしなかった。ほかに三人の男が艫《とも》にいた。うち二人は黒人で、三人ともマスケット銃で武装していた。黒人の一人は、赤いハンカチを頭に巻いていた。先ほど木々のすき間からちらっと見えたのはこれだったのだ。

これがヒューズが戻って報告した話だった。細長いカヌー、武装した男たち、縛られたインディアンたち。彼らは海に向かっていた。だがあの川はそんなに遠くまでは通じていない。そのことをヒューズは知っていて、村人にも伝えた。あれは夏の間だけの川で、雨のせいで増水したが、最後は潟の湿地帯の縁のところで消えるのだ。

もしかしたら連中はそのことを知らないのかもしれない、と誰かが言った。あるいは連中は海に向かっているのではなく、北の方に行ける大きな川のどれかを探しているのかもしれない。そこなら捕らえたインディアンを売ることができるからだ。連中がインディアンを売るつもりだろうという点では全員の意見が一致した。人を捕まえて縛ったりする理由はほかには考えられなかった。

それ以外のことで、はっきりしていることはなかった。そのころ、村の人々は、海岸の辺り、村を隠している松林、それにその背後の沼地というごく限られた地域のことしか知らなかった。インディアンを用心してあまり奥へは行かなかったのだ。現にインディアンはヘインズを殺して頭の皮を剝いでいる。現にイだからカヌーの連中がどこから来たのか、村の人々は見当がつかなかった。だが、白人と逃亡した黒人奴隷が一緒になってフロリダ・キーズへと下って、そこで座礁した船舶を荒らしたり、捕まえたインディアンをスペイン人に売ったりして暮らしているという話を思い出した船員がいた。

「それがウーズの持ち帰った話だ」ジミーは言った。「それでみんなでそのことについて話し合ったんだ。中にはカヌーなんか放っておけ、連中は我々にとって危険なわけではない、連中が捕まえに来たのはインディアンなんだから、と言う者もいた。だがパリーとデルバは反対だった。そうだ、デルバのことを覚えている子もいるだろう？　病気になって死んでしまったがね。それからもし連中が戻って来たらどうすると言って、フラニ族の女のタバカリが反対し、ナドリも反対した。だが彼らが反対したのはそのほかにもう一つ理由があったんだ。そもそも、なぜインディアンたちはカヌーに乗せられたんだろう？　どうだ、ケンカ？」

ケンカはやせた黄褐色の肌の混血児で、答えがわかっていても手は挙げない子供だった。だが、ケンカが当ててもらいたがっているとき、顔付きや体全体の張り詰めた様子からジミーにはそれがわかるようになっていた。それにまた、あのときの話し合いのヒロインともいえるタバカリはケンカの母親だった。

「奴らはインディアンを奴隷にするために連れてったんだ」少年は誇らしげに答えた。

「そうだ。奴隷にするために連れて行ったんだ。それならインディアンたちを助ける重要な理由になる。すべての人は自由になる権利がある。ナドリはそう言い、デルバもそう言った。インディアンが奴隷にされるのを放っておくのか？　連中に味方するのか？　君たちも昔は奴隷だった。もうそれを忘れてしまったのかとね」

ジミーはそこで少し間を置き、子供たちを見回して言った。

「私もそこにいた。そのころはみんな今のようにピジン語を話すんじゃなく、それぞれ自分たちの言葉を話していた。そのころ私は通訳だったんだよ」

ジミーが話し合いの手伝いをしたのはそれが初めてではなかった。最初は、船上での話し合いで、甲板は血に濡れたままで、サーソの死体はまだ温かかった。子供たちはこの話も知っていた。ジミーはいつもこれらの有名な話し合いの一つ一つの段階を残らずたどっていった。とはいえ、ジミーは教師らしく道徳家でもあって、子供たちに共同体の意味を教え込みたかったので、あえて言及しない事柄もあったし、時には事実を曲げることさえあった。つまりジミーの話す出来事は、話し合いにかかわったほかの人々の記憶と必ずしもまったく一致するとは言えなかった。人々はさまざまな事柄に、自分にとってのの真実や意味を読み込む。だが、そのときそこにいた者すべてが――男も女も、黒人も白人も、あの航海と上陸の苦難を生き延び、初めのころの苦労をしのいできた逃亡者のすべてが――結局、この話し合いで決まった行動が村を救ったのだということは認識していた。

ジミーが必ず省くのは、奴隷商人たちをそのまま行かせようとした臆病な連中の名前だった。その中でウィルソンの名だけが挙げられ、ほかの者の汚名まで着せられた。というのも彼らはまだ生きているか、または生徒たちの中にその子供がいるからだ。ウィルソンは皆の目の前で恥ずかしい死に方をしたのだし、その上、子供もいなかった。だから不面目なことはすべてウィルソンの仕業ということになった。やがて伝説的な悪事は皆ウィルソンの名前の周りに集まっていった。初めはスケープゴートで、そしてそれから鬼となるのがウィルソンの運命だったのだ。近ごろでは母親たちは、「ウィルスーンが来るよ」と脅して子供たちを静かにさせるほどだった。

実際には、この話し合いのとき、ウィルソン以外にも同じ意見の者がいた。リビーがそうであり、象牙海岸から来たティアモコという名の大柄で陰気な男もそうだった。この三人はともに、何のためにインディアンを救わなければならないのかわからないと言った。

「インディアンなんてただの野蛮人だ」

リビーは言った。その残った片目は激して充血していた。

「連中がへインズにしたことを覚えているだろう。まだ生きているのに頭の皮を剥いだんだ。白人たちは俺に何かしたわけじゃない。それなのにどうして同胞に手を上げなければならないんだ」

フラニ族の女タバカリが議論に加わったのはリビーがそう言ったときだった。そのころタバカリはピジン語を話さなかったが、大胆で独立心に富む彼女は遊牧民の出で、ギニア海岸沿いに西の端まで渡り歩いており、ジミーにも通訳できるマリンケ語が少し話せた。背が高く堂々としたこの女の言葉に込められた溢れるほどの侮蔑までは翻訳できなかったが、それでもその拙《つたな》い通訳だけでも、彼女の軽蔑感は十分に伝わった。

「タバカリは言っている。同胞に手を上げると言うが、それは一体どういうことだ。お前は奴隷商人を同胞だと言いたいのか。それならここの者ではない。出ていけばいい。それからこう言っている。ヘインズは船から砂金を盗んだから殺されたのだ。ヘインズのことを気の毒がって泣く者などいるか。バートンはそれがよくわかっている。違ってるならバートンが今話せばいい。我々はいくらでも聴く用意があると」

バートンは何も言わなかった。バートンが、砂金を持って逃げようとして不運に終わったヘインズの、あの企みの仲間だったことはみんなが知っていた。

「タバカリは言ってる。リビーを見ていると胸が悪くなる。リビーは片目をなくし、タマを両方なくした。リビーが彼女の男だったら――ありがたいことにそうでないが――家の外に追い出してやると。それから彼女は言ってる。ウィルソンもティアモコもリビーと同じだ」

「万歳！」

ビリー・ブレアは旧敵がこのようにやっつけられたのに大喜びして言った。

だがウィルソンは議論のルールに従うような男ではなく、その上、ひどい癇癪《かんしゃく》持ちの嫌な男だった。それから何週間も経たないうちに彼は死んでしまったが。ウィルソンはタバカリに二歩にじり寄ってこう言った。

「この黒ん坊の雌犬めが。俺の悪口を言えると思っているのか」

「下がれ」

どうしようという意図もないまま、パリスは間に割って入った。ウィルソンの黒い顎髭に覆われた顔は、ちょうどパリスの顔と同じくらいの高さにあった。そのくぼんだ死人めいた眼孔の中の両目は奇妙に漠として、見ているようで何も見えていないようだった。

「下がるんだ」

パリスはもう一度言ったが、それは大声でも脅すようでもなかった。

「今は話し合いのときだ。使うのは言葉で、拳ではない。それともその区別もつかないのか？」

軽蔑のあまり、思わずパリスはそう付け加えた。

ウィルソンはふてくされてパリスをにらみ続けた。

彼は脅されたから服従するのではなかったが、人々の視線から自分が不利であると感じたらしく、おとなしく退いた。

パリスは振り返ってタバカリを見た。彼女は少しもひるんだ様子は見せていなかった。奴隷船で与えられた粗い綿のゆったりした服を着てそこに立っていた。激した言葉を使ったので息遣いが荒くなっている。目は輝き、見事な柱のような首の上で頭は誇り高く反らされていた。そのころまだ自分の女がいなかったパリスは、これまで覚えたことのないような激しい欲望と賞賛の念が全身に溢れるのを感じた。パリスは要塞で日の射す奴隷牢に入れられた彼女を初めて檻の柵越しに見た瞬間から、彼女についてさまざまな思いを抱いてきた。その思いを蓄積してきた器がそのとき一杯になり、突然溢れ出したようだ。そしてそれはパリスの目に表れ出ずにはいられなかった。タバカリもそれに気づいた。

しかしながら、人々が全員集まったこの最初の話し合いは、誰よりもデルブランにとってこそ大きな転機となり、啓示となった。この啓示の本質がどのようなものかを説明することはジミーにはできなかった。というのもその啓示とは、デルブランが初めておのれを知ったということだったからだ。デルブランは、話を聞くと即座にインディアンたちを助けるべきだと思った。それは「自由と自然的正義」という原理を肯定する行為である。彼の夢とも言える生まれたての共同体をこれから築き上げていく上で、根本原理にしたいのはこの「自由と自然的正義」であった。それに今彼らを助ければ、今後インディアンたちとの関係も良くなるだろう。ヘインズの恐ろしい死のあと、皆はインディアンを恐れるあまり、無防備な海岸と、背後の水に浸かったサバンナとの間にはさまれたこの森林地帯の中の狭い空き地に釘付けにされていた。だがデルブランはそのような目先の利点より先を見通していた。それまで自分にも可能とは思えなかったような冷静で鋭い理解力によって、デルブランは、ある意味でインディアンたちの運命など二義的なことに過ぎないこともわかっていた。そしてその冷徹な理解力こそ、デルブランの啓示の本質であった。そのときデルブランははっきりと確信した。肝心なのは、とにかく奴隷商人は殺さなければならないということだった。

デルブランは、パリスと船員たちに直接語り掛け、奴隷商人たちを殺すことを強く主張した。通訳はジミーの努力に任せた。というのもそのとき白人は少数者であったが、団結力においては彼らの方が勝っており、まだ確かに多少は優位に立っていたからだ。もちろんそれもそう長くは続くまい。だが、今ならそれを活用できるとデルブランは考えたのだ。さらに連中を殺すことを、追跡の途中の成り行きに任せるのではなく、この話し合いの場で決定することが必要なのだ。

「選択の余地はないんだ」デルブランは言った。「インディアンをどうするかの決定が人道的に正しいかどうかはどうでもいい。もちろん個人的にはインディアンを助けた方がいいと思う。だがそれより何より、そのインディアンたちを連れていく連中を殺さなければならないんだ。さっき誰かが言ったが、もし連中が戻って来たらどうする？　連中が我々の誰かを見ていたとしたら？　その可能性がないとは言えないだろう。そのときには連中は武装して、もっと大勢で戻って来るだろう。たとえそうでなくても、我々の噂を海岸沿いに流すような危険を冒せるかい？　そんな状況ではないことはわかるだろう？　間に合ううちに奴らを追いかけなければならんのだ」

デルブランこそまさに生まれ変わった男だった。船から降りたとき着ていたチョッキとズボンをいまだに身に付けてはいたが、それも破れて泥だらけになっていた。それ以外、彼には以前と同じところは何もないと言ってよかった。かつての漠然とした理論とか、やや皮肉な言葉遣いとか、寛大で平等主義的共感などは、すべてこの過激な明晰さへと集約されていた。この決死の企てを何としても成功させたい。デルブランはこれほど強い思いをかき立てられたことはなかった。自分の前にいる人々は、黒人も白人も、自覚しているか否かは別にして、皆等しく奴隷だったのだ。だからこそ、この処女地で何の強制もなしに平和にそして自由に生きさせたいとデルブランは思った。その夢に比べれば、四人の奴隷商人の命など大した問題ではない。

冷酷な決断をしながらも、この大義に高揚しているデルブランが、パリスにはすっかり別人になったように思われた。

「君は、四人の人間を冷酷に殺すと言っているんだよ」パリスは言った。

「その通りだよ。もちろんそう言ってるんだ」抑えきれない激しさでデルブランは言った。「いいかい、マシュー、我々全員の命がかかるこんな重大なことで感情的になって、へまをしでかしてもいいって言うのか?」

このとき彼らは、セミが鳴き、パルメットヤシの葉に強い日射しが照りつける狭苦しく暑い岩だらけの空き地にいた。だがパリスは一瞬、自分たちがまだ船上にいて、理性と自然が、それぞれどのような利点を持つかについての議論を繰り返しているような錯覚にとらわれた。リヴァプール・マーチャント号では、二人は大半の時間をこの議論に費やしていた。ただし今は二人の意見が逆転していた。衝動を敵とするのはデルブランの方になっていた。

一瞬パリスは何と答えていいのか迷って、友人の顔をじっと見た。そのときパリスは、開けっ広げなところが魅力であったはずのデルブランが、もっと深い理由があるのに、今はそれを言わずにいることに気づいた。直感的にそう感じると、もうそうだと確信するのがパリスらしいところだった。パリスは口を開きかけたが、デルブランはまるで悟られたと勘づいたかのように、パリスの方に近づき、誰にも聞こえないような低い声でささやいた。

「我々は奴らを殺さなくちゃならないんだ。わからないのかい? これは唯一の機会なんだよ。連中は我々と同じく黒人と白人が入り交じっている。連中を殺すことによって我々白人と黒人を画する垣根をなくすことができるんだ。これしか方法はない。我々を一つにまとめていく唯一の方法なんだ」

このことは二人だけの秘密だった。そのあともお互い二度と、その秘密に触れることはなかった。だが、この最初の話し合いの方向を決めたのはティアモコだった。彼は女の敬意が重要な意味を持つ社会から来ていた。冷静に振る舞うのが彼の信条ではあったが、フラニ族の女に軽蔑されたままではいられなかった。急にティアモコの気は変わり、一歩進み出ると、必要なら自分は一人でも奴隷商人たちを殺しに行くと言い出した。

ほかの者もこれにならった。結局、男たちは皆、この追跡に加わることになった。二手に分かれて、一方は川岸近くを進み、もう一方はヒューズの案内でもっと内陸の方を行く。ただし物音を立てずに急襲するために、最終攻撃は六人だけで行うことにした。三人は白人、三人は黒人とし、奴隷商人たちの居場所がわかりしだい、その六人を籤《くじ》で決めることになった。


「さあ、この六人の名は？」

　子供たちは皆知っていた。パリー、カヴナ、バーバ、キレク、カドゥ、ゾービの六人だった。子供たちにとって彼らは英雄だった。

「みんなはこの奴隷商人を追いかけた。さあ、暗くなってきて夜になった」

　ジミーは力一杯、目を見開いた。

「みんなはどうしたかな？　奴隷商人たちは夜が怖かった。たとえば、ワニが怖かった。ほかには何が怖かっただろう？」

「ヘビ」

「ピューマ」

　話の中で子供たちが熱心に参加するのはこの段階で、競い合って怖いと思うものを挙げていた。

「黒クマ」

　テッカが言った。

「そうだ。テッカ、お前はほんとに黒クマが好きだな。奴隷商人たちは影も怖かった。どうしてかな？　それは、奴らがとても悪い連中で、自分でも奴隷を売るのはいけないことだとわかっていて、心の中が嫌な気持ちになっているからなんだ。私たちの方は全然怖がらないで奴らを追っかけた。どうしてだ？」

「こちらの方が大勢だったから」

「いーや、違うよ、サミー。そうじゃないんだ。我々が怖がらなかったのは、我々の側に正義があったからなのだ。正しいことをしていると、心が強くなって何ものも恐れなくなるのだよ。奴らは川岸で火をたいてキャンプし、一人が見張りに就くようにして寝たんだ。インディアンたちは一緒に縛られたままだった。この奴隷商人たちはとても悪い奴らだった。そうでなかったら、こちらも殺しには行かなかった。人を殺すのはとても悪いことだ。人間は皆、一緒に仲良く暮らしていかなければならない。だが、あのときは奴隷たちを自由にするために、殺さなければならなかったんだよ」

パリスはタバカリのところに行かないときに使うことにしている診療室の隣の小屋の外に座って、奴隷商人を殺しに行ったはるか昔のことを思い出していた。ヒューズを見ると、あのときのことを必ず思い出す。村にはヒューズのように昔を思い出させる男女が何人かいた。彼らはそれぞれの出来事を象徴していて、それが体からオーラとなって発せられるようだった。

追跡し始めたのはちょうど今時分だった。夕方で、空の色がゆっくりと薄まっていき、半透明の乳白色めいた青色へと変わるころだった。夜の帳が下りてくるとともに蛙の声が、初めはそちら、次にこちらと聞こえ始め、やがて水に浸かったきらきら光るススキの野原全体に、一斉に脈打つような大合唱が響き渡る。奇妙なことだが、それがパリスの耳には長く引き延ばされた悲嘆の声のように聞こえた。

追跡されていた一行は、浜辺ブドウの木とパルメットヤシの間にある高い砂州の上で露営していた。彼らは火をたき、白人の男が一人、マスケット銃を膝に抱えて見張っていた。インディアンは木に縄で縛り付けられていた。パリスは、色の薄い浜辺ブドウの幹を照らすたき火の炎と、長くゆがんだ枝の影を覚えている。

途切れずに鳴く蛙の大音響でパリスたちの近づく足音はかき消された。背が高く、しなやかな体付きのシャンティ族のキレクは、足音もなく、見るからに血に飢えた様子で先頭に立って進んだ。あるいはここ数年のキレクに対する不信の念と意見の相違のせいで、そんなふうに思うようになったのかもしれない、とパリスは考えた。

キレクは、見張りの男に背後から近づき、男が騒いだり叫び声を上げたりできないうちに、その首をかき切った。だが死んでいくとき男は息を詰まらせ、ゴボゴボという音を立てたので、一行の一人が飛び起きた。バーバーはすかさず飛び掛かったが間に合わなかった。男は、その直前に辺りにうごめく影を見て一声、叫び声を上げた。バーバーは船の大工道具の中から、短い斧を持ち出していて、その斧で切りつけた。それでも男ははいながら逃げようとし、その間も追いかけながら、バーバーは斧を振るい続けた。残りの者たちも目を覚ました。たき火の明かりに照らされ、はいながら血だらけになって逃げていく男の姿を見たあと、パリスが覚えているのは、混乱と猛烈な乱闘シーンだった。その中で、ゾービがマスケット銃の台尻で殴られ、パリスはそのマスケット銃を振り回している男に向けてピストルを発射した。男は強そうな黒人で、パリスがその胴体を撃ち抜いてからも、よろよろと木々の間に入って行った。パリスはどれほどの傷を負わせたのかわからないまま、そのあとを追いかけた。たき火の明かりの向こうの薄闇の中で、男はまさに息絶えようとしていた。男は血を吐きながら、それでもまだ命乞いをした。パリスはその目が自分を見つめて、何かつぶやくような声を出したのを覚えていた。死んでいく見知らぬ男と自分がいる周囲が、奇妙に静まり返っていた。初めはそれがどうしてなのかわからなかった。やがて、自分が撃ったピストルの銃声に蛙が驚いて、鳴き声がやんだのだと気づいた。

このとき流された血と、そののちに流されたウィルソンの血を土台にして、彼らの小さな共和国が築かれたのだ。これがジミーが子供たちに話すレッドクリーク、つまり赤い川の戦いであった。ジミーは名前を付けることがいかに重要か知っていた。レッドクリークという名は、マングローブの落ち葉のそばの水面が血で赤く染まったことからきていた。

彼らはインディアンたちを縛ったまま村に連れ戻った。霊感を得たようなデルブランが思いついた策により、インディアンたちの解放はその場ですぐ行われるのではなく、人々が集まったところで一つの儀式として行われた。インディアンたちは赤銅色の肌で、やせて小柄だが、たくましく、真っ黒で真っすぐな長い髪を垂らして、目は底知れぬ光を放っていた。縄を持つ者が代わったときも、彼らは無言のままだった。縄を解かれても相変わらず何も言わず、差し出された食物も拒み、自分たちが自由の身になったことがすぐには信じられない様子だった。それから慌てて暗闇の中に姿を消した。

それでも彼らも恩義は感じたようだ。あるいは少なくとも、多少はありがたく思ったのか、二日後に、体を油で光らせ、貝殻と骨で頭を飾った二十人の男たちからなる代表団が、羽毛のヘッドバンドを締めて大きな貝殻の耳飾りを付けた一人をリーダーにしてやって来た。彼らは一時間の間、まったくの無言で座っていたが、やがて贈り物として貝殻の装飾品と、削られた矢尻、それにスペイン人が遺棄した北の方の村から持って来たサワーオレンジ、そして何よりもありがたいことに、クーンティの粉でできたケーキを置いて行った。村人たちの主食となるクーンティという植物のことを教えてくれたのはこのインディアンたちだった。そしてまたそのあとも、村人の農業の基礎となるカボチャの種やサツマイモの塊茎《かいけい》をくれた。村人もお返しに、サーソがジャマイカで売るつもりだった折り畳みナイフややかんなど、船から持って来た品物を贈り物として渡した。そのうち徐々に、キャヴァナやタングマン、それにシャンティ族の人々が、セント・ジョン川の北方にある村々との獣の皮の交易に加わるようになっていった。

顔に赤と青の同心円の入れ墨をしたこの近隣のインディアンたちは、西側の部族たちとは絶えず小競り合いを繰り返していた。だが、パリスたちの村の人々に対しては、狩猟地も漁場も重なっているにもかかわらず、まったく敵意を示さなかった。インディアンたちにとってもこの出来事は伝説と化したのだろう。この救出の物語は、彼らの間でも繰り返し語られ、両者の同盟は一種の慣習となり、誰もそれを疑問に思わなかった。

確かにデルブランは正しかった。三人のインディアンを救うことによって、彼らは生き延び、コロニーの存続が可能になったのだから。それからしばらくして、ウィルソンの処刑によって、女たちを分け合うというルールが受け入れられるようになった。この女の問題のせいで、村はもたつきかけたが、考えてみれば、初めたった十四人の女しか生き残っていなかったのだから、単純な計算で答えの出ることだった。

十二年か……とパリスは考えた。ススキの野原は十二回水に沈み、その広大な真水の大海が、緩やかに傾斜した土地に沿ってゆっくり南に流れる。十二回乾期が訪れ、泥はひび割れ、侵食された岩とワニが姿を見せた。だいぶ前にこのワニを観察したパリスは、泥に穴を掘り、そこにできた水たまりに小さなコロニーをつくって生きていくワニたちを、この沼地の真の主《あるじ》だと思った。ワニは一番古い生物である原生爬虫類の一つだ。パリスは時間があればワニを観察しに行き、環境に完全に適応したその生き方に感心していた。パリスには理由はよくわからなかったが、ここのワニの場合、種《しゅ》の多様化がまったく起きていないようだった。かつて教会の連中は私を晒し台にさらして投獄し、奴隷船の甲板に立つ以前に私に堕落の恐怖を植え付けた。その恐怖が紆余曲折を経て私をこの地まで連れてきたのだが、あの連中なら、ワニをノアとともに航海した創世期の創造物の生きた証拠とみなしただろう。寒くなり、暖かくなり、山が隆起し、大陸が形成され、その間も地球上のこの湿地の奥まったところで、この同じ生物はそのまま生き続けていたのだ。恐らくそれは、彼らが生き物として完全だからなのだ……。

そんな途方もなく長い尺度で測れば、村の十二年間の歴史など取るに足らず、何らかの有意義な発見をするには短過ぎ、一呼吸の長さにもならない。だがパリスの心臓の鼓動で測れば、それはパリスの全人生に当たる。パリスはこの忘れ去られた片隅で、自分でも思いがけないほど幸福に暮らしてきた。だが近ごろ、ここの短い歴史は、ある形の完成に向かっているように思えてならなかった。しかもそれは最初に「暴力」によって決定づけられた形なのだ。そして形の完成とはすなわち終わりを意味する。突然、強い不安に襲われながら、パリスはまた、キレクと最近、彼のもとに集まり始めた連中のことを考えた。バートンやリビーは生まれながらのおべっか使いで、勢力のある者を抜け目なく嗅ぎ分ける男たちだ。キレクは金持ちになりつつある。北の方だけでなく海に行くインディアンたちとも交易のつてがあるという噂だ。インディアンたちは丸木舟で海峡を渡り、干し魚やアオサギの羽毛飾りや淡水真珠をスペイン人の島へ運んでいるという。イボティが魔術を使うと言って告発しているのは、このキレクと同族の男だ……。

あれこれ考えているうちに落ち着かなくなったパリスは、立ち上がると敷地内の隅を横切り、柵の門を通って村の外に出た。海側の森林地帯から、背の高いテーダ松の木々の間にある岩だらけの小さな高台にのぼった。そこはパリスが夕方よく座って景色を眺めに行くところだった。イングランドにいたころから夕方はパリスの好きな時間だ。ここに来てからの観察では、まず雲の筋ができ、パリスがそこに来て座るころにはその筋もすっかり消えて、空は闇を迎える様相——どの色というのではなく、すべての色の源である限りない透明さ——を示す。

　パリスは海があるはずの東の方を見ていた。そこから海自体は見えないが、その上方の光がどこか乱れて反射するので、そこに海があることがわかる。村の家々は、防壁となっている海岸近くの小さな丘と、背後にある潟と平原との間のいくぶん高い土地にあり、海から見えないようになっていた。そこは襲撃者からも、夏の終わりに海岸線を襲う嵐からも守られている。しかも、松林の尾根の間を抜けてくる海風によって、沼地が発散する悪い空気が吹き払われるという絶好の立地条件にあった。

　高台に座っているパリスは、今ではこの地に暮らす権利だけでなく、この地を愛する権利まで持つようになった気がしていた。それはより強い所有権の要求だった。辺りの風景にすっかりなじんだことによって、その気持ちは一層強くなった。高台からは見えないが光を放っている海、高い枝に止まろうとして羽ばたいて行った黒っぽいヘビ鵜《う》、風が吹き抜けて行くとき葉が幹に当たってかすかなシンバルのような音を立てるパルメットヤシ、そのほっそりした刀のような葉が緑貝の渦巻きのような完全な曲線を描いている姿……。このすべてを失うかもしれないという懸念によって、パリスの知覚はいつもより鋭く研ぎ澄まされていた。ここは苦難と罪がつくり上げた場だ。ここでパリスは何人かの命を救い、いくらかの痛みを和らげてやることができた。そしてこの地でいまだに多くの点で異邦人に思える女の腕の中に、自分でも思いもよらなかった安らぎの場と肉体の情熱を見出したのだった。

　あちこちさまよう日の光が、空き地を横切ってゴムの木の紙のような樹皮に一瞬射し、むけかかった樹皮を赤く染め、木全体が燃え上がっているように見えた。高い方の枝には、緑色の薄い布のような苔が覆って、中央は暗く、縁の方は陽光のせいで軽くふわっとして見えた。パリスが見上げると、枝も葉も苔も皆一つに溶け合って、ベールのようだった。パリスの不安はゆっくりと消えていった。

　帰ろうとして歩き出すと、自分を呼ぶ声が木の間から聞こえてきた。その声にどこか悲しげなところがあるのでケンカだとすぐわかった。ケンカはタバカリの子供で、そしてまた、はっきりお互いにそう名乗ってはいないが、パリスの息子でもあった。

「ここだよ」とパリスが呼び掛けると、すぐに少年が木の間から小さな空き地に姿を現し、黙ったまま近づいて来た。ケンカは時々、一緒に歩くというほか、これといった理由もなくパリスのあとについて来ることがあり、パリスはそれがとてもうれしかった。ケンカを赤ん坊のときから見守っており、何度か話し掛ける好機を見つけようと、ケンカのあとをつけて行ったこともあった。子供たちは母親と一緒に暮らしており、村の男全部がその父親だった。少なくともそれが村の掟《おきて》だった。だが時には、男たちははっきり自分の子とわかっている子供に特別の関心を示すことがあった。パリスもケンカの顔付きが、とくに目の形と口元が自分とよく似ていると思っており、またこの子が、自分とタバカリの子であって、ルースとの間にはついに生まれてくることのなかった「我が子」であるということを知っていた。

「私がここだとどうしてわかったんだい？」

パリスは聞いた。

「ウーズと話しているのを見たし、村から出ていくところも見てたんだ」

少年は言った。その目はずっと自分の内に向けられていて、話をするとき突然目が覚めるように見えたが、これは母親とよく似ていた。真っすぐな肩、しっかりした首筋、そして頭をしきりに振る癖なども母親に似ていた。だがケンカがよくする忍耐強く問い掛けるような表情は父親似である。今もまたケンカはその表情のまま、「ウーズは何て言ったの」と尋ねた。

パリスは重々しく答えた。

「ウーズは木に登っていて、船が二、三日停まってたのを見たんだ。ウーズはよく考えて、それから私にそれを話したんだ」

ケンカは少し考えるような様子を見せたが、この船の知らせに関心がないことは、次に彼が言った言葉で明らかだった。

「ウーズは何にでも登れるんだよね、パリーは？」

「人によって得意なものは違うんだよ。みんなが木に登るようになったら誰が漁をするんだ？　こっちに行かないかい？」

少年はうれしい提案を聞いて、彼らしいほほ笑みを浮かべた。

「ウーズより上手なこと、いっぱいあるもんね」

ケンカは言った。ケンカは特定の単語を発する直前に、子音に近い軽い摩擦音を立てるが、それは母親のフラニ族の発声法からきた癖だ。ケンカはパリスより母親と話す方が、早く、楽に話すことができた。母親の母国語のアフリカの単語も混ぜながら話すのだ。

並んで歩いているとケンカの小さな手がパリスの手の中に滑り込んで来て、二人は手をつないでいた。

「授業中にね、テッカがね、ウーズが奴隷売りを見つけた木に登ったのは、黒クマがウーズの尻を狙って追っかけて来たからだって言ったけど、それ本当?」

「ジミーは何て言ったんだ?」

パリスは用心深く尋ねた。自分の考えがジミーの教え方と必ずしも一致しないこともあったからだ。

「ジミーは、それは話の中にないって」

二人は松林の尾根の少し下の方にあるジャングルの小山の端まで来た。二人が歩いて来た道は浅い淡塩水の潟の岸に続いていた。水辺に近寄ると、カメがポチャンと水に入る音がし、二羽の灰色のハトが水際の下生えから飛び立った。

「ジミーはどうして話の全部を知ってるの?」少年はまた尋ねた。

「木に登ったのはジミーじゃないのに。ウーズが黒クマとお尻の話をしなかっただけかもしれないでしょ」

パリスはしばらく考え込んだ。カメは泳ぐのをやめて何ヤードか離れたところで、頭と光る甲羅を水面から出していた。

「私はこう思うんだ。誰も話の全部を知ることはできない。ウーズも忘れてることだってあるだろうし、何か話を変えたところもあるかもしれない。ウーズも、お前や私やテッカと同じで、尻があるし、みんなと同じで自分の尻は守りたいだろう。どうしてだかわかるよね」

ケンカの顔に答えがわかった純粋な喜びが広がった。

「お尻をなくしたら、木に登れないし、何もできないからだ」

「そうだ。それをよく覚えておくんだよ、ケンカ。

それとは別の話をしてやろう。今、立っているのがどこかわかるね？　大きな木がたくさん固まって生えている『ジャングルの小山』と呼んでいるところのそばだね。この名前は知ってるだろう？」

　少年はうなずいた。

「その真ん中に大きな大きな木が立っている。上を見上げてもてっぺんが見えないほどだ。そこには動物もいる、シカとかピューマとかウサギとかね。この小山の周りを歩いたことがあるかい？　ケンカも大きくなったから、いつか一緒に歩いてみよう。斧とナイフを持って、お母さんに頼んで途中で食べる弁当を作ってもらおう。周りには草地があってね。雨期にはそこは全部水で覆われる。つまりこの小山は草地に浮かぶ島のようなものだ」

「島ってなあに？」

「海の中の陸だ。わかるかな？　草地は海みたいだろう。そこで問題は、そこだけどうして違うのかということだ。昔はみんな同じ草地だったんだ。多分ここがほんの少しだけ高くなっていたんだろう。ほんのこのぐらいだけ」

　パリスは親指と人差し指で何インチかの差を示して見せた。

「風で運ばれて来た種《たね》が載るくらいだけ高かったんだ」

「種はどこから運ばれて来たの？」

　ケンカは話に夢中になっている。顔が緊張し、目は大きく見開かれている。話の先が自分には理解できないかもしれないとでも思っているような張り詰めた様子だ。

「海の中の大きな木が生えている島から、海を渡って運ばれて来るんだ。ゴムの木かヤシの木の種だろう。あるいは私が薬に使っているマスチックの木の種かもしれない。目に見えないほどの小さな種だ。それがゆっくりゆっくり育っていって、根が地面に張り、葉に水がたまる。そこにまた別の種が飛んで来る。そんなふうにきっと二、三百年の間続いていったんだ」

　だが二、三百年と言っても少年にはよくわからないようだった。

「ずっと昔のことだ。私が生まれるよりもっと前だ」パリスは言い直した。「そうして今みたいな大きな小山ができて、木と木が戦い始めたんだ。さあこっちに来てごらん。面白い物を見せてやろう」
この間ずっと二人を見ていたカメは、二人が岸沿いに歩き始めると、すっと水に潜って行った。水辺の縁近くの暖かく浅い水たまりで、小さな黒い魚の群れが、あちこちをすばやく泳ぎ回っていた。クリーム色と黒のしま模様のチョウが二人のすぐそばを飛んで行った。パリスは先に立って木々の間を少し入って行った。薄暗い水際のパルメットヤシと、花綱状の沼地独特の傾きかけた奇妙な木々の間で、死にゆくオークの幹に絞め殺しイチジクが網状にはいまつわり、抱きかかえるように宿主を締め付けているのが見えた。

「この木が見えるかい？　この木は殺し屋なんだ。ほかの木を見つけては巻き付いて、幹を登っていって、ついには元の木が窒息してしまうんだ」

ケンカは窒息という単語を知らなかったので、教えるためにパリスは自分の首に手を巻いてみせた。そしてこの不思議な恐ろしい植物がすることを説明した。まずオークの木の窪みに種が入り込み、そこから初めはほんの小さな芽が出て、何年もするうちに光の方に向かって容赦なく登っていく。そうしながらごくわずかずつ、わからないほどゆっくり宿主の命を奪っていくのだ。今ではこの木の根は人間の胴体ほどの太さにまで成長してオークの幹にからみ付いており、そのうちの一本は十フィートも離れたところまで伸びていき、近くのマングローブの木の枝に巻き付いていた。

「最後にはあの木も殺してしまうんだ」

パリスは言った。そこでパリスは自分の話が初めにしようと思っていた話とは違っていたことに気づいた。自分の中の暗い物思いがそうしてしまったのだ。突然パリスは何か罪を犯したような気持ちにとらわれた。木々の間のこの薄暗がりの中で夢中になって話を聞いている少年の顔を見ると、取り返しのつかないことをしたのかもしれないと思われてきた。

「よく聞いて覚えておくんだよ。私が言いたいのは、今話をしていたのは、人間のことじゃなくて木の話だということだ。人間は木に登ってお日様を浴びて、皆一緒に暮らしていけるんだ」とパリスは言った。

その言葉は遅過ぎたようであった。ケンカは真剣な顔付きで聞いていたが、心は違う方向を向いていた。

「一つの木がほかの木を窒息させる。するとまた別の木がその木を窒息させる。最後にはみんな一緒に倒れていってしまう」

そう言うと、ケンカはその細い手をさっと振り上げた。「そしてまた草地に返り、島はなくなる」

パリスはケンカの考え出した厳しい結末を面白いと思い、心を動かされた。そこで思わず尋ねた。

「それからどうなる?」

ケンカは父のほほ笑みに、深い喜びの表情で応えた。それは答えがわかっているときにいつも浮かべる表情だった。ケンカは言った。

「また別の種が風で運ばれて来るんだ」

第四十八章

父と息子は薄れゆく明かりの中を一緒に歩いて帰った。潟の水面は鋼色《はがね》にかすかに光り、さざ波一つ立たなかった。二人とも水面よりかなり高いところを歩いた。こんなふうに視界を狂わせる薄明かりの中では、水際にあまり近づかない方が賢明だ。獲物のカメを狙って、ワニが潟に入り込んでいることがよくあるからだ。薄暗い水辺で、ワニは体を水面からまったく出さずに潜んでいるのだ。歩いている大人が襲われることはありそうにないが、ここに移り住んで間もないころ、イボティの幼い息子がワニに捕まり、引きずり込まれてしまったことを誰も忘れていなかった。

水辺の反対側の木の高い枝で、黒いヘビ鵜《う》が異様なほど長い首を伸ばし、一声、金切り声のような鳴き声を発した。そしてパリスとケンカが村の端の家の方にゆっくりのぼって行くと、その一声が合図であったかのように、沼地の鳥たちが巣へと飛び立ち、夕暮れの空に鳴き声が響き渡った。近づき始めた闇に応える鳴き声は、敗北のファンファーレのように荒々しく悲しげだった。それはほんの数分しか続かず、やがて辺りはまた静かになる。

村は料理の火で煙っており、乳鉢とすりこぎが立てる太鼓のような音が鳴り響いていた。タバカリの小屋は村の中ほどにあり、柵の門に向いてはいるが、ほかの小屋よりはずっと奥まったところで、松林の尾根のすぐ下にある小山の森に近かった。だからほんの少し風が吹くだけでパルメットヤシの扇状に広がる葉がカサカサ鳴る音が聞こえ、朝には一番高いヤシの木が小屋の葺き屋根に細長い影を落とした。

タバカリの小屋はどの小屋とも同じような造りだった。正面が幅広く奥行きが浅い長方形で、中心の棟木から両側に向けて、ヤシの葉で葺いた屋根が斜めになっている。内部の空間を分けるのに梁から編んだ筵《むしろ》が下がっていた。暑いときは小屋の両脇は風を通すため開けておくが、今は十一月で、掛けられた筵が四面を囲っていた。

タバカリはかがみ込んで籐製の焼き網の上で銀白色の魚を料理していた。二人がやって来るのを見て、彼女はにっこり笑ったが、何も言わなかった。彼女は挨拶のとき声を出さなかった。食事の支度がまだなのを見て、ケンカは小屋のうしろに行った。妹が何人かの子供たちと小石をほうり上げて遊んでいるのを見つけ、仲間に加わった。

パリスはしばらく火のそばに立っていた。うっすらと輪郭の縁取られた新月が昇ってきた。空にはまだ夕焼けの名残があり、少しだけ浮かんでいる雲は、炭焼きされたように黒っぽく柔らかに見えた。村の広場はまだ明るかったが、わずかでも離れたところにいる人の姿は、薄暗く煙った空気のせいではっきりとは見えなかった。タバカリの顔は炎に照らされていた。彼女は物思いにふけり、パリスがそばにいることも意識していないようだった。タバカリは新しい深紅の木綿の服を身に付けていた。それは彼女のもう一人の男のナドリが彼女のために買ってやった物だった。ナドリは罠作りの名人で、その布地三ヤードと交換するためキツネの毛皮を三匹分も渡したのだ。法外な値段だったが、タバカリがこの布をひどく欲しがっていたからだ。アフリカにいたときのような服装を、ここでもし続けようとするタバカリの頑固さにはパリスもあきれるほどだった。それは、染め布を片方の肩から掛け、胸を覆ってウエストのところで絞り込んで短いスカートにするというものだった。彼女は以前は船から運び出した交易用の布地の残りをためこんでいた。だが最近になって、村に鮮やかな色に染め上げられた布地が出回り始めた。キャヴァナとタングマンとティアモコらがどこか秘密の交易相手からそれらを持ち込んでいるようだった。今では何人かの女たちがこの新しい布地を身に付けており、その着方はさまざまだが、若い女たちの間ではタバカリをまねて、胸を覆う傾向があるようだ。タバカリ自身はその服の下には何も着けておらず、ほっそりとした長い脚はむき出しだった。

パリスは彼女が意識していないときに眺めるという楽しみに浸り、彼女から目を離すことができなかった。初めて会ったときパリスが心引かれた骨格の優雅な鋭さは今ではかなり失われている。村に来てから彼女は四人の子供を産んだが、うち一人を亡くしていた。乳房は前より重たげになり、年齢とともに肩と尻には肉が付き、顔の鋭い輪郭が和らいでいる。ふっくらとして突き出た唇は、しわが寄った濃いピンクのバラの花弁のようだ。だが、長い眉とつり上がった目は昔と変わらなかった。それは生意気そうでありながら、同時に不思議に従順そうにも見えた。腕と脚は今もほっそりとしている。踵《かかと》の重心を移すと、腿の筋肉がしなやかに動く。突然パリスは、彼女がいつも与えてくれるあの安心感が欲しくなった。今すぐ暗闇の中で彼女の飾り気のない抱擁を受けたいという思いに圧倒されそうになった。その思いは抱擁に続く性交への期待で一層強まった。夕食の支度の音が響き渡る煙った村に立っていると、パリスは欲望に下腹部が熱くなるのを感じた。

ちょうどそのとき、びくっとしたように見える、いつもの唐突な動きでタバカリがパリスを見上げた。それはまるで頭の中でしていた議論について、パリスに賛成を求めるかのようだった。だがパリスの顔を見た途端、タバカリの表情が変わった。頭をもたげて肩を真っすぐにして「大きな目で見てる」と言った。「見てたのは私、それとも魚？」

「君だ」

「あら、それはうれしいこと。だったら魚のことは忘れてしまって、鳥にでもやりましょ」

「いやいや」

パリスはほほ笑んで言った。パリスが何か矛盾したことを言うと、タバカリがいつもとても面白がることを知っていたからだ。

「男は頭の中で二つ以上のことを、いっぺんに考えることがあるのを知ってるだろう」

タバカリはしなやかな動きで立ち上がり、パリスの方を見た。

「いっぺんにいろんなことを考えると、頭が病気になる」

パリスの健康のこととなると、いつもタバカリは絶対的な権威を帯びた調子で話すが、このときもそうだった。タバカリは誰にも異論をはさませず、それについては自分が一番の権威だと思っていた。

「医者なのにそんなことも知らないの？　考えるのは一度に一つにしておかなくちゃ。さあ、魚が焼けた」

その魚は、三か月前にパリスが取り上げたサリアンの末っ子の疝痛《せんつう》を治したお礼として、この日、午後にビリー・ブレアが持って来た物だった。赤ん坊のけいれんが激しかったので親は心配したが、この治療は大して難しいこともなく、野生のミントとカッシアの根を軽く煎じた薬を与えるとすぐ治まった。だが、サリアンの感謝の念は彼女らしく惜しみないもので、ビリーにこの銀白色の魚を届けさせたのだ。

夕食は火を囲んでみんなで輪になり、タバカリが編んだイグサの敷物の上に座って食べた。敷物はタバカリが子供のころに習い覚えた通りに編まれ、野生の染料植物の葉で青く染められていた。その植物は、スペイン人が放棄した北方の大農場の跡に生えていたものだった。キレクとほかのシャンティ族の者が時々そこに行っては、その植物と小さなビターオレンジを摘み取って来た。

食卓には魚のほかに、生で食べる沼地キャベツとクーンティのケーキがあった。このケーキはすばらしい味で、パリスは何度も感嘆の声を上げた。インディアンから教わったこのクーンティという植物は、海岸の小山とその背後にそびえる松林の尾根にふんだんに生えており、その根を集めて粉にするのは女たちにとっては極めて重要な仕事だった。ただタバカリのクーンティ・ケーキのおいしさは村中の評判で、そのおいしさに肩を並べるのはサリアンのケーキだけだった。タバカリは、土地を耕さない遊牧民の出身で、ほかの女たちのようにクーンティに似たカッサバのような根菜類を料理したこともなかった。だがそれにもかかわらず、見事なケーキを焼き上げるようになったのだ。タバカリは、収穫や料理に始まって、歯の磨き方や体に塗る油の塗り方に至るまで、あらゆることに全身全霊で取り組む。その細心さはほとんど欠点とさえ言えるほどだ。ケーキ作りについても独自の方法を編み出した。根を柔らかくし、澱粉《でんぷん》を洗い出し、澱《おり》を一度や二度ではなく四度も沸かし立てるのだ。おかげで粉の純度は増し、できあがるケーキの生地は軽くなる。それに普通はオレンジ色になるはずなのが、薄い黄色に仕上がる。蜂蜜があればそれをケーキに添える。パリスはこれほどおいしい物を味わったことはないと思った。

　夕食がすむと、幼い子供たちは寝かしつけられ、ケンカは友人のテッカに会いに出て行った。二人は同じ歳で、少なくとも今は仲良しだが、友達になったりけんかしたりを繰り返していた。目下のところは一緒に楽しみにしていることがあって、二人は友情で結び付いていた。満月になる前に行われるはずのシカ狩りに、パリスやナドリやシャンティ族のダンカらについて行ってもよいという許しをもらったのだ。

　小屋には大工のバーバーが樽のたがで作った燭台があった。一フィートほどの細い松材の軸を燭台に縦に置いて火をつけ、その明かりで小屋の中を照らしていた。燭台から少し煙が出て、赤い炎がゆらゆら揺れていた。

　タバカリは明かりのそばの低い架台に座っていた。かゆを作るために集めた野生のトウモロコシの実を、皮袋から手ですくっては膝の上に置いた板に載せてより分けている。パリスは隅の柱に背をもたせ掛けて座り、夜になると暖かく照らされたこの飛び地のような空間が与えてくれる平穏を楽しんでいた。静けさと、穏やかな明かり、女の器用な手つきが織りなす世界に浸り、ほとんど話もしなかった。タバカリはパリスにもナドリにも仕事を頼むことはめったになかった。タバカリは何事にも縄張り意識が強く、それは仕事の分担にまで及んでいた。ナドリの仕事は罠を仕掛けることで、子供のときに父親から教わった技を使って広い草地でウズラを捕っていた。ナドリは罠作りに関してはずば抜けていた。一方、パリスの仕事は病室と薬草園にあった。

　ケンカは戻って来なかったが、二人ともまったく心配しなかった。少年は暗くなってから村の敷地の外に出るような愚かなまねはしない。夜になればクマやピューマやワニが動き出すということは、幼いころからたたき込まれていた。今日もまた誰かのところに、恐らくテッカの小屋に泊めてもらっているのだろう。時折、夜鳥が上げる鳴き声を除けば、辺りはすっかり静まり返っていた。パリスは立ち上がってまた新しい木片に火をつけた。それを見てタバカリは、自分の長い指をトウモロコシの実の中に入れたまま言った。

「何心配している？　どうして黙っている？　黙っていて何になる？」タバカリはパリスの様子のどんな変化も見逃さなかった。気づいてからしばらく経たないと、そのことを口にしないこともあったが。パリスの口元に最近どこか不安そうなしわが出るのに気づいていたのだった。そのしわは、忍耐強く、頑固で落ち着いたパリスの顔にすぐ隠されてしまうが。

「黙っているとお腹に毒がたまるね」

「何でもない。別に話すほどのことではないんだ」

パリスは言った。パリスはタバカリに近寄って、その手を彼女のうなじの暖かく柔らかな肌の上に置いた。パリスは彼女の太くて形の良いすべすべした首のしっかりした線が好きだった。彼女の体からは麝香の香りがし、髪からドングリの油の甘い香りも漂っていた。

「話すほどのことかどうか、まず話してみて、それから決めればいい」

そう言って、突然タバカリはにっこりとほほ笑んだ。パリスは一緒に笑うことはできないが、それでも、タバカリが彼女自身の言葉に矛盾があると思って笑っているのはわかった。

「さあ話してみて」と彼女は言った。

それでもパリスは躊躇した。タバカリは戦う女であり、必要に迫られると即座に決断し行動する女だ。だからパリスは不安な気持ちや悪い予感のことを、彼女とどう話し合えばいいか見当がつかなかった。話し合うためには共通の予測が前提になる。ところがタバカリは現在の一刻一刻、その日その日を生きる。そのために、少なくともパリスの目からすると、先を見通す人々に容易に餌食《えじき》にされがちだった。その点ではタバカリはパリスには異邦人のままだった。奴隷にされる前のタバカリのことについてはパリスはほとんど知らなかったし、タバカリもパリスの過去のことはまったく知らずにいる。ギニア海岸の交易ピジン語をもとに編み出された混成共通語は、二人が話し合える唯一の言葉だが、それには感情を伝える語彙がほとんどなかった。

パリスの頭を最も悩ませていたのは、村で交易仲間の関係が発展し、営業上のライバル関係と、隠し事が増えてきたという一般的傾向だった。ところが、それをタバカリに伝える言葉が見つからなかった。それで代わりに、もっと具体的で差し迫っていることと、つまりタングマンがイボティを弁護するため弁舌を振るうことになっている今度の集会について話し始めた。イボティの女のアリファと、アリファのもう一人の男のシャンティ族のハンボが、イボティが魔術を使うと告発したのだ。この件には多くの問題が含まれていて、パリスは心配だった。中でもハンボが、勢力を振るい始めたキレクと同じ部族の者だという事実は、パリスをひどく悩ませた。

最近は魔術の告発などまずない。いや昔も、こんな告発はなかった。確かに「邪悪な目の魔力」についての告発はあったが、それは嫉妬から生まれたものなので、すぐに片がついた。その後、それまで習慣になっていた人々の思考法は根底から覆されることになった。村の独自な特徴――さまざまな言語や民族が入り交じった村であること――に加えて、女たちを共有し合わなければやっていけないという現実が、彼らの伝統的道徳観を打ち壊したのだ。それとともに、村の生活の表面から魔術のような超自然的な要素は姿を消していた。

さらに、この件からは家庭内の男女の陰謀めいた不吉なオーラが立ち上っていた。イボティは頭が鈍く、すでに村の中でも最も貧しい者たちの一人で、その生活もいくぶんかはアリファに頼っている状態だった。イボティがこの件で負ければ、アリファは自分の小屋にイボティが来るのを正式に拒めることになる。その上、イボティはハンボに賠償しなければならなくなる。タングマンの助けで勝てば、確かに不名誉は免れるが、タングマンに代金を支払わなければならない。いずれにしてもイボティが前より貧しくなることは避けられない。タングマンが集会で誰かの代わりに話をするのを引き受けたのは今度が最初ではなかった……。

「タングマンは話がうまい。抜け目なく話をする。タングマンは優れた代言者だ」とパリスは言った。

「代言者？　それは何のこと？」

「代言者というのは、集会で話をするが、こう言ったりああ言ったり、どんなふうにでも言う。本当かどうかは気にしない」

「代言者か。誰よりもうまく話をする。それがその人の仕事ね。医者はほかの人より薬のことをよく知っているし、猟師は人より上手に罠を作る。それが彼らの仕事ね。それはどこでも同じね」

「医者も猟師も人が考えていることを変えようとはしない」

パリスは笑いながら言った。善悪にこだわらずに判断するタバカリの考えを聞くと何となく安心する気がした。タバカリはどんな技量であれ、優れていれば感心するのだった。

「みんなは話をするのがタングマンの仕事だとわかっているんだから、タングマンの話を聞いても、みんなの考えていることが変えられたりしない」とタバカリはパリスのほほ笑みに得意そうに答えた。

「フムフム、またタングマンがしゃべっていると思うだけ。タングマンが話さなくなったら、それこそ危ないときよ。水辺にオクポルがいても心配ない。オクポルが垣根に登ったら、そのときは用心しなければ」

「オクポルって何だ?」

「蛙よ」

パリスはなるほどというようにうなずいた。「オクポルか」と、まるで真剣にその言葉を覚えようとしているようにまじめくさって言ったので、今度はそれがタバカリの笑いを誘った。彼女はうつむいて口元に手をやった。奇妙な仕草だが半分は慎みから、半分は迷信から出たもので、タバカリは笑うときにはいつもそうして口元を覆うのだった。

パリスは彼女がいとおしくなって少し笑い、今では見慣れた、その奇妙に頼りない仕草にまた欲望をかき立てられた。タバカリは無造作に座っていて、短いスカートの下から内腿がのぞいていた。彼女には慎み深いところと無造作なところが奇妙に混じり合っており、それがパリスにはよくわからなかった。肉体のことに関してはパリスより勘が鋭く働くタバカリはふっと目を伏せた。それから顔を上げてパリスを見たときには、落ち着きを取り戻しており、気取りがなく堂々としていた。

仕切りの向こう側で眠っている子供の一人が寝返りを打ち、短い寝言を言うのが聞こえた。それからまた辺りは静まり返った。

「もう片付けたらどうだい?」

パリスはタバカリのそばの台の上にあるトウモロコシの実を指差しながら言った。そう言われるとすぐにタバカリは板を傾け、手の端で掃くようにして穀粒を粘土の碗に集め始めた。それを見ながらパリスは、自分が初めてタバカリのところに来たときのことを思い出していた。欲望にさいなまれ、小屋の外の暗闇に立っていたとき、海からは涼しい風が吹いてきて、パリスは足元のパルメットヤシの落ち葉を蹴りながら、誰とも分かち合えない欲求に取りつかれていた。足元でカサカサいう落ち葉の中でルースの面影は見失われていった。あの夜、今夜と同じ柔らかな明かりが彼を迎え、同様に温《ぬく》もりと安心感を与えてくれた。その日以来、パリスは何人かの男たちとタバカリを共有してきたが、それにもかかわらず、タバカリのところに来ると、いつも変わらず安全な港にたどり着いたような感覚を覚えるのだった。あの夜、無言で立つパリスを見ていたタバカリは、やはりひるむこともなく、あの残虐な奴隷船での出来事すべてを経てもなお失われなかった堂々とした態度と優雅さを見せていた。

「火を消して」

タバカリは優しく言った。彼女は寝るときは裸になるのだが、何か彼女にはそれなりの理由があるらしく、パリスの目の前で服を脱ごうとはしないし、暗いところでしか抱かれようとしなかった。

二人はイグサの敷物とシカ皮の寝床に入った。軒と筵《むしろ》のつなぎ目からかすかな明かりが射していた。それでタバカリの頬の輪郭と暗くくぼんだ目とが見分けられた。タバカリの匂いがし、パリスはその首筋に顔をうずめて、まず首の脈に、それから唇にキスをした。タバカリの唇は柔らかく湿っていた。初めのころ、タバカリにはおかしく思えたのだが、パリスが唇にキスしたがることがわかっていたので、タバカリはパリスを喜ばせるキスの仕方を覚えたのだった。タバカリもそっと唇を押し付けた。抱かれるとき、タバカリの動きは始まりはいつも穏やかでゆっくりとしている。パリスの胸と腹の上に手をはわせ、腰骨の線をゆっくりたどっていく。二人の間の前戯はいつも長くは続かなかった。パリスにとっては暗闇の中でタバカリが間近にいて、彼女に触れるだけで十分であり、パリスがその気になって向かうと彼女の方はいつも待ち受けていた。今夜もパリスはタバカリを抱きながら、絶頂に達し果てるまでの間、愛していると何度も言ったのだが、タバカリから返ってくるのは興奮した荒い息遣いだけだった。

抱き終わると、パリスが体を離すのも待たずにタバカリはすぐそのまま眠りに落ちてしまう。一方、パリスの方は体は疲れてもなかなか眠りは訪れず、かえって頭がさえてくるようだった。パリスは目を覚ましたまま横になって考え事をしていた。それは同心円を描くさざ波のように、自分一人のことから、周りに眠っている人々のこと、そして彼らすべてを覆っている夜の闇へと広がっていった。

この遠く離れた異郷の地に自分たちがいることに対する驚きの念がまた湧き上がってきた。どんなことも起こり得たし、どんな危機もあり得たのだ。それらすべてを乗り越えてきたことを思えば、ここでこうしてみんなで暮らしていることは、ほとんど奇跡とも言えた。そもそも反乱の直後に、サーソの死のあとで、そこにとどまれば皆が殺人の共犯者とならざるを得なかったあのとき、全員が団結していることが生き残るためのまず第一の条件だった。そしてその条件さえ、ごく偶然的な要因によって、つまり船上に砂金があったこと、そしてデルブランが異様なほど熱心に奮闘したことによって、何とか保たれたのだ。

当時、砂金のことを知っていたのはバートンとヘインズだけだった。そしてヘインズがバートンから打ち明けられたのは、手助けがいるとバートンが考えたからだ。砂金があったからこそ、二人は反乱のとき、こちら側に寝返ったのだ。もちろんみんなに憎まれていたので、二人には恐れもあった。だが船に戻らないつもりだったら、二人は船を陸上に引き揚げることに反対したかもしれなかった。いったん船を引き揚げてしまったら、誰もあと戻りはできない。

つまり砂金が存在していたのは偶然で好運だった。しかも全員の団結を図った男は乗組員ではなかった。パリスの目にデルブランの顔が、遅ればせながらつかんだ真実に対する確信の念をみなぎらせたあの顔が浮かんできた。デルブランは、皆が力を合わせて行動しなければ、周囲の危険からも、そして何よりお互い同士の危険からも身を守ることはできないことを誰よりもはっきりと見抜いた。恐らく彼はすでにこの時点で、この反乱によって政府による拘束も金による堕落もない夢の共同体をつくり、そこで人間の性善説を証明して、自分の理論を試すまたとない機会が与えられたと考えたのだろう。航路をそれた船、病み絶望した乗組員たちの反乱、狂人と化した船長の血が手際の悪いやり方で、しかもほとんど偶発的に流されたこと――こういった状況すべてに、デルブランは政治の真実を、革命を、そして新しい秩序の基盤を見出したのだった。それにしても結局、始めたのは自分だったとパリスは思った。あのすべてを見ていた空の下で、初めの一歩を踏み出したのは自分だったのだと。あれは残りの者たちを救おうとしたのか、それとも自分自身のためだったのか？繰り返し自問してきたが、これまでと同じく今もまた答えは出そうにない。犯罪を阻止するためだったのか、それとも自分の背筋を伸ばし、晒し台に送り込んで、縛られた獣のような姿にした連中を見返すときがついにきたからだったのか。今では、そして恐らく永遠に、確かな答えは出せないだろう。

上陸したときも、ほかの者たちはただ避難しただけのつもりだった。だが、デルブランだけは何かが誕生しようとしていると考えていたのだ。パリスはあの夜明けのことを思い出していた。凪に長い間もまれたあと、現実とは思えないような静けさが訪れた。前の晩の雨で甲板が洗われた船体は一方にかしぎ、やがて波に侵食された長い鎌のような形の砂州が現れ、そして湾曲した入り江が見えてきた。川に船を引き入れることができたのは午後もかなり過ぎてのことだったが、日はまだ十分高く、河口には日の筋が降り注ぎ、すべてが壮麗な始まりに見えた。

とはいえそれで苦難が終わったわけではなかった。上陸した直後のころが最悪だった。飢えや窮乏ですっかり衰弱しきった人々は、石灰石の松林の端に寄り固まるようにして、浜辺に生えている浜桜の実やヤシの実、ブラックベリーなどで食いつないでいた。それらは量的には十分ではなかったが、壊血病を病んだ病人も混じっていた乗組員たちの命は救われた。だが、この時期にさらに黒人たちが死んでいき、また何人かは逃げ出して二度と姿を現さなかった。

あのときへインズの事件が起こって、それが恐ろしい警告と思われなかったら、もっと多くの者が逃げ出し、そして恐らくは命を失っていただろう。へインズとバートンは最初の晩に姿を消し、二日後にバートンだけが戻って来た。バートンは半狂乱の状態で、切り裂かれた空《から》の袋を後生大事にそのまま持って来た。砂金を入れていた南京袋が砂金を失ったことの証拠となり、自分の言葉のあかしとなるだけでなく、まるでそれが彼の責任を免れさせ、弁護してくれる物であるかのように……。そのときバートンが持ち帰った話はその後ピジン語や多くのアフリカ言語に翻訳され、さまざまな翻案を経て、今もなお皆の頭の中に生き続けている。

ヘインズとバートンはできる限り急いで船に戻ったという。二人とも体がひどく弱ってはいたが、何とか砂金の入った袋を船から運び出した。最初の計画では、船に積んであったロングボートで逃走するはずだったが、ロングボートに綱がからまっていて、体が弱った二人にそれを解くことはできなかった。ましてや、いつ見つかるかもしれないという恐怖に取りつかれていた二人は、その計画をあきらめた。バートンの役者めいたところは、このショック状態にあってなおも失われず、自分たちがどれほどおびえていたかを伝えようとした。バートンは自分の行動が理にかなっていたということを皆にわかってもらいたがった。いや、あっぱれでさえあったことを皆にわかってもらいたがった。

「俺たちはとにかく、早いところ船からずらからなくちゃならなかったんだ」と彼は何度も早口に抑揚もつけずに繰り返した。「わかるだろう？」そして相も変わらず仰々しい単語を使いたがるのだった。「カラスの濡羽のような漆黒の闇だったよ。でも明かりが漏れちゃいけなかったからな」

パリスは横になったまま思わずにやりとしてしまった。バートンときたら、まったくどうしようもない奴だ。疲れきって青ざめたバートンのやせた顔には恐怖感が消えずに残っていた。彼の目は、自分の言葉が真実であるあかしとして持って来た切り裂かれた袋を見ていた。それでも懲りることなく、その舌は動き続けた。

二人は袋を持ってしばらくよたよた歩き回り、それから夜明けを待つことにした。ところがいざ夜が明けてみると、また厄介な問題が出てきた。二人は砂金をどこかに埋めておこうと思っていたのだが、地面がぬかるんでいたのだ。マングローブやミズヤナギの茂みの間を袋を持ってよろめきながら歩き回り、埋めるのに良い場所を探し、浜辺の小山にたどり着くと、深い茂みの中に小川がトンネルのように流れ込んでいた。そしてその小川の上には落ち葉と土からなる腐葉土が厚く積もっていた。ところがここでもまた、思いもよらなかった問題が持ち上がった。砂金をどこに隠すかについて二人の意見がどうしても合わないのだ。二人ともあとから相棒がこっそり戻って来て砂金を独り占めしそうな気がしてならなかったからだ。

暗い中で目を大きく見開いて横たわりながら、奇妙で愚かしい状況だとパリスは思った。二人の疲れ果てた男が、日が高く昇ったところで、砂金の入った二つの袋を巡って小川のそばで口論を始め、バートンの話が本当なら、ついには殴り合いのけんかになったという。「そのときヘインズは信用できる奴じゃないって気がしたんだ」

正直な一団のもとに戻って来たバートンは、周りを見回しながら言った。

そこで二人が思いついた解決法は、別々に自分の好きな場所に袋を埋めることにするというものだった。こう決めて、最後の気力を振り絞って実行にかかったそのときに、バートンの命を救うことになる好運が訪れた。

「人生で一番ツイてたクソってやつさ」

自分の好運を分かち合ってくれと言わんばかりにバートンは一人ひとりの顔を見ながら、いつもの抑揚のない声で早口に、悪夢のような経験を語りながらその言葉を繰り返した。

「人生で一番ツイてたクソだったよ」

あとからブレアが「ツキクソのバートン」というあだ名を思いつき、それ以来皆が、なぜだか知らない幼児までもが、彼をそう呼ぶようになった。

浜桜の実やヤシの実を食べていたせいで、バートンはそのころ下痢に悩まされており、ちょうどその瞬間にひどい腹痛を覚えたのだ。ヘインズを小川のそばに残してバートンは茂みの奥に入って行った。銃は持って行ったが砂金の袋はヘインズのもとに置いていった。それでヘインズからあまり離れたところまでは行かずに、ヘインズが動いても自分からは見える場所を選んだ。

しゃがみこんだバートンが用を足し終えたとき、かすかな物音がした。顔を上げたバートンは心臓が止まるかと思った。顔と胸に赤と白の渦巻き模様の恐ろしい入れ墨をした裸の野蛮人の一団が木の間をそろそろと進んで来たからだ。こっそり進む必要もないほどに彼らの動きは軽やかだった。バートンには気づいていなかったが、ヘインズの姿を見たらしいことはすぐに明らかになった。

彼らはバートンの横を、恐らく三十ヤードと離れていない辺りを通って行った。バートンは銃を持って来ていた。そのとき声を上げたら、ヘインズに聞こえて、とりあえず警告となって何とか不意を打たれずにすんだかもしれなかった。どんな打算や希望がそのときバートンの脳裏をよぎったかは知る由もない。もちろんバートン自身が恐怖のために、ただ身動きできなかったということも十分あり得る。いずれにしてもバートンは何もしなかった。

「何にもならないと思ったんだ。相手の数が多過ぎた。銃を撃っても連中を追っ払えるかわからなかったし、それじゃ俺が助かる見込みはないと思ったんだ」とバートンは言った。夢中になって正確に話そうとしていたバートンは、自分の臆病さを隠そうともしなかった。バートンはありのままを夢中で話し続けた。そのとき彼が最も気になっていたことは、インディアンたちが便の臭いに気づいて自分を見つけはしないかということだけだった。それで連中が横を通り過ぎると、必死に靴の先で便に土を掛けようとしたのだと。

だがそのすぐあとに、殺戮と血の臭いが漂ってきた。しゃがみこんでいたので、何がヘインズに行われたかは見えなかったが、不意を打たれたらしく、せきかあるいは鼻を鳴らすような大きな音がして、それから次に泣き叫ぶような声が聞こえてきた。そその後、痛みを示すというより何か力を振り絞るような途切れ途切れの声がしたが、それも周りのインディアンたちの話し声に邪魔され、それからすぐ甲高い笑い声でかき消された。

恐ろしくて動く気になれなかったバートンは、自分の便の上で、ハエに悩まされながらうずくまっていた。インディアンたちの姿が見えなくなり、声も聞こえなくなったので、恐らく小川の下手の道を行ったのだろうと考えた。辺りが静まってからも、かなり長い間じっと動かずにいた。ようやく、こわ張った手足をそっと動かして小川の方に行くと、そこにヘインズが倒れており、切り裂かれて空っぽになった袋もそこにあった。小川の上手の細い道を横切るように倒れているヘインズの頭の皮は剝がされていて、頭頂から顎まで血まみれで誰とも見分けがつかなくなったその顔は、上方の木と空に向けられていた。

「髪を自慢にしていたのになあ」とバートンが言った。それが甲板長のヘインズを悼むただ一つの言葉となった。

ほかは大して付け足すことはなかった。その恐ろしさはバートンの目に十分表れていて、皆によく伝わった。日が照りつける小道は静かで、死体の血まみれの顔にハエが群がっていた。どうやらインディアンたちはヘインズを完全には殺さなかったらしく、ヘインズは処刑のあともはって少し前に進んだようだった。

「多分、連中はそれを見て笑ったんだろう」とバートンは言った。「悪党共の笑い声が聞こえたんだ」

それからバートンは戻ろうとした。夜の間は動かないで震えながらひたすら夜明けを待った。怖くてたき火はできなかった。翌日、疲れ果てたままマングローブの林をよろめきながら進み、曲がりくねった道に迷い込んだ。もうだめだと思ったそのときに皆のいる場所にたどり着いたのだ。それでも雄弁な証拠である切り裂かれて空っぽになった袋を手離さずにいた。

「ほら見てくれよ、奴らの仕業だ」と言いながら、バートンはその袋を狂気の世界の証明として差し出してみせた。

「あの無知な乞食連中が袋を切り裂いて川に砂金をばらまいたんだ」

話し疲れ、今にも倒れそうなバートンは、人間の愚かさを示すこの究極的証拠を差し出し、すべてを出し尽くした勝利感を見せながら、皆の顔を見回し、問い掛けた。

「そんな連中のことを、どう考えたらいいんだ？」

それに対し何か答える言葉を考えついたのはサリヴァンだけだったな、とパリスはおかしそうに思い出していた。サリヴァンはいつもどんな問いにも答えたがった。ぐらついて倒れそうなバートンをじっと見ながら、彼の頭はめまぐるしく回転していた。

「そんなことは頭のいい人間にはお天道様みたいに

はっきりしているね。連中は何か価値のある物が入っているかもしれないって思ってたんだ。ところがそうじゃなくてがっかりしたのさ」

今ではずいぶん昔の話となってしまったが、この話が忘れ去られることはなかった。血まみれのヘインズの顔はバートンしか見ていないのだが、今では村全体の記憶のようになっていた。ヘインズの死体は見つからなかった。ちょうど雨期がきて草地は水浸しになった。村の人々がそこまで足を延ばせるようになったころには、もはや何の形跡も残っていなかった。それでも、ヘインズが最期を遂げた地は、ジミーの教室では「ゴールドウォーター」と呼ばれ、「ヒューズの木」や「レッドクリーク」と同じく伝説と化し、子供たちの想像力の中で大事に保存されていた。今でも川の水が澄むと、時々砂金がきらりと光るのが見えることがあると言われている。

「ツキクソのバートン」はそれ以後、一人で何かを企むことはなかった。今ではバートンはキレクの子分となり、みんなから軽蔑され、友人もなく、決まった女もいなかった。ヘインズはその死に方も手伝って、村の奇妙な守り神のようになった。それはウィルソンも同じだった。二人とも悪い男であり、その意味で不倶戴天の敵ではあったが、それが殉死者となり、村を築く礎《いしずえ》となったのは皮肉な話である。

デルブランは何事についても利用の仕方を心得ていた。この二人の死もどう利用したらいいか彼にはわかっていた。ここまで考え事をしてきたパリスもやっと眠くなってきた。悠然とした物腰の、生まれも良い放浪の肖像画家だった亡き友が、いかにしてあれほど下劣な輩《やから》たちを崇高な目的を遂行する手段に変えることができたのかという謎だけが残った。いや言葉のあやでついそう言ってはみたものの、実際には崇高な目的などではなかった。それはデルブランと私の個人的な目的だった。デルブランの場合は「自由」の信条がもとになっており、私の場合は長い間、捨てきれずにきた「希望」がもとになっていた。つまり人が自然の状態で自由に平等に暮らすという……。だが、どうして私たちはあれほどの確信を持つことができたのだろうか？　自然の状態とはエデンの園のようなものだ、などと。それは結局は、教育を受け、特権を与えられた者のノスタルジアでしかないのに。

第四十九章

キャリーは夜明けごろ目覚めた。誰もいない道で迷って泣いているという夢を見た。目が覚めてからもまだグズグズと泣き続け、横になったまましばらくじっとしていた。自分が今どこにいるのかわからず、まだ夢の中の悲しみを引きずっていた。やがて自分が砂地の上に寝ていることがわかり、自分の寝ていた物陰の上に枝が伸びているのを見て、やっと我に返った。

そこからはい出し、悲しみからも抜け出すと、キャリーは早朝の霧のかかった光の中に出た。たなびく雲が淡いピンク色を帯びている海上の空を眺めながら小便をすると、ぶるっと身震いした。先ほどの物陰にもぐり込み、昨日の残りのクーンティのパンとかじりかけの干魚を食べた。それから内陸側に水の出る穴を掘るために、小高い丘のジャングルの中を戻り始めた。そこは村から歩いて数時間ほどのところだが、キャリーは何年もかけて浜辺をくまなく調べ、松林の尾根を歩き回り、この地面の下に水脈が確かにあることを知っていた。ドングリとヒッコリーの実のなる木があり、大きな赤い陸《おか》ガニのトンネルがあるところがその場所だ。

キャリーは何年も前にナドリが教えてくれた方法を守っている。ナドリはいつも彼に優しくしてくれ、守ってくれるので、キャリーの人生の中では、ナドリはある程度生前のディーキンに代わる位置を占めていた。キャリーにとってはたった一つの武器であり、また唯一の所有物である刃の長いナイフを使って柔らかい砂の表土を掘り進むと、ついに水が染み出てきた。水は初めは泥で濁っていたが、しばらく待てば澄んでくることはわかっていた。地面の下の水はいつもゆっくりと海に向かって流れているからだ。物知りのナドリがそう教えてくれ、キャリーはずっと忘れずにいた。水が澄んでくると、キャリーは水面に映った、月のように丸い自分の顔の方に身をかがめた。船員たちの中で彼だけは髭が生えず、その顔はただ柔らかな白っぽい産毛で覆われているだけだった。水底《みなそこ》をかき回さないように注意しながら彼はそっと水を飲んだ。

飲み終えると、キャリーは寝ていたところから持って来た装備を身に付けた。それはヤシの繊維を編んだ鞍のように見える幅広な背負子で、縄ひもで肩の高さに固定するようになっていた。森でタール薪《まき》材を見つけることがよくあり、今ではこの黒く重い薪が燃料として重宝がられ、これがあれば食べ物や寝る場所が手に入り、時にはセックスさえできるということを知っていた。キャリーには自分の小屋がなく、その日暮らしの生活だった。彼はひどく頑健で、いつも背中にピラミッドのように材木を積んで、隆々とした筋肉に覆われた体を前かがみにして村に帰るのだった。

キャリーは海に続く細々とした小道をゆっくりと歩き始めた。太陽自体はまだ低い位置にあって目には見えないが、空はもう明るい。それでキャリーには日が昇ったことがわかる。地面のあちこちに石灰石のとがった突起がある。足にはシカ皮の袋しか履いていないが、彼の足の裏は硬く厚くなっていて、痛みは感じなかった。

海に近づくにつれ、草木はまばらになっていき、とうとうパルメットヤシとアミリスの木と、曲がりくねってすべすべした浜辺ブドウが生えているだけのところに来た。さらに行くと背の高いもじゃもじゃしたヤシが生え、それでおしまいだった。見晴らしがきく場所に来ると太陽が海上に現れ、キャリーと同じように空もまたそのまぶしさに驚いているように見えた。彼にはいつも周りのものが彼の感情や感覚に共鳴しているように思えるのだった。

キャリーは村がある南へ向かって歩き始めた。海からの風がヤシの葉を揺らし、その黄緑色の葉が早朝の陽光で金色を帯びていた。キャリーはこの揺れるヤシの葉や輝く空、まぶしさに驚いているように見える雲の美しさを感じ取っていた。足取りが一定になると彼は口をやや開き加減のまま下の方へ視線を下げた。特に満潮線を示す散らばった小石や貝殻を注意しながら見て行った。大抵そこで値打ちのある物が見つかることをキャリーは知っていた。長い間波に洗われて滑らかになった藻ダマや難破船から流れて来たがらくた、ネックレスを作るのに使う白い円錐形をした小さな貝殻や、子宝に恵まれると言って女たちが大事にする女性性器のような形をした大きな貝などだ。

危険のない開けたところに出たキャリーは、うれしくなって小さくヒューと口笛を吹いた。日が高くなるにつれて空の青さが濃くなってきたが大理石模様の雲はそのままで、海面は光がさっと射すかと思えば、突然影が横切った。きらめく光の中で低い波が砕けては渦巻き、白い泡がフリルのように広がるとシューという音を立てながら引いていった。波が引くと、平らな砂地は光っていて、浜辺を見ているキャリーの目を惑わせた。キャリーが近づいたのでペリカンたちが驚いて、不格好に翼をバタバタさせながら次々と海に向かって滑り出して行った。キャリーは初めは満潮線から目を放さずに歩いていたが、やがてクラゲに気を取られ始めた。砂浜には死んだクラゲや死にかけているクラゲがあちこちに打ち上げられていた。虹色に輝く浮き袋状のクラゲがそのまま、あるいは海草とからまり合って砂地に散らばっている。この薄紫色の泡のような生物は、ビリッとした痛みを与えることをキャリーはよく知っていた。前に一度それを拾い上げようとして痛い目にあったからだ。それ以来クラゲを見ると仕返しをしたくなり、クラゲに出くわすたびに立ち止まってナイフの先で突くようになった。ガスが抜けるとき、プッと膨らんでいた袋が最後の屁のような滑稽な音を出しながらしぼんでいく。そのたびにキャリーはクックと笑い、自分でもその音をまねては、しぼんでいくクラゲをからかうのだった。

うれしそうなキャリーがこのなぶり物から目を上げると、少し離れた波打ち際で波が何か黒い物を押したり引いたりするのが見えた。初めキャリーは貨物船から時折流れて来る木材だろうと思った。だがその割には短過ぎるし軽過ぎるようだった。波がその上を洗い、それとともにその黒い何かはもてあそばれるようにあちらへこちらへと動いていた。ようやくそれが黒人の子供の死体らしいということに見当がついたが、男の子のものか女の子のものかは見分けがつかない。近づいて行ってみて初めて、物憂げに遊んでいるかのようなその死体が男の子だとわかった。キャリーは立ち止まってそれをじっと見た。海がこの少年を生き返らせようとしているのかもしれないと思ったのだ。霊魂というものがあることは知っていたし、キャリーの場合、自分の周りのあらゆるものに霊魂を見出し、またその存在を耳で聞き取っていた。彼の見る夢にも霊魂がみなぎっていた。

言葉にならない畏《おそ》れを感じながら、この黒人の少年が今にも海からはい出して来るような気がしてならなかった。だがその死体の目が凝視したままで、手もだらりと波に動かされるままなのを見て、この少年が確かに死んでいることがわかった。

それでキャリーは近寄って行き、その死体を海から海岸の高い方に引き揚げた。その死体は十歳か十一歳くらいの少年のもので、傷はなかった。深海のサメにも浜辺近くのカニにも、また、放っておけば間もなくすぐ死体を見つけるだろう猛禽にもその体は損なわれていなかった。やせ細っていて皮膚の下の肋骨がはっきり見え、鎖骨は突き出ていて絞首索のように見えた。右側の乳首の上にまだ新しく生々しい赤い焼き印が押されていた。

キャリーはひどく不安になり、どうしたらいいか迷った。突っ立ったまま死体から何もない浜辺へ、それから海へ、そして空へと視線を移した。見つけた死体をキャリー一人の責任で何とかしなければならない。彼を導いてくれる者も手伝ってくれる者もいなかった。死体をもとのまま放っておいて何事もなかったように歩き続けようと思えばそうできた。黙っていれば誰にも知られずにすむはずだ。しかしディーキンだったらそうするだろうか。いやディーキンなら死んだ子供をそのままにして行ったりはしないだろう。ディーキンなら死体を運んで行ってみんなに見せるだろう。

キャリーは両腕で少年を持ち上げた。死体は氷のように冷たい。その冷たい皮膚が自分の体に触れたときキャリーは思わず身震いした。その軽い荷を肩にひょいと載せて彼は歩き出した。すぐにこの荷に慣れたキャリーは、しっかりとした足取りで何も考えず、ただ波の音だけを聞き、日射しが少しずつ暖かくなっていくのを感じながら歩き続けた。

朝早く村の外にいたのはキャリーだけではなかった。セファデュという若者が恋のために落ち着かない思いでいた。夜明けと同時に起き出し、水の溢れたススキ野の端を流れる水路を二時間カヌーをこぎ、地平線にくっきりと黒い輪郭が見えているジャングルの小山に向かった。水位は下がり始めていたが、セファデュはアヒルやウズラの猟のためにここに来ることがあり、湿地帯のことはよく知っていた。彼は西アフリカのシエラレオネのボリランズで生まれており、そこはこの付近とよく似ていて、雨期には水が溢れ、冬には水が引くのだった。木の幹を自分でくり貫いて作った平底の細いカヌーに乗っているので、細い水路の中でも、ほんの数インチの深さしかないところでも通り抜けることができた。

背の高い草が密生していて、細長い鋸状の葉がセファデュの腕や肩に切り傷を作った。しかし思い詰めたセファデュの心に燃える火は衰えることなく、そんな傷など気にもならなかった。自分が近寄ったためにアオサギやヘラサギが重たげな翼を羽ばたかせて不機嫌そうに飛び去って行ったことも気にもとめなかった。

小山の縁に露をため込んだジュンサイが一面に生えている場所があり、そこにカヌーを繋ぐと、セファデュは木々の間の薄暗い緑色の光の中へ入って行った。以前ここに来たとき、それほど奥まっていないところで大きく深い穴が開いた岩盤を見つけたのだ。へビよけのために、密集している草木を杖でたたきながら進んで行き、セファデュはついにその穴に行き着いた。それは暗く澄みきった深い水たまりだった。周囲は浮き草がレースのように広がっているが、中心の方は何もなく、ただ上方の葉を映し出していた。

そこは木々に囲まれ静まり返っていた。セファデュは水たまりの縁に立ち、反対側の泥炭《ピート》の中からしわの寄った握り拳のように突き出している、とがった物を見ていた。彼がここまで来たのは、このしわの寄った岩のためだ。小山の暗い奥地、裂けた石灰石、そして水たまりの縁のからみ合った木々の根を目印に覚えておいた。陸真珠と呼ばれるカイガラムシが生息するのにこの岩盤は絶好の場所だった。あらゆる装身具の中でも女たちが一番欲しがる物だ。セファデュはこの陸真珠でディンカのためにネックレスを作って、自分の気持ちを伝えようと思っている。

セファデュはディンカより三歳年下で、村の成人した若者の中では一番若い。ここに来たときはまだ十歳にもなっていなかった。体が大きかったので、サーソはもっと年上だと思っていたのだ。セファデュはタングマンと同じテムネ語を話すが、二人の共通点はそれだけだった。セファデュの関心は取引にではなく、物を作ることにあった。大工道具や矢尻も作るが、とりわけ装飾的な物を作ることが好きだった。背が高く、脚が長く、体付きはやや細めでまぶたがはれぼったく見え、そのため大きな誤解を招く怠惰な印象を人に与えた。

彼は立ち止まり、母方の祖母の霊に向かって熱心に祈りを捧げた。祖母は物を探し出したり見つけることに抜きん出ていた。祈りがすむと気をつけながら水たまりの向こう側に行き、真珠探しを始めた。しばらくするとスコールに見舞われた。セファデュはその場を動かず、木々の樹皮が黒っぽく濡れていくのを眺めながら辛抱強く待った。雨は突然上がり、彼はまたすぐに真珠探しに取り掛かった。木々の濡れた葉から滴が落ち、気持ちよさそうなアマガエルのゆっくりとした鳴き声が山中に響いていた。

一時間ぐらいしてセファデュは最初のカイガラムシを見つけた。それは池リンゴの木の根の間にあり、四つの小さな半透明の粒が、黒っぽい根の間でバラ色の艶々した柔らかな光を放っていた。それからその下の土の中にさらに二粒見つけた。

セファデュは首に掛けた皮袋にそれを入れ、休むことなく探し続けた。空腹も疲労も感じなかった。午後も中ごろになると、袋にはほぼ同じくらいの大きさの陸真珠の粒が三十八個入っていた。これだけあればネックレスを一つ作るには十分だ。

セファデュは明るいうちに帰って作業をしようと、すぐ村に戻った。村の敷地内に戻っても食事もせず、休憩もしないですぐに作業に取り掛かった。彼の小屋は仕事場も兼ねており、帆を縫う針、鋼鉄のピン、のみなど必要な物は皆そろっていた。それらは、彼がまだ子供のときにいろいろな機会に船員たちにねだってもらった物だった。昔から彼は物を作るのがうまかった。今、彼は全神経を集中させて陸真珠に穴を開けていた。その手の動きは繊細かつ確実で、集中しているため顔を少ししかめていたが、心の中はうれしさと不安でいっぱいだった。

どこかそう遠くないところで子供たちの声が聞こえた。みんなでウィルソンごっこをしているらしい。あの言い争いのときのウィルソンの台詞《せりふ》が聞こえてきた。セファデュもまたこの話をよく知っていた。子供のときその目で見たウィルソンの処刑のことは二度と忘れることができなかった。大きな男が、信じられないという表情で血の気の失せた顔を見せていた。村中の男たちが黒人も白人も皆、マスケット銃を彼に向けて一斉に撃ったのだ。

遊んでいる子供たちの姿はセファデュの小屋からは見えず、誰が言っているのかは聞き分けられないが、甲高い声で早口に、ただそらんじている言葉を叫び合っているのが聞こえてきた。

「ここには男二人に女は一人しかいない。計算はできるだろう？　我々はこの女を分け合わなければならないんだ」

「お前と分け合ったりするもんか。俺はこの女を自分の女にするんだ」

「だったら女に聞かなければ。女よ、おれたち二人を夫にするか」

「いいよ、二人を夫にするよ」

ウィルソンの犯した罪には弁明の余地はまったくなかった。女を分け合うことがもとでけんかをしていた黒人の男を隠れて待ち伏せし、刺し殺したのだ。

あのころセファデュには事件がよく理解できなかった。恐ろしい航海、上陸直後の苦難などのせいで、彼の頭の中では初めのころのことは雲がかかっているように思える。子供のとき奴隷船で恐ろしい死を何度も目にした。悪臭の漂う暗闇の中で、周りの大人たちが叫び声を上げていた。それが死の恐怖のためなのか、放してくれという叫びなのかわからないまま、自分も一緒に叫んでいた。だが、村人の前のウィルソンの死は、それまで見てきたどの死ともまったく違っていた。白人の男が連れて来られ、縛り上げられ、動物のように殺された。男は抵抗しようとせず、ただ信じられないという様子で、まるで夢でも見ているように人々の間を歩いていた。ウィルソンはみんなに殺されたのだ。彼の死が特別なのはそのせいだ、と子供たちは教室で教えられた。つまりそれは正義であって、ウィルソンが犯した罪を人々がどれほど憎んでいるかを示しているのだと。全員が参加すれば殺すことが正義になるのだ。

そのときセファデュはまだ十歳で、彼の考える正義とはもっと個人的なものだったので、どうもよく理解できなかった。それから十二年経った今もなお、彼の頭の中ではこのことについては疑問があった。ウィルソンが殺されたことは村のためには良かった。それによって黒人の命が白人たちにとって重要だということが黒人に明らかにされたのだ。だがそれでも、どうしてそれを正義と呼べるのかがわからなかった。今では死んでしまったデルブランがそのことで大いに弁舌を振るった。今もまた、その彼の言葉が小屋の外で、ごっこ遊びをしている子供たちの甲高い声で繰り返されている。

「こっちを見ろ、お前に話しているんだ。お前の名前は?」

「ウィルスーンだ」

「ウィルスーン、お前は人を一人殺した。そんなことをして、人が一緒に暮らしていけるか? そんなことをして女を分け合うことができるか? そんなことをしたら村はめちゃくちゃになってしまう。だから我々はお前を殺すんだ、ウィルスーン」

彼らはウィルソンを木に縛り上げ、近くからマスケット銃を向けて発射した。セファデュは、そのとき一斉に放たれた銃声で、幾つもの鳥の群れが湿地から飛び立ち、しばらくの間、空が鳥たちの翼で覆われたのを思い出した。その日と翌日の二日間、ウィルソンは村人に見えるように縄でつるされていた。陸真珠に開けた小さな穴をセファデュはフッと吹いて削り屑を払った。低い腰掛けの上にあった真珠の小さな山は少しずつ小さくなっていった。戸口の光を使って作業をしているセファデュは床に脚を組んで座っていた。最後に見たときのディンカの姿が頭から離れなかった。その形の良い腕、つんと反らした頭、物憂げで、そのくせ人をからかうように細めた目。ついさっきまで柔らかな口の内側に吸い込まれていたかのように下唇の端は血の気がさし、濃いピンク色に赤らんでいた。

同じ日の午後、サリヴァンもまた、切れたバイオリンの弦《げん》を張り替えるのに忙しかった。サリヴァンは音楽の力でディンカの心をかちとろうとしており、その口説きのための道具を最上の状態にしておきたかったのだ。ごく幼いときから、サリヴァンの人生はつらいことばかりで、恵まれた者たちの特権である、一貫した主義や意見は彼には持てなかった。だが音楽は恋を助けてくれるものだという信念だけは持っていた。

ビリーとインチェベと話をして、二人ともいい女房を持っているくせに、そろってディンカに気があることに気づき、サリヴァンはぐずぐずしてはいられないと思ったのだ。二人の女であるサリアンのことを褒めておいたが、それだからといって、二人に自分たちが間違っていると悟らせることができたとは思われなかった。いやむしろ、自分の言ったことがかえって二人に、中でもインチェベに疑いを抱かせたかもしれない。インチェベは鋭いし、狡猾な男だから特に用心しなくてはならない。

これまでのところ運はサリヴァンに味方していた。前の日にヒューズが殺したばかりのシカを持って来てくれたのだ。その死体の中からかなりの長さの腸を選び出し、注意しながら人差し指と親指の間にはさんで、何度も引っ張って中の血や中身を絞り出し、できるだけきれいにした。それを一晩、木の灰の灰《あ》汁《く》に漬けておき、柔らかくなった腸の外側の薄い膜《まく》をむき始めた。忍耐力と集中力とその上に、手際のよさが必要な作業だったが、サリヴァンはその三つすべてをこの作業に注ぎ込んでおり、それをまたディンカにも注ぎたいと思っていた。仕事をするうちにだんだんと希望が膨らみ、子供のころに歌った「ケイティ・ブラニガン」の曲を口笛で低く吹き始めた。

計画はもう練ってあり、それもなかなかのものだと思っていた。まずバイオリンをできるだけ優しく調音しておいて夜の訪れを待つ。夕飯がすんで片付き、落ち着いたころにディンカの小屋に行く。ちょうどいいことにディンカの小屋は村の敷地の端の方にある。そこに行ったら、戸口の外で一曲か二曲弾いて、ディンカのために求愛の歌を歌うのだ。曲はもう選んである。「ああ、聞いておくれ」と「アイルランドのバラ」を歌うのだ。きれいな曲にディンカは感動して、彼を呼び入れ、自分は気持ちのいい乾いた家の中に入って行く。多分ちょっとしたもてなしとしてビールを出してくれるかもしれない。ディンカの作るビールは格別だと言われている。

もちろん人々の知るところとなるだろう。周りの人たちにも彼の曲は間違いなく聞こえる。そうすればみんな曲の謎を解こうと集まって来るだろう。だがサリヴァンは聴衆を邪魔に思ったことは一度もないし、ディンカも村一番の音楽家に求愛されていることを知られても嫌だと思ったりしないだろう。いや、むしろ喜ぶだろう。それは――サリヴァンは適当な言葉を頭の中で探した——「敬意の表明」だからだ。サリヴァンは女心がよくわかっていた。世界中どこでも女は敬意をささげられるのが好きなのだ。

サリヴァンは腸の一方の端で細い輪を作り、その中に短い横棒を通した。もう一方の端は小屋の角の柱に縛り付けた。それから弦になる腸をねじり始め、何度も手をとめてはねじったところをしごいて張りを強めていった。ディンカは男たちが望み得る一番の美人で、ぴちぴちして従順な女だ。

キャリーは浜辺を離れて陸地の奥へ歩き始めたが、タール薪材を拾い集めるために時々立ち止まった。拾った薪を子供の死体の上に積んで、それから死体と薪を一緒に縄で縛った。荷は肩よりも高くなった。村に着いたころには、その重みでキャリーの体はほとんど二つに折れ曲がっているようだった。

薪は保管のためにタバカリの小屋の外に預けた。タバカリならキャリーをだましたりしないし、食べ物も惜しみなくくれることがわかっていたからだ。タバカリの忠告に従って、キャリーは死体をパリスの診療室に運んだ。そこでパリスが死体を運んで来たのは正しかったと言ってくれたので、キャリーは心からほっとした。

死体はハエを寄せつけないように毛布が掛けられ、午後の間、そこに置かれていた。体には何の痕もなく、パリスには死因が特定できなかった。肺に水が入っていないところを見ると溺れ死んだのではないようだ。死んだあとに船べりから海に投げ入れられたのだ。赤痢か熱病のために死んだのか。あるいは捕らえられたショックで死んだのかもしれない。リヴァプール・マーチャント号の船上でそうして死んでいった黒人たちのことをパリスは思い出していた。サーソはそれを「固定性うつ病」と呼んでいた。だが、それは大人だけの症状で、子供の中でそのために死んだ者はいなかった。不幸だから死ぬなどということは、人生が始まったばかりの子供にはない。

少年の胸の焼き印は円の中に曲線と直線で結ばれたSとLの文字が組み合わされたものだ。十余の国に千人もといる商人たちの誰の印でもあり得た。その中でただ一人はっきりと除外できるのは、パリスの叔父だった。ケンプを表すKの文字。リヴァプールとここでの生活の遠さ。パリスはふとバートンが前に教えてくれたギニアの貿易商たちの古い諺《ことわざ》を思い出した。バートンは引用するのがとにかく好きな男だ。「天は高くヨーロッパは遠い……」

パリスは正面が開いた細長い小屋の中で、死んだ少年の顔を見ながらしばらくの間じっと立っていた。その小屋には薬草の瓶や診療道具やわずかな身の回り品が置いてある。死者の顔というのは生きている人間の顔とは似ても似つかないものだが、それでも、この少年は恐らく自分の息子ぐらいの年頃だろうという見当はついた。思いがけず涙が込み上げてきた。ケンカが自由の身であって、人々から親切な扱いを受けるように生まれてきたのは本当に単なる好運な偶然によるのだ……。

村人はキャリーが少年の死体を担いで来るのを見かけており、このニュースはすぐに広まった。村にいた者や、すぐ近くにいた人々はそれぞれ少年を見に来た。しばらくそばに立って、互いに少年の出身地や部族について議論し合った。大抵の者がどこかに自分たちの部族との共通点を見出していた。キレクの女であるアマンサがパルメットヤシの葉で編んだ埋葬用の筵《むしろ》を持って来た。子供たちは輪になって立っており、死体の顔に掛かった毛布が持ち上げられるたびにその顔をのぞき込んだ。ケンカはパリスに特に責任のある仕事を任され、ほかの子供たちにひどくうらやましがられた。それは少年の頭の近くに座って、棒の先にヤシの繊維を結び付けたハエ払いで死体の顔にハエがとまらないように番をする仕事だった。ケンカはまじめに番をし、周りの子供たちが交代してやろうと誘ってもまったく譲らなかった。その日のことは、のちのちまで、父が与えた仕事に対する誇りと重要さに彩られて、特別な出来事としてケンカの記憶に残った。

キャリーとブルム族のイボティが墓を掘っている間、少年の死体はパリスの小屋に安置された。太陽が動くにつれて、少年の上で光と陰が描く模様が変わっていった。太陽が木々の間にすっかり沈むと、少年は完全に陰の中に入った。松林の尾根の絶壁の上にある共同墓地に少年は埋められることになっていた。そこは、大きな川を見下ろす位置にあり、はるか昔インディアンの村があったところで、その名残の盛り上がった土塁があった。土と土器片と貝殻が十フィート以上も堆積しており、動物たちに荒らされないように深くまで墓を掘ることができた。習慣はそれぞれに異なっていたので、死者の中には別の場所に葬られた者もいた。ある者は住んでいた小屋の下に埋められた。掘り起こされてヤシの篭に骨が納められたのも二人いた。だがこの村に落ち着いてから死者は大半がこの共同墓地に埋められ、そこにイニシャルか略名を焼き付けた墓標が建てられた。縫ったパルメットヤシの布に包まれて、デルブランもウィルソンも、ウィルソンが殺した男も、そしてまたタバカリが亡くした子供も皆ここに眠っている。ディーキンの墓標もここにあり、ふらふら歩き回っているキャリーも時々来ては、そばに座って友をしのんでいた。

　黒人の少年の死体は丈夫な屍衣《しい》に入れられ、ビリー・ブレアとシャンティ族のダンカが担ぐ太い棒につるされて運ばれた。墓地の盛り上がった場所にはまだ日が射していた。墓標が投げかける長く真っすぐ伸びた影が、ところどころ日射しを遮っている。墓のそばに立つナドリは暮れきる直前の夕日を浴びていた。みんなに尊敬されていたナドリは今回も葬儀に際して一言話す役回りだ。

「この少年がどこから来たのか誰も知らない。少年はヴァイ族の人にはヴァイ族のように見え、スス族の人にはスス族の子供のように見える。みんなが自分の部族と共通するところを見つけている。この子供には部族を示す切り傷も割礼の跡もない。つい二、三日前に付けられたらしい奴隷の焼き印がある。焼き印が押されたとき少年はすでに死にかけていたのかもしれないし、そうでないかもしれない。この焼き印を押したのは誰か。フランス人かイギリス人かオランダ人か？　確かなのは白人の奴隷商人がそれを押したということだ。この少年がどの部族の子か確認できる印がないとすれば、この子供は誰の仲間でもないのだと言える。だがちょっと考えてみよう。私の意見では、それはつまりこの子供はみんなの子だということだ。彼はここにいる我々みんなの子だ」

　ナドリの声はここで強い感情を表し、彼が感動していることが聴衆に通じた。

「この少年はみんなの子なのだ」と彼は繰り返した。

「だから我々はこの少年をみんなと並べてここに葬る。そして少年の胸の焼き印を墓標に記そう。それがこの子の名前だ」

　ナドリがそう言い終わると、少年が墓穴に降ろされた。墓を掘るのを手伝ったイボティが土をかぶせるためにうしろに控えていた。イボティは貧しく、報酬なしで働く余裕はなかった。そこでウサギ一羽と栗の実のひき割り一袋が労賃として約束されていた。栗の実は一番近くにあるものでも、はるか北の方まで行かないと手に入らない貴重なものだった。イボティは今、最悪の状況に陥っていた。捕らえられて奴隷にされた日以来、今が最も悪いときだと言えるだろう。イボティの女はもう彼が嫌になっており、軽蔑しきった扱いをする。明日には魔術を使ったと告発されることになっていた。イボティはひどくおびえていて惨めな気持ちだった。夜になってこの辺りの死者たちに捕まるといけないので、今も大急ぎで仕事をし、その間もずっと、ぶつぶつ自分は無罪だと言いながら魔除けの言葉をつぶやいていた。ひどい怖がり屋で知能にも恵まれていない。彼が夜逃げせずにいるのは、ただ悪魔が怖いためと、タングマンが彼の弁護に立ってくれるという一縷《いちる》の望みがあるためだった。


　サリヴァンは細かいところまで計画通りに事を進めていった。夕食は食べなかった。気もそぞろで食欲などなかった。いずれにしても食べるものは大してなかった。食事のことも今日は構っていられなかったし、自分の女のところに行って大勢で――女を分け合っているリビーとゾービと、それに彼女の四人の子供たち（一番下はまだ一歳だった）と一緒に――食事をする気にはなれなかった。

　村のかまどの火が小さくなり、食事の時間のざわめきが収まるまで、サリヴァンは自分の小屋で待っていた。そのあとも子供たちの叫び声が聞こえていたが、それもしばらくすると静まった。サリヴァンが外に出たときには月は高く昇り、村の敷地にはかすかな月の光が射していた。外気は冷たく、たき木の煙と霧の匂いがした。サリヴァンは小さく身震いした。身だしなみには気を遣い、長い頭髪は皮ひもでうしろにくくり、髭を刈り込み、マスチックの樹脂を噛んで歯と息をきれいにしておいた。

　まだ外に人はいたが、サリヴァンがディンカの小屋の方に歩いて行っても誰も気にとめなかった。ディンカの小屋には明かりがついていなかったが、サリヴァンは特に驚きはしなかった。村の人たちは大抵早く眠り、夜明けとともに起きるのだ。眠ったばかりのディンカはサリヴァンの音楽で目覚めるだろう。女が目を覚ますのに、これよりいい目覚め方があるだろうか。

サリヴァンは小屋の入り口から数ヤード離れたところを選んで地面の上に座った。しばらく呼吸を整え、それからバイオリンを構えると「ああ、聞いておくれ」の曲を弾き始めた。サリヴァンの声はややかすれたテノールで、それほどよく通る声ではないが、耳に心地好かった。昔の人生では、小石を敷いた街路やほこりをかぶった小道で足を引きずりながら小銭を稼ぐために歌ったものだ。今サリヴァンはありったけの感情を込めて歌っていた。

ああ、聞いておくれ、私の心を虜にした人
さげすみの目で私を死なせてしまうつもりか
ほら、東の空が白みかけている
もうすぐ夜明けだ

あちこちの小屋で人が動く気配がし、声が聞こえてきた。しかしサリヴァンはディンカの小屋から目を離さなかった。これまでのところ、肝心のその小屋からは何の反応もなかった。そこで一番の最後の二行を思いきり声を震わせながら繰り返した。それでもディンカの小屋には何の気配もない。そこで第二番を歌い始めた。

ああ、聞いておくれ、聞いておくれ
この苦しみを和らげておくれ

サリヴァンの歌はそこで突然終わった。やっと入り口に裸の人影が現れたのだ。ただしそれはサリヴァンが待ち望んでいた人物ではなく、その上、性別さえ違うようだ。目を凝らしていたサリヴァンにむごい事実が明らかになった。出てきたのはセファデュだった。セファデュの声はむしろ気の毒そうだった。

「今、彼女はあんたの音楽を聞いてあげられない。今夜はとても忙しい。明日の朝また来たらどうだ」

バイオリンの音色はうとうとしかかっていたケンカの耳にも届いた。前にもバイオリンの音を聞いたことがあったのでサリヴァンが弾いているのだろうと思った。だが、同時に夢現《うつ》つだったせいか、遠く悲しげに聞こえたせいか、ある人がどこかで奏でている音楽というより、夜そのものの声のようにも思われた。この音には何か不思議な力があって、そのためにケンカはこの夜のバイオリンの調べのことを誰にも尋ねたりしなかったし、その話さえしなかった。ずっとあとになって別の場所でこのことを話したが、そのときケンカはすでに老人で、ほとんど目も見えなくなっていた。

暗闇の中で横たわっているケンカは、バイオリンの音色がやむと、また静けさが満ちてくるのを感じた。ただしその静けさには聞き慣れた小さな音が混じっていた。自分が寝ている頭上の葺き屋根がかすかにカサカサいう音、近くで眠っている弟や妹の深く規則正しい寝息、遠くで聞こえる波の音。だが波の音は、音というより静けさがほんのわずか漏れるような感じだった。

それからケンカは連れて行ってもらえるはずの夜のシカ狩りのことを考え始めた。もうすぐ満月になる。その前に行われる狩りはケンカには初めての経験となるはずだ。シャンティ族のダンカが、数日留守にしていたあと戻って来た。明日の集会のためだ。彼は真水の潟の向こう側の小山で、シカの足跡と一時間ほど前に噛み取られたばかりの新芽のあとを見つけていた。ダンカがみんなを案内するだろう。狩りの名人でとても強い男だ。前にケンカはダンカの弓を自分の手首と比べてみて、まったく同じくらいの太さなのに驚いた。村の年輩の男たちはほとんど皆、伝説の光輝に包まれているが、ダンカもまたそうだ。ダンカは船を海から陸に引き揚げた男たちの一人だった。

ケンカはシカの足跡が見つかったという小山に入ったことはなかったが、今ではそれをすっかり知っているような気がしていた。何度もパリスとナドリに質問し、狩りの方法について教えてもらいながら、細かなところまで小山の様子についても説明してもらったからだ。狭い川に月桂樹の梢が張り出して、川はツタのからまる月桂樹のトンネルの中から流れ出ている。川には小さな赤い魚がいる。川は池に続いているが、その池の上には木の枝が屋根のように覆いかぶさり、まるで床が水に浸された部屋のように見える。

ケンカはこれまで何度もしてきたように、頭の中で狩りの手順をたどり始めた。そのそれぞれの段階が儀式のような色合いを帯び、すべてが抜かりなく順序違わず行われなければならなかった。まず、暗くなる前に村を出る。ツタのトンネルの中から銀色の小川が流れ出て、その澄んだ水の中で赤い魚が背を光らせるのが見えるだろう。トンネルの下の開けたところを選んで大人たちと一緒に上流に向かって歩いて行く。シカが来るはずの茂みに、自分たちの匂いが流れないように風向きに注意して空き地で待機する。シカは暗くて奥まった場所が好きだということをケンカは知っていた。臆病で警戒心が強いのだ。そのくせ知りたがり屋で、それがシカの命取りとなるのだ。「それで奴らは捕まる。いつもいつも、そうだ」とナドリが前に言った。

暗くなったら、自分とテッカが空っぽの平鍋の中の薪に火をつけるように言われる。鍋や薪は大人たちが縄の背負子で運んで行く。それでちょうどいい火ができる。明るすぎるとシカは怖がって逃げてしまう。

「シカはまぶしい明かりには耐えられないんだ……」

ケンカはあお向けになって、手は両脇に置いて寝ていた。明かりに引き寄せられ、黒いシカの影が木々の間から静かに近づいて来る。少し目がくらんだシカは狩人の姿も、重い矢が張られた弓も目に入らないまま引き寄せられて来る。薪の火はシカの目の中で輝き、その目は大きく開いて、何も見えない。そしてシカは突然、恐怖に襲われ戻ろうとするが、そのときはすでに遅い。ビュンと矢が放たれ、シカは倒れ、しばらくもがいて脚が空を蹴り、やがて動かなくなる。

シカの死とともに夜はただの闇となる……。ケンカは横になって考えながら何となく不安になった。シカが死ぬのはあらゆるものの意味を知りたがるからだが、ケンカ自身も同じなのでその気持ちはよく理解できた。前に父がタバカリにそう言っているのを聞いたことがあった。この子は知りたがり屋だ。これはどういうことだ、それはどういうことだ、といつも答えを知りたがると。

だが父はそれを喜んでいるようだった。明かりを映し、くらんだシカの目が暗闇の中で木々の間に消えていき、ケンカは眠りについた。

第五十章

集会は定期的に開かれるのではなく、何か議論を呼ぶ問題が起こり、当事者間では解決できないときに開かれることになっていた。開かれる場所は村の敷地の中で、柵と一番手前の小屋との間にある広場だった。当事者は真剣そのものなのだが、議論に関係のない人々には一種の娯楽のように思われており、いつも出席者は多かった。暑いときには夜に行われるが、今のように涼しい気候のときには午前中がよいだろうとされた。それに特に今夜はニーマの赤ん坊の命名式が行われることになっていた。父親はキャヴァナとティアモコの二人だ。二人は友人であり、パートナーであり、妻も商売も二人で仲良く分け合っていた。ニーマは命名式に皆が来てくれるようにと、わざわざ祝いを集会の日と同じ日にしたのだ。そうすれば面子も立つし、贈り物も祝福の言葉も増えるからだ。

今は日の出から少ししか経っておらず、まだ早い時間で、パリスはカッシアの煎じ汁とオレンジの皮の干した物をリビーに処方していた。一つしかないリビーの目は、今朝は黄疸に罹っており、昨晩ひどく吐いて眠れなかったと訴えて来た。リビーは、初めのうち微熱も出るというこの症状に時折襲われた。そしてその状態が何年も続いていた。

この病気に悩んでいるのはリビー一人ではなかった。ほかの船員の中にも、再び感染した様子もないのに、この症状が表れることがあった。アフリカ人の間にはまったく見られないこの回帰熱の原因がパリスにはどうにも腑に落ちなかった。一日か二日軽い症状が出て治まる者もいれば、短い間隔で発作を繰り返す深刻な状態が続く患者もいた。

リビーの熱には明らかな胆汁障害がともなうが、ほかの者の場合はそうではなかった。つまりこの病気には一貫したパターンが見つけにくいのだ。しかし病気と病気の間は皆元気そうで、五年前の夏に死んだリマー以来、この熱病による死者は出ていなかった。パリス自身は船上で罹った病気がぶり返すことはまったくなかった。だが、少しでも寒気を覚えると体が痛み、震えるようにはなっていた。

キニーネの原料になるキナ皮の蓄えはずっと前に底をつき、今では熱冷ましと血液の浄化には苦トネリコの樹皮を粉末にした物を使っている。ジャングルの小山の岸辺でひっそり群生しているのをパリス自身が見つけたのだ。あるいはサッサフラスの調合薬を使うこともある。

リビーは無愛想なりにもパリスに感謝の念を表した。それでパリスはこの機会をとらえて今日の午前中の集会で行われるイボティへの告発についてどう考えるか聞いてみた。キレクの子分らしく——それがまたパリスが質問をした理由なのだが——リビーの意見はシャンティ族の考えそのものだった。

「イボティが有罪なのは火を見るより明らかだ。奴はハンボを殺そうとしたんだ。つまりナイフで突き刺したのと同じだ。魔術に使うまじないの品を作るのに、奴がハンボの足跡の土ぼこりを集めていたのを目撃されている。本当にそれを見ていなかったらハンボの女がどうしてそんなこと言うかね」

「だがアリファはイボティの女でもあるだろう。彼女がなぜそんなことを言ったのかを私たちは集会ではっきりさせたいのだ」

リビーは軽蔑したような身振りをした。

「集会なんて時間の無駄だ。ハンボの小屋で殺人のためのまじないの品が見つかったんだから」

パリスは相手の男の顔を興味ありげに見つめた。その顔は昨夜ひどく苦しんだため青ざめてむくんでいた。リビーは自分が仕えている者の意見を繰り返している。だとしたら信仰だって同じかもしれない。

「君がまじないのことをそれほど信じているとは知らなかったよ」とパリスは言った。

「俺が信じてるって？　棒切れに羽根に唾をかい？」

立ち上がりながらリビーはちょっと笑ってみせたが、それほど確信がありそうにも見えなかった。

「病気になったら俺は医者のところに行く。魔術で治してくれとアマンサのところに行ったりしないさ」

リビーが立ち去ったあと、パリスは身動きもしないでそこに立っていた。リビーの精神にはどこか醜悪なところがあって、たとえ愛想よくしようとしていても、いやそうなると余計に、その醜悪さが外に表れるのだ。リビーが来ると必ずこの場所が汚染され、それがすっかり消えるにはしばらく静けさが必要なように思われた。もちろんそれは迷信めいた感情だとはわかっていたが、ある種の迷信はノスタルジアと同様、ここの人々の中で多少は作用していた。この診療室は誰に対しても開かれてはいるが、同時にパリスの極めて私的な空間でもあった。ここでパリスは自分自身と、そしてまた自分の過去と対話するのだ。

　パリスが持っている物は皆ここに置かれている。消毒し磨き上げた医療具が、ぼろぼろになったフラシ天の窪みに並べられ、マホガニー製の薬箱と一緒に、ヤシ材を割って作った架台の上に置かれていた。ガラスの栓をした瓶も一列に並んでいる。バーバーがマングローブの材木で戸棚を作ってくれた。パリスは集めて来た草木の根やオイルや乾かした葉をその戸棚に入れ、引き出しにはわずかな蔵書を入れておいた。

　墓地と同じように、ここにもある意味では過去が集約されていた。骨折部を固定するのに使ってきた添え木もあるし、ヘビに噛まれた患者の傷口を焼灼《しょうしゃく》して、何とか命を助けようとしたときに使った黒焦げの杖も置いてあった。戸棚の中の壺の一つには保存処理をしたウナギの皮が入れてある。これは前にクーンティの根のかけらを飲み込んでしまった六か月の赤ん坊を助けるために使った。クーンティは柔らかくして干す前は毒性を持ち、子供はまさに死にかけており、脈も呼吸も止まりかけていた。そのときウナギの皮で導入管のような物を作って赤ん坊の喉から胃に通したのだ。この即席の管のおかげでパリスは、注入器を使って催吐《さいと》剤を注入できた。注入器はありふれた白目製で、まだ診療器具のなかに残っていた物だ。催吐剤の効き目はほとんど奇跡のようだった。あっという間に手首の脈が戻ってきて口元のひきつりが止み、子供は震えるような呼吸を始めた。川で捕れたてのウナギが手に入ったことも、そして当時パリスの薬の中にまだ吐根《とこん》が残っていたことも、すべて奇跡に近い好運だった。そのときの赤ん坊は今はラミナという六歳の女の子に成長していた……。

記憶は思いがけないところにつながっていく。この助けた子供のことを考えるとパリスは亡くしたルースのことを必ず思い出すのだ。ただし最近はあの惨めな日々ではなく、もっと前の求婚期間や結婚生活の初期のことを思い出すようになっていた。今パリスが思い出したのは、ある春の日、ノーフォークにあるルースの両親の家の近くの海岸を二人で手をつないで歩いて行ったときのことだ。港を通り過ぎ、湾の奥の人気のない海岸まで長い距離を歩いた。確か干潮だった。しわが寄ったように見える砂地や、潮が残した淡い青の水たまり、そしてはるか向こうには濃い色の本物の海が水平線まで続いていた。

日の光で海岸の小石は明るく光り、漂着した海藻の束が濡れて輝いていた。頭上ではアジサシが甲高い鳴き声を上げており、パリスは持って来た望遠鏡で、この鳥たちが魚を捕りに海水に突っ込んでいくのを観察した。ルースは海から吹いてくる風で寒いと言い、砂丘の流木を積み、パリスが持って来た火《ほ》口《くち》箱を使って火をたいた。砂丘の薄緑の草地を背景に明るい炎が上がった。二人は両手を炎にかざし、ただ二人でいることのうれしさに笑い声を上げていた。ルースの血の気のない手が初めは寒さで、次にたき火の炎で赤みがさした。ルースは一人で砂丘に生えている青い花を摘《つ》みに行った。水分が切れても青い色があせないその花の名前をパリスは思い出せなかった。砂丘の中を行くルースの小さな姿をパリスは目で追った。それから衝動的に望遠鏡を手に取り、ルースに焦点を合わせると、ルースの姿は突然大きく間近に迫った。花を摘むときのルースのいとおしむような優しげな手付きに、パリスは深く心を動かされた。ルースの性格の穏やかさがその姿に集約されていた。彼女への愛情が溢れ、パリスはその気持ちに押し流されるような気がし、一瞬目がくらみ、ルースの姿も見えなくなった……。

ナドリが魚捕りの罠を持って診療室に来たとき、パリスは同じ姿勢ですでに三十分もそこに立っていた。ナドリは集会に出ている間、自分の作った罠を診療室に置かせてもらおうと思って来たのだ。本当はそれをどこに置いておいても心配はなかった。村では人々の生活に隠し立てがなく、開けっ広げなので盗みはめったになかった。いずれにせよナドリの罠を盗もうと思う者はまずいないだろう。彼のように巧みにそしてまた美しい罠を作れる者はほかにはいないからだ。ナドリが今、診療室の隅に置いた罠はとても大きく、直径は一ヤードで円筒形をしており、一方の端が開いていてじょうご型の通路を抜けると本体に繋がる仕掛けになっていた。柳の小枝で作った木片が内側に曲げられていて、魚は迷路のような本体の中に入って行けるが奥は柳細工のふたが締まって行き止まりだ。

「それが魚の罠だって？」パリスは言った。「そうは見えないね」

ナドリはにやっと笑った。罠についてのナドリの完全主義ぶりは二人の間で長く続いてきた冗談の種だった。

「それじゃ、これが一体、何に見えるんだい？」

同じ女を分け合っているので二人は会う機会が多く、月日とともにナドリはパリスからかなり英語を習い覚えていた。それにはナドリの耳が良いことや頭の回転が早いことが大いにあずかっていたが、パリスがあとから知ったように、昔ナドリが教育を受けていたことも役立った。ナドリはイスラム教徒で、子供のときにアラビア語の読み書きと計算を習っていたのだ。ナドリのことについてはほかにも少しずつわかってきた。彼の出身は象牙海岸の奥の草原の高地と樹木の茂った谷間で、ある商人の事務員として働いていたが、その後、その雇い主の娘と結婚した。この義父に頼まれて商用で旅しているところで奴隷狩りの一団と出くわしたのだ。娘が一人いて、生きていれば今は十四歳になっているはずだ。

「見た目もなかなかいいだろ。この罠にはたくさん魚が入ることは確かだ」とナドリは言った。

「ここで暮らしている間に一つだけ発見したことがあるんだ、マシュー」

「何だね、それは？」

「見た目のいい罠は獲物がよく捕れるってことさ。獲物が鳥でも魚でもキツネでもね」

そう言いながらナドリはまた笑った。そのほほ笑みは魅力的で、ふだんは頬骨と額が突き出ていて、どちらかと言えばいかめしく見える顔付きが一変して和らぐ。

「ここで十二回夏を迎えて一つ学んだんだ」とナドリは言った。「そう悪くはないだろう」

パリスはしばらく無言で、近い関係にはあるが、決して友人にはならないこの男を見ていた。ナドリも背が高く、パリスを見返す目線はほとんどパリスと同じ高さだった。その目は、奴隷船上で検査のため鞭で前に追い出され、焼き印を押されたときに苦痛と当惑に満ちた表情でこちらを見返したあの目だった。今ナドリは上半身裸で、その胸には土色になったケンプの焼き印が残っていた。パリスが検診のために最初にその手で触れて冒涜した男がナドリであり、パリスが最初に目にし、欲望を覚えた女がタバカリだったのだ。女の方はパリスを許してくれていた——あるいは少なくともそう見えた。多分、パリスがこの上なく彼女を必要としていたからだろう。だが、男の方は、そのあと二人の間にどれほど好意が生まれ育っても、その最初の出会いを忘れることはできなかった。

「君が罠について言ったことが人間については当てはまらないのは残念だね。少なくとも、もしそうだったら我々はだまされないですむのに」とパリスが言った。

ナドリは両手を広げて色の薄い柔らかそうな手のひらを見せながら言った。

「罠っていうのは単純な物さ。罠には目的が一つしかない。罠と言えばそれがどういう物かを言ったことになる。人間はそうはいかない。マシュー、あんたはいつも人間について何か法則をつくりたがっているが、俺にはどうしてだかわからない。どうしてまず一人を見て、次に違う人間を見るっていうことで満足できないんだ?」

その言葉自体はとても穏やかであったが、そこにはもっと強い非難の調子があったようにパリスには思われた。パリスの顔から温かみがいくらか失われた。自分の考え方について口をはさまれることほど不愉快なことはなかった。以前にも人間の行動を一般化することをナドリがいつも嫌うとパリスが言って、二人の間で口論になったことがあった。

「個別的な真実から一般的な真理に進むことができないとすれば、我々の思考は行き詰まりになってどこにも達することができない」とパリスは言った。「あんたたちがどこにも行き着かない方が我々としてはありがたいね」

ナドリが言った。

「個別から一般へという考え方は、奴隷貿易にたどり着くものだと思うよ」

「それは公平な言い方ではないよ、ナドリ。すべてをそこに結び付けるんでは、我々は何も議論ができなくなる」

そう言いながらも、パリスは突然悟った。ナドリが怒ったのは、束縛されず自由でいたいからで、いわゆる人間性の法則というものに囲い込まれ、押し込まれたくないからなのだ。そこでパリスは少し穏やかに言った。

「ただ互いに理解し合いたいということさ。我々はみんな偶然ここにやって来たんだから」

「いや、はっきり言えば、あんたたちはここに偶然来たが、俺がここに来たのは偶然じゃない。あんたたちがここに連れて来たんだ。偶然というのはどこかに選択の余地があるはずだ。そこが我々二人の間の大きな違いだよ、マシュー。船員たちがここに来たのは彼らが船長を殺したからだ。あんたはただ理解し合いたいだけだと言うが、それはつまり、あんたの考えが正しいと証明したいだけなのさ。まず初めにあんたは俺たちをここに連れて来て、さあ自由になったぞと言い、それからあんたの頭の中の考えに俺たちを従わせようとしている。だが、皆はあんたの考えに従うことはできない。あんたも皆を従わせることはできないんだ」

パリスはすぐには返事をしなかった。この反論にすっかり打ちのめされたというのではなかった。第一、自分の頭の中で考えることが、それだけでどうして人を強制する罪を犯すことになるのかよくわからなかった。むしろ、ナドリが二人の間の違いを挙げたことで、何となく心が傷つけられたのだ。黒人の誰とも分かち合えない責任を自分が負っていることは否定できない事実だった。船員たちでさえ自分ほどは責任がないとパリスは感じていた。少なくとも乗組員たちはパリスとは違って、黒人たちと肉体的な悲惨さを共有したし、黒人たちの眼前で鞭打たれ、黒人たちの食事の椀から食べ物を恵んでもらったのだ。それだからこそ彼らは皆、ここで平等な関係で暮らすことができるのだ。パリスはここで幸福を見出し、自分が人の役に立ち、また尊敬もされていると感じていた。だが、ある極めて本質的な点において自分がまったく孤立した立場にあることも知っていた。

「どこでも同じだが、生き延びる方法は一つしかない。その日その日を生きていくことだ。それしかない」

ナドリは急に調子を変えて話し始めた。

「賢明な男なら自分の限界を知っている。トロッキと同じさ、わかるか?」

「トロッキって何だ?」

ナドリはパリスのことが嫌いではなく、先ほどパリスが傷ついたのに気づいたのだ。そこでナドリは、自分の民族の知恵にまつわる話をするときにはいつも浮かべる、いたずらそうでやや皮肉っぽい表情で話し始めた。

「トロッキというのはカメだ。カメは戦いたいときもある。しかし、自分の腕が短いことをよく知っているから戦わない」

「あんたの腕、十分長い」パリスはほっとした顔で笑いながら言った。「あんたの腕、ここの誰より長い」

ナドリに対する溢れるような好意の高まりを感じた。ピジン語を使うことによって二人の気持ちはしばしば和らいだ。男が女を共有しているとき――それがこの村では普通だったが――お互いの感情は決して中立にならなかった。敵意が生まれることもあるし、強い絆が生まれることもある。パリスはナドリが友情を与えてくれるのを感じ取ると感謝の念に似た思いにとらわれ、喉に熱いものが込み上げてくるのだった。育ってきた環境のせいで慎み深さを失わないパリスは、感情をあらわにしないで話を続ける方法を探した。

「タバカリは姿がきれいで、その上、心の中もきれいだ」とパリスは言った。

「その通りだ」ナドリも大まじめに言った。「すばらしい女だ」

二人は心から同意し、仲良く黙ったままで立っていた。やがてナドリが口を開いた。「集会の時間だ。みんな集まっている」

二人は診療室を出ると柵の門の前の広場へ向かって行った。村人はもう集まっており、男も女も子供も皆、持参して来た敷物の上に座っていた。人々は十フィートぐらいの間隔を空けて向かい合って二列になっていた。ふだんは村の外に出掛けていることが多いヒューズとキャヴァナも今日はそこに陣取っている。もちろんキャヴァナは子供の命名のために戻って来たのだ。タバカリと一番下の子供もすでにいて、パリスとナドリはその横に座った。

今回の集会のために選ばれた進行係、別名「杖の番人」は、ビリー・ブレアだった。彼はどちら側とも商売上のつながりはないし、近い関係にあるというわけでもなく、またこれといった利害関係もなかった。したがって彼なら正義を守ることに専心すると考えられたのだ。ビリーは、昔デルブランの物であった銀の握りの付いた優雅な杖を持って、列の間の一番端に座っていた。デルブランは、初めのころの無秩序な話し合いを整理するためにこの方法を思いついたのだ。それは、その死の一年か二年前のことだった。この杖を持ち、列の間に立っている者しか発言してはならない。そしてこの決まりが守られるようにするのが進行係の役割だった。

慣例通り、まず原告側が先に発言した。ハンボは杖を持って人々の列の間を往復しながら激しい身振りを交えて話し始めた。イボティは強力なまじないの呪物を作ってハンボの小屋の屋根にくっつけて、ハンボを殺そうとした。彼は小屋に帰ったとき葺き屋根の中にこのまじないの束があるのを見つけた。それはダンカも見ていた。その束には乾いた葉と、とがらせた棒一本と普通の棒一本、それに二本の竹笛が束ねられていて、竹笛の一本には土が詰めてあった。それをそこに置いたのはイボティなのはわかっている。イボティがハンボを殺してやると脅していたからだ。二人の妻であるアリファが聞いているところで、イボティがそう脅したのだ。

「イボティは俺を殺すと言ったんだ」

杖をさらに振り回しながらハンボは言った。

「イボティは俺の目をつぶし、腸を取り出して血を流してやると言った。奴がそう言うのをアリファが聞いたんだ」

「うそだ！」

イボティはタングマンの横の自分の席から突然そう叫んだ。

「ハンボ、お前の言ってることはうそだ」

イボティは激して唾をぐっと飲み込み、皆の顔を見回すと、その白目が飛び出して見えた。

「俺のことをうそつきと言うつもりか」

ハンボはイボティに近寄り、上からにらみつけながら言った。「このブルムの豚野郎！　首をへし折ってやるぞ」

　そこにビリーが割って入った。

「イボティ、お前の番は、じきにくる。今はハンボが杖を持っている。ハンボ、お前もそんな脅しを言うんなら、杖を返してもらって、お前の番はおしまいにするぞ」

　ふてくされた顔のハンボは少し下がってしばらくしてから、また列の間を往復し始めた。ハンボはほかのシャンティ族より背が低く、がっしりした体格で胸が厚かった。頭と変わらないほどの太さの首のせいか、ずんぐりした薪材のようにも見える。身振りは激しいが、話し方はどちらかと言えばゆっくりしており、時折考えを整理するかのように間を置いた。その間も大きな声でぶつぶつ言い、唾を吐くような音を立てて、自分が真実を話していることを示そうとしていた。彼は言った。このあとアリファが証言することになっているから聞いてもらえるはずだが、アリファは脅しの言葉を聞いただけでなく、イボティが俺の足跡から土ぼこりを集めているのを目撃してもいるのだ。

「これからまじないの品を見せるが、それを見れば俺の言っていることが本当だとわかるはずだ」

　ハンボは自分の席に戻るとまじない用の束を持ち出し、全員に見えるように頭上高く掲げながら言った。

「この葉っぱはボンビリの葉に似ている。恐らくイボティはボンビリの木を見つけたんだろう」

　ここでタングマンが立ち上がった。告発を受けた本人か、あるいはその弁護人は進行係に質問をする権利を与えられていた。

「それはどういう働きをするのか」タングマンは尋ねた。「何のために使われるのか。それがボンビリの葉っぱだとして、そんなものを何のために持ち出すんだ？」

「何のために使われるんだ？」

　ビリーがハンボに聞いた。

「ボンビリの葉は木から枝が切り取られるとあっと言う間に萎《しお》れる。つまり悪いまじないに使われて、家が俺に倒れかかるようにするんだ。タングマン、お前の頭はもう腐ってしまったのか？　そんなことはずっと前から知っているだろうが」

ビリーはしばらくの間考えていた。けんかっ早いその小さな顔は今回の重責のために緊張した面持ちだった。この集会の雰囲気にはぴりぴりした緊張感がみなぎっており、皆と同じくビリーもそれを感じ取っていた。幼い子供が時折声を上げるのを別にすれば、そこに集まった人々は皆、固唾を呑んで集会の成り行きを見守っていた。

「ハンボは正しい。葉っぱのことを言ったのは、このまじないの品がどれほど強力で、家を倒せるかを証明しようとしたからなんだ」

このビリーの言葉に気をよくしたハンボは、聴衆が熱心に耳を傾けていることも意識しており、そこでさらに二本の棒に注目してくれと言った。一本はとがっており、もう一本はとがっていない。このとがっていない方がアンクンバ、つまり魔術の二番目の槍の役目を果たすのだ。最後にハンボは土ぼこりが詰められた笛を見せた。

「俺の足跡の土ぼこりだ。アリファはイボティがこれを集めるのを見たんだ。笛に土ぼこりが入っていると俺は喉を詰まらせ、俺はそれで死ぬんだ」

そう言ったあともハンボは杖を振りながら、そのまま聴衆の間を行ったり来たりし続けた。だがハンボは自分の言うべきことは言い終えており、ただシャンティ族がよく使う修辞法の一つとして自分の言い分を繰り返しているだけなのは明らかだった。

しばらく待つと、ビリーは杖を返すように求め、それをアリファに回した。アリファは大柄な肉感的な体付きの女で、造作の大きい顔はやや鈍そうだが、長く濃いまつげがそれを多少補っていた。今日皆の前に立つために、アリファはとりわけ身だしなみに気を配っていた。大きな耳たぶには左右きれいにそろった白いタカラガイの耳飾りを付け、その胸の谷間にはキャリーが海岸で見つけた金のコインが輝いていた。それを彼女がどうやって手に入れたのかは誰もが知っていた。念入りに計算された何気なさを装い、綿の肩掛けを掛けてはいたが、胸は惜しげもなくあらわにしていた。そして話をするとき、その胸をこれ見よがしに揺らした。彼女は話した――そうよ。イボティが死の呪いの言葉を口にするのを確かに聞いた。イボティはハンボの顎から下腹部までを切り開いて睾丸を切り取ってそれをハンボの口に突っ込んで食べさせてやると言ったのだ、と。これを聞いて聴衆からどっと笑い声が上がった。腹を切り裂かれた男は自分の睾丸を食べるどころではないだろうと思ったからか、あるいはこの二人の男の体格があまりに対照的で、思わず笑いが漏れたのかはわからなかった。だが、アリファが、イボティが土ぼこりを集めていたのを見た、と話し始めると、会場はまたしんと静まり返った。

アリファは続けた。イボティはかがんで手で土ぼこりをすくい取り、そのまま自分の小屋の方に行った。夜が明けたばかりで、アリファは柔らかくしたクーンティの根を小川でさらすため外で篭に入れていたところだった。

「イボティは手に水を汲んでいるように土ぼこりを持っていた。まるで金の粉でも運んでいるようだった。イボティは私をそんなふうに大事そうに抱かない。イボティのタマはずいぶん前から寝たまんまだ」

低いがよく通る大きな声でアリファは言った。

これを聞いてイボティはひどい屈辱感を覚えてうつむいてしまった。パリスの横でタバカリが怒りと軽蔑の声を上げた。昔からタバカリはアリファを嫌っていた。

「ほら吹き女だ」

タバカリは聞こえるように言った。

「ハンボに言われれば自分の男を追い出し、今度は男のタマについてうそをつくデブの大うそつきのあばずれ女だ」

「タバカリ、しゃべるのはやめなさい。アリファに質問しているんじゃなくて、自分の意見を言っているじゃないか」とビリーが言った。

「イボティ、心配することはないよ。あんな女よりずっといい女《ひと》が見つかるよ」

タバカリは懲りずにイボティに呼び掛けた。

「マシュー、ナドリ、あんたたちの女を黙らせなかったら明日になっても集会は終わらないよ。杖をもう一度ハンボに渡して、イボティの罰として何を要求しているのか聴こうじゃないか」

ハンボのイボティに対する求刑は簡潔だった。

「この男は俺を殺そうとした。ところでこの男には俺にくれるものがあるか？　この男はネズミのように貧しい。クーンティの根を一袋くれるというのか？　ふん、ハンボの命はそんなに安っぽくはないぞ。ハンボの国では誰か自分を殺そうとしたらその男を殺す。ずっと昔、俺たちはウィルソンが男を一人殺したときにウィルソンの命を奪った。だがハンボはいい人間だからイボティを殺せとは言わない。代わりに三年間ハンボに仕えてシャンティ族のために荷運びをしてもらいたい。それだけだ。杖を返そう」

これを聞いて集会場は水を打ったように静まり返った。並んで座っているキレクとダンカがうなずいて同意しているのが見えた。そのうしろにはバートンの顔が見えたが、パリスには昔とまったく同じように、バートンが人の弱みを嗅ぎつけ舌づつみを打ちながらそれを味わっているように見えた。リビーもそこにいて、その横にはハンボの女が話し終えて戻っていた。それは勢力ある者たちの方陣だった。

ハンボの宣言が与えた衝撃でパリスは目を見開かされた。ぴしゃりと目を打つと一瞬視界がぼやけるが、やがて逆にはっきり見えてくる。この衝撃はそれに似ていた。今パリスはハンボが何か品物を代償に要求しようとしていたのではなく、初めからこの三年間の労働の要求が目的だったと確信した。皆も今それを実感したはずだ……。パリスは自分の近くにいる人々の顔を見回した。皆それぞれに考え事をしてはいるが強い反発を見せてはいなかった。ナドリは顔をしかめて一心に考えており、サリヴァンは急に起こされたようなびっくりした顔をしている。彼らのうしろにはジミーが座っている。いつもの笑みはなかった。その瞬間、パリスは予言者的な恐れを感じ、寒気が走った。今シャンティ族のこの要求がいれられれば、それはこの教師によって共同体の歴史の一部に組み入れられ、船上の反乱、ウィルソンの処刑やインディアンたちの解放と同じく、何らかの道徳的意味を与えられた物語となってしまうだろう。そのうちに人々はこの強制労働を正当な罰であったと信じるようになるだろう。船上で自分の爪で自殺を図った奴隷――あのときもまじないがからんでいた。あのときの告発は誤りだった。それを教えてくれたのはジミーだったのに……。

杖が返されても沈黙は続いた。ビリーはだんだん困った顔付きになっていった。ハンボの出した求刑はこれまでに前例がないものだった。確かに労役が罰として科されたことはあったが、それは前もって何らかの契約や同意が成立していて、その証拠が上がったときに、契約で決められていた労役に従うこと、例えば屋根の修理とか一定量の木材の伐り出しとかに——限られていた。

「双方の話を聴いて、それから考えてみよう」

やっとビリーがそう切り出した。パリスは急いで立ち上がってビリーに言った。

「私はハンボに今の発言を撤回してもらいたい」

気持ちが高ぶってパリスの声は震えていた。

「私はハンボに今の我々のことを考えてもらいたい。我々がどうしてここに来たのか、どこから来たのかをハンボは忘れてしまったのか。我々がここに来たのは、人々を自由にするためだったのか、それとも奴隷にするためだったのか」

「それは質問ではなく意見だ」

ビリーは頭をはっきりさせようとするように左右に振った。論理的な矛盾という、いつもの悪夢がビリーを襲いそうに思われた。

「質問のようには聞こえるが、実はそうではない。杖なしに意見を言うことはできないし、双方の話が終わるまでは部外者は杖を持てない」

「だがイボティに有罪の評決が下されたら、それはつまりイボティの罪が認められるだけではなく、このような労役の要求そのものが認められることになるんだ」

パリスは興奮のあまりピジン語で話すのをやめ、英語を使っていた。

「あとから罰を変えようとしても遅過ぎるんだ。罰の量は変えられても、その本質は変えられない。いや、それだけではない。そうなれば確実に……」

「一体、何語なんだ?」

今度はキレクが立ち上がり、その大柄で威圧的な姿を見せた。

「何であんたはそんな変な言葉で話すんだ?」

キレクは鋭く厳しい目付きでパリスを見た。

「ちゃんとした言葉で話すか、今すぐその訳のわからないおしゃべりをやめてしまうかだ」

そう言いながらキレクは威厳ある落ち着いた弁舌とは対照的な激しい身振りで両手をさっと広げた。

「進行係は集会の進め方を知らないようだ。さっさとその役から降りて誰かましな人間と代わったらどうだ」

「進行係はあんたじゃだめだ。ビリーでいい」ビリーの友人のインチェベがすぐ叫んだ。「シャンティ族の進行係はシャンティ族の味方をするだけだ」

　ビリーは真っ赤になり、デルブランの杖を固く握り締めた。ビリーの最初の言葉は怒りのためによく通らず、彼にとって幸いなことにキレクの耳に届かなかった。そして絶妙のタイミングを計ってタングマンが立ち上がったのはその瞬間だった。

「どうしてこんな罰の話をするのか？」

　タングマンは聞いた。

「イボティは罰なんか受けない。イボティは何も悪いことをしていない。私がイボティの弁護人だから杖を渡してもらいたい」

　杖を渡されると、タングマンは落ち着き払って二列に並んで座った人々の間を歩きながら話し始めた。タングマンの弁論術は、ハンボとは対照的だった。タングマンの場合、ハンボのように身振りを加えたり、劇的な調子で熱弁を振るったりはしない。彼は聴衆に心の内を打ち明け、直接語り掛けるのだ。タングマンは言った。今回の件にはいくつか不思議な点があり、その中でも一番不思議なのは、ハンボがまじないの品を簡単に見つけた点だ。自分の経験では、そしてまた恐らく誰の経験でもそうだと思うが、わざわざまじないの束を作って誰かの家の屋根に置くとすれば、見つからないように置くのが普通だろう。できるだけ長く見つからずにそこにあって、効き目が十分出るように隠しておくだろう。屋根が修繕されるとき、初めて葺き屋根の中からまじないの品が見つかることもよくある。

　聴衆の間から同意を示すつぶやき声があちこちで上がった。それを聴いてタングマンはうなずき、ほほ笑んだ。それからタングマンは当惑したような顔をして見せた。ということは、今回ハンボがそんなに簡単にまじないの品を見つけたのは驚くべきことではないだろうか。ハンボ自身の話によると小屋に戻ったとき、まじないの品を屋根の上に見つけたらしい。ハンボの友達であり仕事仲間でもあるダンカはそのとき一緒でハンボが見つけるところを見たという。

　人々の間を歩き回っていたタングマンはちょうどこのとき、まるで偶然のように、ダンカの目の前に来ていた。そこでタングマンは立ち止まって、座っているダンカに穏やかに尋ねた。

「あんたはハンボが屋根をよじ登ってまじないの品を見つけるところを見たそうだね」

「そうだ。私が見ていた。ハンボは『ダンカ、これを見ろよ。誰かが俺を殺そうとしている』って言ったんだ」

「ハンボが何て言ったかなんか誰も聞いていない。ハンボはいろんなことを言っただろうよ。ところであんたは以前にハンボが屋根を見上げるところを見たことがあるか？」

「以前に？」

「ハンボが以前にも屋根を見上げるのを見たのか、それともそのときだけ見たのか？」

ダンカはハンボの誠実な友達だったが、タングマンの知能には及ばなかった。その上、彼は不意を突かれて動揺もしていた。ちょっとためらったあと、ダンカはこの質問をあざけるようにうなり声を上げて言った。

「前に見上げるところなんか見たことはないさ。何のために見上げなきゃいけないんだ？」

「何のために見上げなければいけないか、それはとてもいい質問だ」

タングマンは人々の間をまた歩き始めた。

「ダンカはハンボが前に屋根を見上げるのを見たことはない。誰も見たことはない。どうしてだろうか？」

そこまで言ってから一瞬、タングマンは躊躇し、その自信ありげな表情にためらいの色が浮かんだ。タングマンは大急ぎで舌で唇《くちびる》を湿らせて、それから声を劇的に張り上げた。

「ハンボが以前に見上げないのは、それまでは屋根にまじないの品がないことがわかっていたからだ」

これを聞いてハンボは違うと叫んで立ち上がり、人々の間をくぐってタングマンに詰め寄ろうとした。先ほどすでに緊張感を克服していたタングマンは落ち着きを失うことなく、その劇的な効果をよく知った上で、猛り狂った敵に背を向け、背筋を力一杯伸ばしてデルブランの杖を頭上高く掲げた。

「杖を持っているのは誰だ？」

大声で彼は言った。ニーマの赤ん坊がこの騒ぎにおびえて泣き声を上げた。

「ハンボ、あんたに一回言ったはずだ」

騒ぎを制しながらビリーは叫んだ。

「もう一度言おう。杖を持っているのはタングマンだ。もう一度口出ししてみろ、集会は終わりで、イボティは自由の身だ」

ハンボは恐ろしい顔をしてみせたが、自分の席に戻らざるを得なかった。タングマンは進行係の時機を得た介入に丁寧に謝辞を述べたあと、弁護人としての陳述を始めた。今や聴衆はタングマンの手中にあるのも同然だった。もし誰かがいつどこでまじないの品を探せばいいか正確に知っているとすれば、それはその物について特別の情報を持っているか、その男が自分で置いたかのどちらかだ。だがハンボはアリファが、イボティがハンボを殺してやると言ってたことと土ぼこりの件を除けば特別な情報を得ていたとは言っていない。アリファにもう一度よく聴いてみれば今回の極めて不可解な事件について明らかになるかもしれない……。

アリファはこの間もずっと頭を絞っていて、タングマンがたった今指摘したのっぴきならない問題点に反論するもっともな案を思いついた。それで夢中になってタングマンの質問を待たずに話し始めたのだったが、結果としてこれが大きな間違いであった。アリファは言った。

「ハンボが前に屋根を見なかった理由は、ハッハッハ、簡単なことだね。そのときはハンボはイボティが悪いまじないをしていることを知らなかったからだ。私はハンボにそのことも土ぼこりのこともまだ言っていなかった。あとで私が言ったらハンボは屋根を見上げたんだ」

「あんたはハンボに言わなかったのか？」

眉を上げながらタングマンは聞いた。

「ちょっとここで考えてみよう。あんたがイボティを見たのは、クーンティの根を川に洗いに行った日で、その日は七、八人の女たちが一緒に行った日だね？　それは間違いないんだね？　そしてあんたはその日にはハンボに言わなかったんだね」

「ああ、言わなかった」

「男があんたの大事なハンボを殺そうとしていて、そのことをハンボに言わなかったのか？　どうしてだ？」

アリファはその大柄な肩に肩掛けを掛け直し、長いまつげを伏せてみせ、それから言った。

「イボティが怖かったんだ」

これを聞いて会場から、特に女たちの間からどっと笑い声が上がった。アリファはイボティより体も大きく、その上ひどく荒っぽい性格で有名だった。

「気の毒なちっちゃな小鳥さん、おお、気の毒だこと」タバカリが大声で言った。「本当にかわいそう」

タバカリのからかいの言葉に挑発され、アリファはおびえたか弱い女の役を忘れて、目をぎらりと光らせると拳を握り締めながら言った。

「フラニ族の跳ねっ返り女め、カラスに目ん玉つつかれてしまえ」

「気にすることはないよ」

タングマンはアリファに同情するように言った。

「どうしてハンボに言わなかったかわかっているよ。あまり確信がなかったからだよね。朝早いときはあまり明るくない。あんたはイボティが何か拾うところを見たが、それはひもかもしれないし、石かもしれなかった。それに、もしかしたらイボティではなかったかもしれなかった。そうだよね」

皆に笑われ取り乱していたアリファは、タングマンの同情に満ちた調子につられて、確かにイボティがかなり離れたところにいたということ、それから土ぼこりを拾う姿が、何か小さな物を拾う姿とそう簡単に区別がつかないということまで認めた。だが、それでもその人物がイボティであり、それを運んでいたときの注意深い動作を見ればそれは土ぼこりだったに違いないと言い張った。

タングマンは向きを変えて今度は聴衆に語り掛けた。イボティを告発する証拠はすでにもうあまり信頼できないものになったという点についてはみんな賛成してくれると思う。しかしながら今の証言で多少とも疑念が残るといけないので、今の証言を完全に覆す証人を一人ここに呼び出したい。これを聞いて一同はざわめき立った。タングマンは証人が脅されてはいけないと思い、このことについては誰にも言わずにおいたのだ。証人はクーディで、そのときまで人々の間に混じって静かに座っていた。彼女は優しげな目をした、物静かで手足の長い内気そうな女性で、いつも目立たないようにしていた。

固唾を呑む村人の前でタングマンは穏やかに彼女から話を引き出した。彼女はちょうどその朝イボティを見かけていた。それがアリファの言っている日と同じ日のことだというのは、柔らかくしたクーンティの根を川で洗う日だったので確かである。彼女自身も皆より少し遅れて川に行ったのだ。川には女たちがもうすでに集まっていて、アリファもその中にいた。

日付についてのこの証言は皆が納得するものだった。村では柔らかくしたクーンティの根を洗う日は前もって決められていて、その日に女たちが助け合ってその作業をするのだ。根を浸しては絞るということを繰り返す作業で、女たちは重い編み篭を上げ下ろしするのを助け合う。

「さあこれで日付の方は確かになった。今度はイボティをどこで見たのか教えてもらいたいんだが」

「私はイボティを墓地のそばで見ました」

「それは何時ごろだった？」

「日が昇りかけた時間に」

「イボティはそのとき何を持っていた？」

「大きいナイフと篭を持っていました」

「あんたは墓地から来たんだったね。ウィルソンとティボの墓の方から」

「そうです」

この証言についても疑念を持つ者は誰もいなかった。クーディが朝早くにウィルソンとティボの霊をなだめるためにしばしば墓守をしに墓地を洗い清めに行っているのは誰もが知っていることだった。村ができたばかりのころに、この二人の男は彼女のために死んだのだ。一人は彼女のために殺され、もう一人はその罪のために処刑された。それ以来、クーディは悪運のオーラとでもいうべきものに包まれているように皆は感じていた。誰も彼女に直接の責任があるとは思わなかったが、二人の男に死をもたらした女はほかの女たちとまったく同じとは言えなかった。クーディは不運の女とみなされ、その意味ではある程度、罪があると見られていた。とはいえ今回に限っていえば、イボティにとっては彼女は幸運をもたらしてくれる女だった。

タングマンは彼女の証言の意味を全員が十分理解できるように、しばらくの間黙って待っていた。そして最後にだめ押しの質問をした。

「イボティはどっちに向かっていた？　小屋の方か、それとも反対側の茂みの方かね？」

「村とは反対の方に向かっていました」

クーディは迷いもなく答えた。

「イボティは茂みに向かって歩いていました」

「イボティは茂みの方に向かって歩いていたんだな?」

タングマンは大きな声で繰り返した。

「ありがとう。これで質問は終わりだ。さてイボティ、立って頭をしゃんとしてくれ。もう怖がることはない。ここにいる善良な人々に、たった一つだけ教えてもらいたい。あんたは籠とナイフを持ってどこに行くところだったんだ?」

今度はイボティの出番だった。彼は頭を上げ、背筋を伸ばした。

「私は小山にキャベツを採りに行ったんだ」

イボティはいつもと同じ不明瞭な発音で言った。

「イボティ、あんたは善い男だ。こんな目にあって気の毒に思うよ」

タングマンは言った。タングマンは今は歩き回らず、列の間でじっと立っていた。今こそ無罪判決を求めるときだが、これについては慎重を期すべきだと感じていた。今回の事件で、こちら側が勝ったことは間違いない。それは周囲の人々の顔を見れば歴然としている。謝礼は手に入ったも同然で、自分の評価も高まった。だが、賢明な人間は先のことも考えるものだ。シャンティ族は今、強い勢力であるだけでなく、これからますます強くなっていくことは間違いない。しかも彼らは商人であるだけでなく、戦士でもある。自分は商人でしかない。彼らを完全に敵に回してしまうのは決して得策とは言えなかった。タングマンはすでに彼らを立腹させてはいたが、これは立場上、仕方がなかった。だが、今ここでできる限りの修復を図っておくのが得策だ。

タングマンはせき払いし、それからビリーに話し掛けた。この問題にはどうも不思議なところがあり、みんなもそれを感じているだろう。だが一つだけはっきりしている。ハンボの屋根にまじないの品を置いたのが誰にせよ、イボティでないことだけは確かだ。アリファは誰かが何かを拾い上げるところを見たが、その男はイボティではなかった。なぜならイボティはキャベツを採りに行っており、一度に二つの場所にいることはできないからだ。とはいえアリファが間違えるのも無理はなく、朝早い時間で、しかも男はかなり遠くにいたのだ。アリファが見た男が誰かは決してわからないかもしれない。その男はイボティの親戚の幽霊で、何か必要な物を拾っていたのかもしれない。

またハンボが、いつどこでまじないの品が見つかるかを知っていたことも、夢か何かのお告げのせいであって、しかもそれが本人の記憶から消えていたのかもしれない。そういうことが起こるのは我々も知っている。タングマンとしては誰かを告発しようなどという気はさらさらない。イボティの容疑さえ晴れればそれで十分だ。

これだけ話し終えると、タングマンは杖を返した。この問題は慣例に従ってビリーが採決をしたが、今となってはそれは単なる形式上の問題だった。無罪判決に賛成の挙手をする者が圧倒的に多く、反対者の数を数える必要もないほどだった。シャンティ族の一団は正式な言い渡しを待たずに押し黙ったまま会場から立ち去った。ビリーはイボティの魔術の告発について無罪を言い渡し、そのほんの数分後には、あれほどの興奮を呼んだ集会の場も人気《ひとけ》のないただの空き地に戻った。

第五十一章

ひとまずイボティが無罪と決まり、パリスも初めのうちはやれやれという気持ちだった。しかし、そのうちまた不安が湧き起こり、ハンボの求刑を聞いて思わず身震いしたときの危機感が戻ってくるのだった。

なるほど今日の評決は真実を述べた側が勝利した。タングマンの弁護が巧みだったこと、クーディが偶然墓地にいたこと、人々に良識があったこと――こういったことすべてが今回の勝利に結び付いたのだ。しかし暴虐な勢力というものは、このような打撃を多く受けたとしても、はびこるのだろう。今になってもパリスが不安を覚えずにはいられないのは、暴虐な勢力には回復力があり、しつこく生き延びることだ。タングマンは最後にすべてを丸く収めようとしたが、陰謀があったのは明らかだ。アリファの黙認と、恐らくはダンカとキレクの共謀のもと、ハンボは無実の男を犯罪人に仕立てて、自分の奴隷にしようとしたのだ。

パリスはこの件を考えれば考えるほど、この問題の鍵はキレクだと確信した。キレクはシャンティ族のほかの二人よりもはるかに頭が切れ有能だ。先を見通す力があり、指導者に生まれついた男だ。今回は用心して直接かかわっていないように見せていたし、告発や求刑のために弁舌を振るうこともなかった。だが、キレクが今度の企てのことをすべて承知しており、ある程度は承認すら与えていたことは間違いない。とはいえ、キレクがハンボにどこまで示唆していたかはわからず、パリスはそこにこそキレクと話をする余地があると思った。話をしに行くのなら、キレクがまだ小屋にいるうちにすぐ出掛けて行った方がいいだろう。

にもかかわらず、パリスが最終的に出掛ける決心をしたのは日がかなり傾いてからのことだった。キレクの小屋は村の最南端にあり、潟からは一番遠くにあった。タングマン同様、キレクも初めに建てた小屋と並べるように商品を入れておく第二の小屋を建てていた。パリスが近づくと、リビーがこの第二の小屋から出て来て大声を出したが、それがパリスへの挨拶なのか、主人に知らせるためなのかはっきりしなかった。村では珍しくキレク一人の女となっているアマンサは、小屋の外に座ってドングリの殻をむき、それを角材二つを重ねた臼の間で挽いていた。臼は使いこまれて艶やかに光っていた。アマンサは顔を上げたがパリスに会釈はしなかった。

キレクは入り口に姿を現し、黙ったまましばらくパリスを見ていたが、やがて中に入るよう手で合図した。キレクは上半身裸で、胸や肩はたった今ドングリの油を塗っていたらしく艶々と光っていた。小屋の壁代わりに掛かっているヤシの筵《むしろ》は上にたくし上げられていて、日の光が小屋の中まで届いていた。柱が長い影を投げかけている。パリスが入って行くと小屋の隅の敷物の上にバートンが座っていた。パリスが入って行くとバートンは細長い顔を向け、うなずいたが何も言わなかった。

キレクは床の上の敷物の方に手招きし、パリスがそこに座るのを待ってから自分も腰を下ろした。キレクの切れ長の目は底知れない強い光を放っていた。体を動かすたびに影になった部分の肌が青黒い光沢を見せた。

「よく来た」キレクは言った。「何か飲むかね？

ビールはどうだ？」

「ありがとう」

「バートン、ビールを持って来い」

「はい、はい」とバートンは応じた。奴隷船の航海士だったころバートンがまったく同じ調子でサーソに答えていたことを悪夢のようにパリスは思い出した。その調子はかすかに皮肉っぽくはあるが、横柄には聞こえない。上に立つ者の反応もまた昔と同じだった。キレクもこの子分に対して、いら立ちと侮蔑感をあらわにしたまなざしを向けて言った。

「さっさとしろ」

出されたビールはうまかった。澄んだ冷たいビールには酸味もなかった。二人は村のしきたりに従ってビールを飲むために近寄らなければならなかった。しきたりによると、ビールは長い柄が付いた貝殻の匙で木椀《もくわん》からすくって飲むことになっていた。これはビールを作るのと同じ穀物で作る薄いオートミールかゆを飲むときと同じだ。

パリスはしきたり通り礼儀正しく舌を鳴らしながらビールのうまさに感嘆してみせ、また匙の形の良さを褒めた。この匙はセファデュに作ってもらったのだとキレクは言った。次にキレクはパリスの体調と近況について尋ね、パリスがそれに答えると、客に対するときの礼儀としての長い沈黙が続いた。

キレクは集会の首尾に不満であったはずなのだが、そんな気配はまったく見せない。こちらを見ているキレクは、落ち着いた端正な顔立ちで、広い鼻腔と厚く大きな唇が目立つ。頬にはシャンティ族の印の薄い入れ墨が斜めに走っている。物事をよく考える者らしく、目の回りに細かなしわがあり、眉間には縦じわが刻まれている。全体として自信と決断力に満ちた表情をしている。それは自制心によって自分の感情も環境もコントロールできる男の顔だった。そのキレクが今、関心がないためなのか、パリスを侮っているのか、まさにパリスの望んでいる話の糸口を自分で開いた。

「結局、どうやらイボティは犯人ではなかったようだな」とキレクが言った。

「イボティに翼でもあれば話は別だがね」とパリスは応じた。

それを聞いてキレクは声を立てて笑った。そして長い人差し指で自分のこめかみを軽くたたきながら言った。

「イボティは鳥のような脳味噌しかないが、鳥の翼は持ってない」

「確かにイボティの頭はよくはない」パリスは同意した。

「だが、だからといってイボティをハンボの荷担ぎにしていいという理由にはならない」

話がうまくつながり、パリスは村の未来に対する自分の懸念について話し始めた。誰かが弱いとか、頭が鈍いとか、あるいはただ貧しいというだけで、ほかの人間に所有され、その言いなりになるように仕向けることができるという考えが一度でも受け入れられたら、どうなるだろう。物事をすぐ忘れてしまう人間もいるが、キレクは記憶力がよく、もちろん奴隷のときの苦難を忘れていないだろう。この村の指導者の一人であるキレクが、仲間の商人のハンボに話をして、こういうことを説明してくれたらどんなにありがたいだろうか。そうすればそのような風潮がみんなの間に広まって慣習となる前に、何とか阻止することができるかもしれない。キレクは常識もあれば経験も豊かな人間だから、何かがいったん習慣となってしまえば、法にかなったものとみなされることはよくわかるだろう。そうなるとそれを根絶やしにすることがどんなに難しくなるかということも……。

パリスは自分の言いたいことを間違いなく伝えるために言葉を選び、また同時にキレクを仲間として信頼していることを言い表そうとすることに気を取られて、話している間それほど注意して相手の表情を探っていなかった。話し終えた今、キレクの方に目を向けてみると、自分が話したことが思った効果を及ぼさなかったことはすぐわかった。キレクの姿勢は変わっていなかった。脚を組んで座っているその膝にのせられた手は強そうな上に形も良い。だがその顔を見ると、集会の際にパリスがピジン語で話していないことを抗議したときと同じく、眉をひそめ厳しい表情をしている。

「パリー、あんたは俺のことを何だと思っているんだ。それに、自分のことを何様だと思っているんだ？」

不快そうにしばらく黙っていたあと、キレクは口を開いた。

「あんたは俺の家に頼み事をしにやって来た。同じ生まれの者に頼まれれば、俺はどんなことでも聴いてやることにしている。だが、あんたは俺と同じ生まれの者ではない。あんたは奴隷船から来た白人だ」

パリスは相手から目をそらさないようにした。目をそらせばそれは弱みを見せたととられるだろう。

「白人も黒人も皆、自由な人間だ。みんな兄弟としてここで暮らしている。言ってみればみんな同じ船に乗った仲間だ」パリスは言った。

「同じ船だって？」

一瞬、キレクは怒ったものか面白がったものか迷ったようだった。それから憎しみに満ちたあざけりの笑みを浮かべた。

「同じ船というのは奴隷船のことを言っているのかね？」

キレクは振り返って、うしろに控えている自分の子分の方を見た。自分の役をよく心得ているバートンはすぐにクスクスと声を出して笑ってみせた。

「奴が笑っているのが聞こえるかい？」

キレクは言った。

「バートンはいつ笑ったらいいかがよくわかっている」

そう言うと突然キレクは右手を振り上げ、胸の青白い傷跡を指差した。

「この傷をつけたのはバートンだ。バートンが焼きごてで俺の胸を焼いたんだ。どうしてそんなことができたか教えてやろうか。それは、あのときバートンが俺より強かったからさ。今じゃバートンは俺の子分で使いっぱしりだ。バートンが俺の言うことを聞かなければ、尻を蹴られる。それが同じ船か？お偉いお医者さんだったあんたは俺の目、口、タマを調べ、俺を踊らせ、それを見て奴らが笑った。ハ、ハ、ハ、とね。それが今度は甘い言葉でやって来て頼み事をするんだ。友達だよ、もう奴隷じゃないと言ってね。それが同じ船ってことか？」

「痛いところを突かれたね」

バートンがにやにや笑いながら言った。自分がばかにされたのをまったくこたえていないようだった。

「この人は頭のいい人でね。これほど……」

「バートン、つまらん話はやめろ」

ぴしゃりとキレクが言った。

しばらく経って気を取り直して、パリスは言った。

「みんなずっと昔のことだ。昔の話だ。この場所で十二年間一緒に暮らしてきたんだ。私たちが考えてここに来たんじゃない。風と海の潮に流されて来たんだ。そう言ってよければ神の手でここに流されて来たんだ。キレク、ここに来たのは皆、偶然によるんだ。だが、それでもう一回やり直すチャンスをもらいたいんだ」

パリスはまたそこで話をやめ、この問題に決め手となるうまい言葉を探したが、どうしても見つからなかった。キレクの顔からはあの皮肉な笑みは消え、また元の真剣な顔に戻っていた。太陽は沈みかけ、小屋の中の影は形を失って、広がる闇の前触れに過ぎなくなったようだ。アマンサがたきつけを抱えて外を通り過ぎるのが見えた。火をたく煙の匂いがし、遠くから子供たちのうれしそうな声や怒った声が聞こえてきた。パリスにとってはこれこそが世界であり、かけがえのないものだった。

「もう一度、ここでチャンスを私たちに与えてもらいたいんだ」

パリスは真剣に言った。

「もう一度チャンスを」

「チャンスはあんたたちにもう一度与えられるかもしれないが、俺にはない」

キレクは答えた。キレクの喉の奥から響く太い声は、意識して自制した調子に聞こえたが、それが皮肉のせいなのか、同情のせいなのかはパリスにはわからなかった。

「俺は人を家から狩り出して奴隷の焼き印を押し、売りに出したりはしない。昔そうしたのはあんたたちだ。あんたはここにいる我々が皆、一つの考えを持っていると思っているようだ。あんたのと同じ考えを。あんたの善悪の判断にどうして俺が従うと思っているのか？　教えてやろうか、パリー。それはあんたの方が俺より賢いと思っているからなのさ。あんたの善悪の判断が俺のよりも優れているとね」

キレクは早口になって、どもり、手がぎゅっと握り拳をつくった。前方をにらみながら、キレクは押し黙った。それからまた話し始めたときにはもう少し感情を抑えた調子になった。

「あんたは絶対変わらない。そこさ、問題は。あんたはいつも人に自分と同じ考えを持たせようとする。

みんなと一緒に、自分の思い通りのゲームをしたがっている。友達ゲームさ。ここにいる連中を自分の思う通りにさせようとしてるんだ。自分の気持ちがすむように、人を自由にしろという。そうすればパリーはいい気持ちになれる。ホッホ、もう悪いと思わなくてすむ。人を自由にしてパリーがこのゲームに勝つんだ。だがキレクは拾って置かれる友達ゲームのコマではない。あんたの言いなりにはならない。俺は今あんたより強いんだ。あんたはばかだ。あんたはここが特別の場所だと考えている。しかし、ここもほかの場所と少しも違うところはない。イボティ、キャリー、リビー、こいつらはどっちに転んでも奴隷さ。あんたにそれを変えることはできない。イボティは今どこにいる？　タングマンの畑で、タングマンのために働いてるさ。俺が小屋を建てる、そうすれば見張りが要る。船を造る、そうすれば漕ぐ奴が要る。しかも、そいつらが気の向いたときだけ都合のいいときだけ来るというんじゃ困る。俺が商売をする。荷物を運ぶ奴が要る。いつも働いてもらわなくてはならない。それがこの世の中の仕組みなんだ、パリー。あんたはどこで生きてきたんだ。現実の世界はそういうものだ。それがわからんのかね」

「サーソも現実の世界の話をしていたよ」

しばらくしてパリスはまるで独り言のようにぽつりと言った。パリスはキレクを見て笑いかけようとした。「おかしな話だ。みんな現実の世界の話をする。だがそう言うとき、人を助けたり、人のために人生を送る話は現実の世界の話として絶対しない。現実の世界と言うときは、地下室のネズミか、糞の山のてっぺんにのぼろうとする雄鶏の話しかしない」

キレクは返事をしなかった。その必要もないと思っていることはその顔を見れば明らかだった。

パリスはしばらく黙って座っていた。パリスの気力をくじいたのは、キレクの反論に説得力と洞察力があるからではなかった。確かに迫力のある反論だった。だが、パリスの意気をくじいたのは、むしろキレクの断固とした口調だった。パリスは奴隷船にいたころのキレクのことについて何か思い出せないかと記憶をたぐった。こんなふうに話が袋小路に至った原因を見出せるかもしれないと考えたからだ。

しかし何も思い出せなかった。サリヴァンのバイオリンに合わせて鎖を響かせて踊らされていた一団。船の中央に張られた日よけの覆いの下で物憂げに並んでいた手足や顔。船倉の悪臭を放つ暗闇から聞こえてきた恐ろしい叫び声。排便の悪臭、誰のものとも見分けのつかない死体……。あの群れの中に、獣じみた状態に置かれ、悲惨さを等しく分け合っていたあの集団のどこかに、こんなふうに権力を求める欲望が、声にも出さずに潜んでいたのだ。むしろそれを声に出して言える場所はここしかないのかもしれない。パリスはそこに痛みに満ちたパラドックスを感じ取った。そして突然、どれほど多様な才能が、そしてまた善いものも邪悪なものも含めて、どれだけ多くの能力が、リヴァプール・マーチャント号の甲板からあたらサメの餌食となるように投げ捨てられたのかということに思い至った。そうだ、道徳の話などして何になる？　キレクも自分も同じ泥沼に足をすくわれているのだ。残された道は便宜主義的な議論なのだ。パリスはデルブランと必要に関する彼の理論を思い出した。自由と平等さえ、生存のための必要として語ることができるかもしれない。

「ここでの私の生活はあんたの生活と同じさ」

パリスは抑えた口調で言った。

「ここには弱い者もいるし、頭の悪い者もいる。その点については私も同感だ。だが、もし私が弱い者を使って、そうして誰よりも強くなっていき、あんたも同じことをしていったとしたらどうなる？　そうなれば私とあんたは戦うようになり、この場所はもうそれで一巻の終わりさ」

そう話しながらもパリスは自分の負けで、二人の話し合いはもう終わったのだと実感していた。

「違うね」

キレクは自信に満ちた明るい笑みを浮かべた。もうキレクは落ち着きを取り戻し、パリスが来たときと同じく自分と自分の世界に確信を持つ者の余裕を見せていた。

「バートン、寒いんだ。上着を取って来てくれ」

「はい、はい」

キレクは面白そうにパリスを見た。

「バートンは奴隷じゃない。奴隷にしては俺と親し過ぎるし、第一、性悪過ぎる。パリー、あんたは何もわかっていない。物事の違いというものがわからないんだ。私はここに来たいと頼んだわけじゃない。だが、今ここに来た以上、この場所でみんなのために戦うつもりさ。強い男は金持ちになり、その奴隷も金持ちになる。強い男は皆を金持ちにする。ここの連中は商売から上がったもので幸せになるし、金持ちにもなる。自由ではない人間もいるが、そんなことを気に病む必要はない。商売は自由だ。さあこれでこの話は終わりだ。バートン、パリーを送って行ってやれ」

それはつまり帰れということだった。パリスが立ち上がるとき、キレクは厳しい顔でそっぽを向いたまま見送ろうとはしなかった。言われた通りにバートンはパリスを送りに出た。

バートンは何か言いたいことがあるようで、アマンサが料理のための火をたいている向こう側で二人は立ち止まった。沈む夕日の最後の残光が村を照らしており、風はまったくなかった。ゆっくり立ちのぼる煙は羽毛のように広がっていった。柵の外のキャベツヤシはそよとも動かず、下の方の枯れ葉の一群は夕日が当たるところだけがさび色に染まっていた。

先ほどの話の名残か、バートンはまだおかしそうな表情を浮かべていた。

「キレクは正しいよ。奴はあんたのような高等教育は受けていないかもしれないが、あんたより上さ。考えてもみろよ、能力のある男が昇って行くのを止めることはあんたにはできないさ。イボティのようなばかな奴らが沈んで行くのを止めることができないのと同じさ。女たちが自分を向上させようとすることを止めることはできはしない。そうやって俺たちはみんな前進するんだ」

「自分を向上させるって？」

パリスは失望のために疲れ果てており、これ以上話をしたくはなかったのだが、一種の好奇心に突き動かされ、バートンの顔をまじまじと見直した。長い年月はバートンの目の色を薄くしたし、その眉毛はぼさぼさになり、針金のような顎髭には白いものが混じっていた。だが、探るようで同時に面白がっているような表情は相変わらずだし、その薄い唇から発せられる達者な言葉遣いは、彼が最後の息を引き取るまで変わることはないだろう。

「誰かを犠牲にしてその人間の尊厳を傷つけ、そして自分が栄えることを向上だと言うのかね?」

パリスは半ば絶望とあきらめが混じった気持ちで、自分が今使っている言葉が適切ではないと思った。

「向上といっても、ずいぶん限られた意味のものだね」

「あんたはくそまじめな頑固者さ」

バートンは脇に唾を吐き、それで軽蔑感を表した。

「あんたには先を見通すことができない。みんなの向上をあんたの手に任せたら、ペースが落ちて、きっと地面をはって行くことになるさ。舵も取りようのない無風地帯に入り込んでしまうだろうよ」

久しぶりに豊かな語彙を使う喜びに、バートンはうれしそうな顔を見せた。

「人間というのは手を差し伸ばして何かを取ろうとするものなんだ」

まじめくさってバートンは言った。

「例えば赤ん坊を見てみろ。赤ん坊はまず何をすると思う? 目の前にある物に向かって手を差し出して取ろうとするんだ。それが何かわかっているわけじゃない。糞の山かもしれないしダイヤモンドかもしれない。それは自分で取って確かめるしかない。手を伸ばすのをやめたら、おしまいなんだ」

「最後に君が手を伸ばしたとき、あと少しで頭の皮を剝がされそうになった」

パリスはいつになく意地の悪い気持ちになって言った。

「そうならずにすんだのは地面近くをはっていたからじゃなかったかね」

バートンはまた唾を吐いた。

「時には頭を下げてなくちゃならないこともある。そんなことはばかにだってわかるさ」

バートンの口調はこれまでになく反抗的で辛辣だった。それは何よりも人々の間で深まりつつある溝を表すものだった。バートンは続けた。

「時代は変わる。ここも変わってきている。昔と違って今はチャンスがいっぱいある。俺たちの土地とセント・ジョン川の間の土地にはもうほとんど誰もいない。インディアン共は病気で全滅しかかっている。フランスやスペインと和平を結んだことはわかっている。海上はもっと安全になるだろう。獣の皮をキューバに持って行って売ることもできる。イギリスはジョージ国王のためにフロリダをとった。セント・オーガスティンにはイギリス人の総督がいる。これからは正義とフェアプレイがここにも広がるさ。ペテン野郎のスペイン人共が原住民を搾り取って自分の財布を肥やすなんてことはおしまいさ。いいことを教えてやろうか。俺は先を見ることのできる人間さ。あちらに行けば俺にふさわしい仕事があるだろう。俺は役に立つ人間だ。俺が残りの人生をこんなところで腐れ果てさせるとでも思ってたのか？俺がどうしてあの黒い悪魔のような奴の言うことを聞いていると思う？」

話しているうちにバートンの顔付きはだんだん憎悪を見せ始め、声も大きくなっていた。キレクから屈辱的な扱いを受けていることで、外には出せないでいた怒りがあったことは明らかだった。いや、恐らくバートンがこれまで話したがっていたのはこのことであって、向上心の話は実はただの前口上に過ぎなかったのかもしれないとパリスは思った。バートンはもともと邪悪な男だが、今では少し気が触れかけてもいるようだ。キレクをいつか裏切ってやるつもりだと宣言することによって、バートンは自分がまともであることを証明できると思っているようだった。

「どうしてだか私にはわからないね」

パリスは答えた。

「いつか俺があいつを使ってやるためさ」

バートンは早口で内緒話をするように言った。

「俺はサーソの道化でもなければ、キレクの道化でもない。自分の時代がくるのを待っているだけさ」

バートンは指を一本上げ、薄い鼻をさすった。

「俺は風向きを嗅ぐようにしているんだ。いつも先を見てね」

パリスはしばらく黙っていた。バートンと話すといつもそうなのだが、今もバートンはどこか不思議なところがあると思った。この男はただ邪悪だというのではない。善悪の境界の及ばないほど地下深くに自分だけのエデンの園を持っているようなのだ。

「君はそうして先を読んでいればいい。神のご加護を」パリスは言った。「だが、人が何を見つけるかは、その人が何を探しているかによって決まるはずだ。私は自分の目がある間は君の目を借りるつもりはない」

こう言うとパリスはきびすを返し、その場にバートン一人を残して立ち去った。自分の小屋に戻ると黙り込んでしばらく身動きしなかった。それから以前にも気が重くなったときに何度か訪れた松林の丘の中の空き地のことを考えた。そこにしばらく座って、いつものように夕闇が下りて慰めをもたらすのを待とうと思った。

パリスは潟に向かう小道を行った。松林の尾根近くに来て、村の方を振り返って見た。彼の立っている辺りからは集落の大半が木々の陰になって見えなかった。近くの小屋の葺き屋根に柔らかな陽光が射しているのが見えた。囲い柵の門は開いていた。その少し外の林との間の平地で、子供たちが遊んでいた。

日の光を全身に浴びながら一心に遊ぶ子供たちと、すばやく動き回る影が見えた。その声はパリスのいる場所までは届かず、初めは何の遊びをしているのかわからなかった。小さな子供たちが何かに繋がれているように一列になっている。それより少し大きな二人の子供たちが棒で武装し、警護しているようだった。何ヤードか離れたところで年長の子供たちが固まって立っている。ケンカもその中にいた。この距離からも見分けられるほど、息子のケンカのほっそりした体にはどこか必死な感じがあった。そのあと、子供たちの中で一番大きなテッカの姿も見分けられた。みんなから少し離れて一人立っているのは混血のフォンガだとわかった。しつこい畜膿症のため、パリスの診療室に定期的に治療に通って来るのでその子のことはよく見知っていた。フォンガはケンカより一つ年下で、華奢でひょろひょろした体付きの少年で、その運動能力は劣っていた。そのせいかほかの子供たちからばかにされることが多いようだ。そのとき初めて気づいたのだが、警護役の中に、少年たちと身長はそれほど変わらないが、女の子が一人混じっていた。それは赤ん坊のときにパリスが命を助けたラミナのようだった。

そこに立ち止まって見ていたパリスは、何の遊びをしているのか知りたくなった。それは自分の悲しい気持ちを一時的にも和らげてくれそうだった。夕暮れ近くの日光を浴びた子供たちの群れにはどこか儀式めいた雰囲気が漂っていた。

フォンガが一列になった子供たちの方を指差した。警備役の子供たちが棒を振り上げ、囚人役の子供たちを鞭打つような動作をしてみせた。それは何か奴隷のゲームのようだった。そこでケンカが前に出た。今まで一緒にいた集団と、奴隷役の子供たちの列との間に一人で立つケンカが、手を挙げ、空を振り仰ぐのが見えた。その叫び声がこだまとなって聞こえてきた。

パリスのところまで子供の声が初めて届い

たのだ。パリスは今彼らが何の遊びをしているのかわかり、同時に息子の演じる役の孤独さとその痛ましさに胸がふさがりそうになった。にらみ合う二つの党派の間でただ一人、微動だにせず手を挙げたまま立ち尽くすケンカの孤独は、そのままパリスの孤独だった。それは奴隷船の甲板上で初めて自分が介入の手を挙げたあのときから、ずっと変わらぬ孤独だった。

一方、サーソ船長の役を演じているのはフォンガだった。これも予期できた。力関係には逆転のアイロニーがともなう。弱者が嫌われ者の強者の役をするように押し付けられるか、あるいは言い含められるのだ。そしてまたケンカのように目立ちたがり、他に抜きん出たがる子供が、ほんのつかの間の名誉のある、しかし空しい役を得るのだ。ただし、そのあとには何もすることはなくなるが。

パリスはこの遊びを結末まで見守った。サーソ船長がピストルを出し、キャヴァナ役がサーソの右目に大釘を投げつける仕草をし、サーソはよろめいて隔壁に寄り掛かる。それから大きな銃声が響き、タプリーが撃たれて片脚をやられる。パリスには誰だか見分けがつかないが、タプリーの役の少年が見事に演じ、苦しげにもがいてみせた。タプリーの傷は壊疽《えそ》になり、五日後には死んでいった。最後の致命的一撃を振るう役は、いつもすねているテッカが演じている。リマー役のテッカは、サーソがののしり声を上げながら必死で銃弾を詰め替えようとしているときに、進み出て船長の心臓をぐさりと刺した。

遊びを見届けたパリスは再び歩き出しながら、取り返しのつかない暴力が際限なく繰り返され手を加えられ得ること、これは舞台化の大いなる利点だと考えた。だが、そう考えても、心の中には何か根深い違和感があった。その違和感が何であるのか、初めパリスは自分にもはっきり説明できなかった。日に照らされた空き地の中での子供たちのすばやい動き……混乱した現実と違っているのは、演技の秩序立った整合性なのだ。それがまた不思議な効果を生み出している。パリスの脳裏にこびりついているこの出来事は、べたべたした血のりと、荒々しい物音、グロテスクな喧噪に満ち溢れている。タプリーのうめき声、サーソの呪いの声。二人の声が入り交じり、二人の血も甲板上で入り交じる。キャヴァナが負傷した船長に向かって、溺死させられたサルのことでののしり声を上げる。まだ寝間着を着たままのデルブランがようやくそこに姿を現す。

もちろんジミーはこの出来事を正確に順序立てて話したのだろう。ジミーはよい教師だ。ジミーもまた、ここで天職と巡り会ったのだ。彼は話にモラルを見つけ、話を飾り立てる才に長けている。そして今やこの話は一つの歴史物語となった。英雄的な抵抗、協力した反乱、暴君の処刑、そして新しい社会秩序が生まれた。まるで澄んだ川の流れのように物語は進んで行く。それをどろどろした真実に近づけるよう求めるのは意味のないことなのだろう。

第五十二章

夜になると人々はニーマの小屋の外に集まって来た。敷物が敷き詰められ、火が盛大にたかれていた。ニーマは赤ん坊を膝に抱き、入り口に座って、贈り物やら祝福やらをもたらす客人たちを迎えていた。ニーマは、午前の集会が終わってからずっとこの準備に大わらわだった。小屋とその周りを掃き出し、料理をし、火の番をし、手を休めるのは赤ん坊に乳をやるときだけだった。暗くなると、準備を終えてから晴れ着に着替え、今座っているところに落ち着いたのだ。ニーマの努力の成果は、今、浜辺ブドウの葉の上に並べられていた。それを見たキャリーの目はうれしさに輝き、やせたサリヴァンは聖人たちの加護に感謝した。ゆでた魚、竹串に刺したシカの焼き肉料理、ドングリの実でできた練り菓子、ココヤシのドライフルーツ。その上、各人がいろいろな物を持ち寄っていた。ニーマの友達であり、近所に住んでいるタバカリはこの日のためにクーンティのケーキを焼いた。部族も違い、商売上は競合関係にあるが、個人的にはティアモコの友人であるダンカは村一番の猟師で、前日に大きな七面鳥を持って来た。イトスギの沼地の端で仕留めたのだ。無口なヒューズのすることは誰にも予測できないが、その夜、突然野生の蜜蜂の巣を持って来て皆を驚かすと、そそくさと立ち去った。まちまちの年頃の子供たちが客人たちの間を動き回っていた。子供たちは大勢の人々の声や火のはじける音を聞き、目の前に広げられたごちそうに興奮し、目を丸くしていた。ティアモコとキャヴァナは酔いが回ってきて、皆にビールを振る舞っていた。ニーマの初めての男の子であり、二人はこの宴《うたげ》に足りるビールを醸造するため、手持ちの野生の穀物の蓄えを使い果たしていた。

パリスが着いたころには宴はたけなわだった。ビールで景気づけをしたサリヴァンはもうすでに何曲かバイオリンでリールを演奏していた。そこにセファデュとダンカが加わった。セファデュは、音域は限られていたが音がよく通る竹笛を吹き、ダンカは黒いゴムの木の中をくり貫いてシカ皮を張った太鼓をたたいた。三人は前にも同じような宴でともに演奏したことがあり、今も一緒になって大きく陽気な不協和音を発し、時にはそれが騒々しいハーモニーとなることもあった。

パリスはニーマのところに行き、並べられたさまざまな品の横に自分の持って来た贈り物を置いた。パリスは工作がそれほど得意ではなかったが、今回は夏の間にガムの木の一種を見つけ、春に植えるつもりで種をいっぱい集めておいたのが役に立った。平らな豆のような形で光沢のある黒色のその種を、ヤシの繊維を編んだものに通して、立派な珍しい首飾りを作ったのだ。

「大きくなったときのこの子のために。長生きしてこの子がお母さんを喜ばすように」

パリスが赤ん坊を見ると、赤ん坊もじっと見返した。顔の大半を占めるほど大きくよく光る瞳を縁取る薄くて小さなまぶたは、空気中の何かで優しくこすられたかのように光沢を放っていた。顔以外、外に出ているのは手だけだった。パリスはそれまで赤ん坊をたくさん見てきたが、赤ん坊の手の作りの完全さにはいつも感動を覚えた。たき火の光に照らされ、指の付け根の薄い膜と、指関節のピンクの小さなしわが見えた。その手は生まれてすぐの赤ん坊特有の落ち着きのない動きで、突発的にぎゅっと毛布の端を握り締める。

「何という名前にしたの？」

こういう質問ができるのは今だからこそだった。名付けの日の夜まで赤ん坊の名前は公表してはならないことになっていた。早まっておこがましくも名前を披露すると悪い運がつくと信じられていたからだ。

「キャヴァモコという名よ」

ニーマはにっこり笑って答えた。彼女は幸せだった。今日、貝殻の首飾りに青い綿のドレスを着た自分が美しく見えることがわかっていたし、赤ん坊は皆から褒められ、宴も盛況だった。ニーマは自分の二人の男の方を頭で指しながら、いかにもうれしそうに言った。

「あの二人が名前を半分ずつくれたの」

ニーマの瞳は赤ん坊の瞳に劣らず明るく輝いていた。その瞳にたき火の炎が映って踊っている。パリスの心にちょっとした畏怖の念が湧いた。簡素な葺き屋根を背景に落ち着き払って座っている女、その前のきれいに掃かれた地面に並べられた贈り物、早熟な知恵を授かっているように見える赤ん坊のまなざし……。

「この子が長く幸せに生きていきますように」

パリスは祈りの言葉を言った。

「この子は初めての男の子なので、あの二人が名前をくれたの」とニーマが言った。

「いい名前だ」とパリスも応じた。

パリスが話している間に音楽がやんだ。今は亡き砲手ジョンソンの持ち物だった白目のへこんだジョッキを持ったキャヴァナが前に進み出た。その間、ティアモコはこれからの乾杯のためのビールが行き渡っているかを確認していた。その日、心配事があって、パリスはうかつにも自分の器を持って来るのを忘れてしまった。こういうときには各自が自分の器を持って来るのが村の作法になっていた。だがこのようなうっかり者や、キャリーのようにそういう物さえ持っていない者のために用意されたヒョウタンの器が手渡された。

「この子の名はキャヴァモコだ」

キャヴァナは客たちが静かになったところで宣言した。

「この名前を今日、俺たちはこの子に授け、これからこの子はそう呼ばれるんだ」

キャヴァナは厳かにそう言った。公式の命名の瞬間だった。それから仰々しい演説をしようというかのようにしばらくキャヴァナは黙っていた。その顔は厳粛で、たき火に照らされ赤黒く光っていた。突然満面に笑みを浮かべて、ジョッキを掲げながらキャヴァナは言った。

「この子の健康と幸せな人生を祈って、乾杯！」

客たちも口々に祝福と乾杯の声を上げ、杯を干した。三人組のオーケストラがさらに活気づいて合奏を始めた。パリスは辺りを見回した。いつものようにタバカリを目で探し、彼女が間違いなくそこにいて、楽しそうにしているのを確かめた。サリアンとディンカとともに立っている背の高いタバカリはほほ笑んでおり、誇り高そうな頭の動きも含めて、これほどの美しさはないようにパリスには思えた。今朝の集会で対立し合っていた者同士も、見たところは何の敵意も示さずに交じり合っていた。ハンボとイボティとビリーが一緒に立っているのが見えた。キレクも姿を見せてはいたが、相変わらずバートンを従えて、皆からは離れた場所にいた。

パリスは酸味のあるビールを飲み、アルコールの熱い感触が体の中に広がって行くのを感じた。気分が軽くなった。赤々と火が照らすこの閉ざされた空間、入り交じった話し声、そしてやかましく鳴り響く音楽、こういったものにパリスは希望を見出していた。それらが周囲を包む闇によって結び合わさったということは認めていた。そういう意味ではこのような結び付きは単なる偶然なのだろう。それでもそれは何にも負けない強い希望だった。今、皆が新しい生命の誕生を祝うために集っているのは確かだった。ということはこの新しい生命が伸び伸びと育つ未来を約束するということなのだ……。

演奏に熱中して暑くなったサリヴァンはバイオリンを置き、空になったビールのコップを満たしに来た。ビリーもビールを注ごうとしてサリヴァンのそばに近づいた。ビリーは気分がよかったが、飲み過ぎてちょっとばかり人をいじめたい気分になっていた。サリヴァンには大いに親しみを感じている上に、彼にはいつも皮肉を言いたい気持ちをかき立てられるのだ。

「何てこった。おかしなもんだな、マイケル。お前のやってることは全然変わらないな。リヴァプールのあの売春宿で弾いてたように、まだキーキー弾いているんだもんな。ほら、昔、お前と俺が出会った晩もそうだったよな」

ビリーの口調はサリヴァンの音楽を冒涜するものだったが、サリヴァンはそれほど腹を立てなかった。今晩、彼はひどく陽気な気分でいたのだ。それはビールのせいでもあったが、それより何よりクーディが投げかける目付きのせいだった。彼女には不幸のオーラがあるとはいえ、サリヴァンは前から彼女のことをいい女だと思っていた。それにクーディはまだ若く、あのディンカともそれほど年が離れていなかった。今夜のサリヴァンの演奏は彼女への特別な思いが込められており、クーディにもそれはわかっていると感じていた。彼女がまさか戸口に立つ自分を拒むことはないだろうとも思っていた。

「ああ、まったくだ。お前の言うとおりさ、ビリー。それに思い出したと言えば、もう一つ、もしお前があの夜、訳もなく威張り散らして歩いていなければ、俺は間違いなく、今ごろこんなところにはいないよな。ビリーよ、お前こそ変わってないよ。こんなに長い間、大変な目にあってきていながら、まったくお前は昔のままさ」

「俺とあそこで出会ったのは、お前にとっては幸運だったよ」

ビリーは言った。

「お前が人生の坂道を転がり落ちて行くところを、すんでのところで俺が救ってやったようなもんだからな」

「おおそうともよ、運がよかったとも」

サリヴァンもありったけの皮肉を込めて答えた。

「今ごろは大邸宅で、銀のバックルの付いた靴を履いて、袖口にはレースを付け、ビールを飲む代わりに、クリスタルのグラスでブランデーを飲んでいたかもしれないもんな」

「お前のことだ、飲み過ぎるか淋病で、もしかしたらその両方で死んじまっていただろうよ」

ビリーも負けずに言い返した。

「大体あのくそったれ居酒屋で会ったときには、どう見てもそんなに出世しそうには見えなかったぞ」

「ビリー、お前に足りないのは――昔もそう思ったんだが――本当の意味で世間を旅して来ていないってことさ。上流社会のしきたりってもんと縁がないんだな。もし、ちょっとでもそういうことを知っていれば、芸術家には誰も門を閉ざさないってことをわざわざ教えてやらなくてもいいんだがね」

サリヴァンはクーディと目が合い、コップを持つ手を挙げながら彼女にほほ笑みかけてから、ビリーに言った。

「まあいいさ。お前にはどうしようもないことなんだからね。誰にでも欠点はあるさ。まあ、お前の健康のために乾杯しようじゃないか」

ビリーも同じく乾杯を返したが、このサリヴァンの相手を見下したような口調に、血が頭にかっとのぼっていた。今では文字どおり全員の耳に入っていたので、ビリーもサリヴァンがディンカに言い寄って失敗した昨夜の一件のことを知っていた。相手の弱みにつけ込むようだから、ビリーはこの話には触れずにおくつもりだった。だが、恥を恥とも思わないサリヴァンの図々しさに、その決心を忘れてしまった。

「芸術家には誰も門を閉ざさないだって？　昨晩《ゆうべ》はお前には閉じてたらしいじゃないか。門も脚も」

「何の話だビリー？　その脚って言うのは何のことだ？」

二人はたき火の方に戻ってきており、サリヴァンはバイオリンの置いてあるところに向かっていた。

「聞いたところによると、ディンカのうちの門は閉まってたそうだな。お前が外で一所懸命に肘を使ってたとき、中じゃセファデュがほかのもんを使ってたそうな」

サリヴァンは目を大きく見開いて見せた。

「何だって？　まさか俺が二人の邪魔をしに行ったと思ってるんじゃないだろうな。みんなそんなこと言ってるのか？　こりゃまた、何てこった。俺は若い二人のために愛の曲を弾いてやってたんだぞ」

そのときサリヴァンはすぐそばに大きな体をしたサリアンがいて、自分たちの話が彼女の耳に入ることに気づいた。

「お前は間違った話を真に受けたんだ」

サリヴァンはわざと声を張り上げながら続けた。

「俺はあのカップルに愛の曲を演奏してやっていた

んだよ。二人の最初の夜を甘いものにしてやろうと思ってね。俺はこの村の音楽家だ。だから、何の見返りもなしに、人のためになろうとすることもあるってことがわからないかな、ビリー。サリアンがお前のためにしてくれてることを考えてもみろよ。彼女は何の見返りも要求しない。ありゃいい女だ。お前とインチェベのためにずっと料理をしてきて、お前を追い出そうとしたことなんか一度もないじゃないか」

　サリアンがすぐそばにいることにビリーも気づいた。大慌てで彼は言った。

「その通りだ。サリアンは誰よりいい女だ。インチェベも俺もそれはよーくわかっている」

「よーくわかっているって？」

　サリアンがそこで話に割って入って来た。大きく人のよさそうな顔で、精一杯厳しい表情をつくってみせていた。

「それなら、家にはあした食べるものがろくにないこともよーくわかってるんだろうね。干しトウモロコシとクーンティしかない。肉も魚もない。あんたもインチェベもたっぷり飲んでたっぷりしゃべってご機嫌だ。クーンティとリスの尻尾だけで大の男二人と六人の子供の食事を作れるとでも思ってるのかね」

　人前でこう言われてはビリーの面子は丸つぶれだ。

「そんなことを夜の夜中に言い出してどうするんだ？　まったく女ときたら、男がビールを飲んでいい気分になったときを見計らって、ぶつぶつ言い出すんだからな。こんな暗くなってから食べ物を探しに行けっていうのか」

「川の魚は暗くなったからって死にはしないよ」

　タバカリがサリアンの援護にやって来てビリーに言った。女を侮辱したビリーの言い方が気に障ったのだ。

　無敵の二人組を前にして、ビリーも応援を求めようとインチェベを目で探したが、彼は離れたところにいて助けてもらえそうになかった。あきらめるしかない。

「わかったよ、俺とインチェベは宴会が終わったらすぐ魚を捕まえに行くよ」

「そんなにビールを飲んでいちゃ、何も捕まえられないね」

サリアンは鼻で笑った。

「川に落ちるのが関の山だよ」

そう言いながらもサリアンは笑わずにはいられなかった。ビリーはいつも彼女を笑わせた。そのくせ、ビリーの方はなぜ笑われるのかさっぱりわからなかった。これほど長い間サリアンがビリーに優しくしてきたのはそのせいでもあった。

「パカを捕まえようとすれば、タマを噛みつかれるよ」

まだ笑い続けながらサリアンは言った。彼女はまさかビリーが本当に行くとは思っていなかった。

ところがビリーは面子にかかわると思って意地になっていた。

「見てるといいさ。ビリー・ブレアは言ったことはやる男だ。これをすると言ったらするんだ。インチェベだって同じさ」

そう言いながらビリーはそこから歩み去り、サリアンの耳に届かないところまで来ると突然サリヴァンに向かって言った。

「お前のおかげでとんだことになっちまったぞ。真夜中に魚を捕りに行かされるんだからな」

サリヴァンはいっこうに動じないで言った。

「まったくご婦人共の要求ときたらね。だけどな、考えてもみろよ。女たちがいなければいないで、これまた大変さ。ところで今夜、どうも俺のことが気に入ったらしい女がいるんだよ」

「そりゃ近眼じゃないか」

自棄《やけ》っぱちなビリーが言った。

「なあマイケル、お前はどう見たって四十四歳は過ぎてるぞ。その上、稼ぎも財産もない。たまにウサギを捕って来るのと、カボチャを少し作る、それにアサリを一篭ほど採って来るだけっていうんじゃな。もうお前にゃ娘っこは無理さ。それに男の子たちだって大きくなってきてるしさ」

そう言われてサリヴァンはしようがないなと言うように首を振った。

「ビリー、お前、一つ大事なことを忘れてるぞ」

「そりゃまた一体何だ」

「俺にはもう一つ、音楽って財産があるってことよ」

宴会の音楽は夜通し遠くまで届いた。その音はかすかな月明かりの中を用心深く進んでいるイラズマス・ケンプの耳にも時折聞こえてきた。ニプケとクリーク族の斥候を先頭に、うしろには一個中隊が一列になってついて来ている。何か祝い事があって、警戒していた見張りは手薄になっているらしい。イラズマスは幸運を喜んだ。コクラン中尉を通して全隊に停止を命じた。集落全体が眠っている間に包囲し、起き出して抵抗する間を与えないように早朝に攻撃するというのがイラズマスの計画だった。奇襲が肝心だ。連中が散らばって逃げ出さないようにしなければいけない。いったん茂みの中に逃げ込まれたら、もう捕まえることはできないだろう。追跡用の糧食は特に持って来ていない。それに逆に待ち伏せされたり、奇襲を受けたら中隊はひとたまりもないだろう。つまり夜明けの攻撃にすべてが懸かっているのだ。うまくいけば流血もほとんどなく全員を武装解除させ、捕縛してボートまで連れて行ける。運がよければ明日の夕方には全員がセント・オーガスティンに向かう船に乗り込んでいるだろう。

イラズマスが頭の中で自分の計画をもう一度確認している間、兵士たちはあちこちの隆起した石灰岩の上に伏せて待機していた。そこが一番乾いた地面だったからだ。兵士たちは大半がウィルトシャー出身の若者で、つい最近イングランドから来たばかりだった。兵士たちはマスケット銃と背嚢《はいのう》を装備したまま、高輪の大砲を引っ張って地面をはうように進み、浅瀬を渡り、不慣れな地勢の中を長い時間をかけて苦労してここまで来た。当然ながら疲れ果てて意気も上がらなかった。暑苦しく体にぴったりとした人目にもつく軍服は、このような遠征には不向きだということに思い至る上官はいなかったのだ。前夜、闇に乗じて上陸したが、翌日の夜の闇を待って丸一日、平伏したまま隠れていなければならなかった。すでに二人の兵力が失われていた。一人はマムシに咬《か》まれ、もう一人は石灰岩の尾根の深い穴に落ちて鎖骨を折っていた。

だからといって、そんなことは大した問題ではないので、イラズマスは気にもとめないでいた。今、彼は敵の間近にまで迫っている。イラズマスにとって厄介なのは疲労ではなく、むしろ身をさいなむ焦りだ。宴会の音楽の音が聞こえなくなってからもたっぷり一時間は硬い石の上でじっと待っていなければならなかった。沼地の湿気の中、月明かりのせいで現実離れして見えるその場所で、猛烈な蚊の攻撃に悩まされながら待っていなければならないのはつらかった。時折、金属が石を打つような衝撃音が聞こえてきた。それは浅瀬でワニの子が蛙やザリガニにかみつく音だとニプケが教えてくれた。村が確実に静まり返ったことを確認して、ようやくイラズマスはコクラン中尉に前進の合図をした。

この指令が出されたころには、ビリーとインチェベは魚を捕りにイラズマスらが潜んでいるところとは反対の方角に向かっていた。初めは二人ともむっつりしていた。無理もないことだが、インチェベは自分に尋ねもしないで勝手に事が決められてしまったことに腹を立てており、二人の名誉が懸かっているというビリーの訴えに冷たい返事をした。だが、インチェベはそう長い間、恨みがましくしていられない性分だった。それに言い争いをしながらも、だんだんビリーが好きになっていた。実際ビリーはしょっちゅう論理的にみて混乱を来たすので、言い争いが起こるのは避け難かった。しかし、夜に銛《もり》で魚を捕るには二人が力を合わせなければならない。そういう場合は二人の間の考え方の違いは脇に置いておいた方がよかった。

川の低い土手の間を、底の浅いカヌーで乗り出したとき、二人はすべてを忘れ、魚を捕る仕事に集中していた。カヌーの真ん中に舷縁と同じくらいの高さの火床《かしょう》を作り、樹脂の多い松のよく乾いた芯材をその上で燃やしていた。この芯材は割いて細長い木《こ》っ端《ぱ》状にしてあり、ろうそくのように端から端まで明るく燃えるのだ。ビリーは銛を使う腕ではインチェベにかなわないので、火を守って燃やし続けたり、指示通りにカヌーを操ったりする役だった。カヌーを操るには、繊細で本能的な判断が必要である。ビリーは酒のせいで多少勘が鈍ってはいたが、カヌーを操る達人だった。

インチェベは自分で作った竹の銛を持って船尾に立っていた。魚の骨を先端に付け、それを削り、思い通りの形にし、さらに焼いて硬くしていた。音を立てず水面を乱さないで魚に忍び寄るため、インチェベは銛尻でカヌーを進める方向を示した。インチェベは十歳のとき、割礼の祝いの贈り物として、父親から銛投げの手ほどきを受けてこの技を覚えた。インチェベのような名人には夜の漁の方が好都合だった。光に目がくらんだ魚は炎に見入ってかなり長い間動かずにいるし、川底は日中よりはるかによく見えるからだ。

夜の漁がもともと時間がかかるものとはいえ、今夜はなおさらだった。インチェベにもビールの酔いが残っていたからだ。影が少しでも映ったり、下手な動きをしたり、水面を乱したりすれば、魚は銀色のしぶきを上げ姿を消してしまうだろう。うまく刺すことができなかったら、すべてがまた静まり返り、魚が再び引きつけられて来るまで、ゆっくりした流れに乗って辛抱強く待たなければならない。

最初の一匹が捕れたのはかなり時間が経ってからだった。だが、その後すぐ立て続けに二匹捕れた。これもまたフエダイだった。魚群に当たったようだ。銛が刺さった赤い魚は身をくねらせ、それが炎に照らされると金色やピンクに光り、虹のような光沢を放ちながら最期の踊りを見せ、やがて死んだ。

ビリーは火を絶やさないように気を配りながら、短い櫂を静かに操っていた。そのうちに周りの静けさとゆっくりと進むカヌーの動きにつられて物思いにふけり始めた。目の前に炎があるため、木々が連なる川縁はまったく見えなかった。炎を越えた世界は限りない夜の闇だった。炎のすぐ周りでは光と影が踊り交錯している。カヌーの両側の水面は明るく照らし出されていて、光に目を奪われた魚たちが麻痺したように動かずにいるのが見えた。それは今の自分と大して違いがない。ただ、俺の方は安全で捕る側にいる。そこが大きな違いだとビリーは思った。ビリーには衝動的なところがあり、時には分別を失うことさえあるし、またいろいろな点で無知な男ではあった。だが、近ごろ、ビリーは自分の人生の意味を理解したいと思うようになっていた。その鍵《かぎ》さえ見つかれば、彼の人生は意味があると納得するはずだ。だからこそいつも驚異に対して心を開こうとしていた。それが人生の意味を理解する糸口になるからだ。今こうして木切れを火にくべながら上を見上げると、インチェベが炎の向こう側で銛を構えて立っており、赤らんだ光がインチェベの濡れた銛と土色の焼き印の跡がある胸の上部を下から照らしていた。その光景は驚異そのものだった。こうしたことのどこかに、意味が潜んでいるのだ。それをうまく言い表す言葉さえ見つかれば……。

　空が白み始めてきたようだ。そろそろ村に帰る時間だ。かなり大きなフエダイを半ダースは持ち帰れそうだった。そう考えると内心得意になり、その瞬間、何かとても重大な発見をしようとしているという感覚が消えてしまった。だが、ビリーはこの瞬間の自分はとても幸福で、伯爵や公爵にしてやると言われても今の生活を捨てる気にはなれないと思った。

　それなのに、帰り道にインチェベがほんのちょっとした事故にあい、二人は性懲《しょうこ》りもなくまた言い争いを始めた。夜明けの光の中でカヌーを土手に寄せて引き揚げようとしたとき、インチェベが滑って転んでカヌーの縁で指関節をひどく擦りむいたのだった。インチェベはビリーの知らない言葉でののしり、それから不機嫌そうに辺りの茂みをにらみ回しながら、これはクダラ、つまり呪いのせいに違いないと断言した。

　ビリーは突然立ち止まって言った。

「またそんな話か。チェベよ、気の毒だな。また呪いか？　魚が捕れなかったときも呪いだって言ったな。魚が捕れても手を怪我したら、また呪いだと言う。そんなのは『偶然の事故』って言うんだ。そのぐらいわからんのか？　誰かが手を怪我した。それは事故で、ただそれだけだ。誰かがそうさせようとしたんじゃない」

　そう言われるとインチェベはいつものように、もったいぶった、しかし少し眠そうな顔で、異議を唱えるような表情をした。ビリーはまたいら立ち始めた。

「お前はいつもそうやって偉そうな顔をしてみせる。それがお前の一番悪いところだよ。思い上がって威張ってみせ、自分を大物のように見せる。初めは雨石だったな。今度は誰かが悪い目でお前を見たって言うのかい。お前はとってもお偉いんで、ケツから落ちたら誰かが気にするとでも思ってるのか？」

　こう言われてもインチェベは横を向いたまま返事をしなかった。ビリーはさらに聞いた。

「一体、誰がお前に呪いをかけようっていうんだ。お前のことをそんなに気にかけている奴なんかどこにもいないぞ」

　ビリーは魚が入った篭を振り回して二人の周りを

指し示しながら言った。言い争う二人にはお構いなく夜が明け始めていて、霧の立ち込める中、周囲の物が少しずつ形を帯びてきた。葉がびっしり茂ったマングローブは夜の闇を最後まで抱えているようだ。背後の沼地は霧に包まれ、その上に白っぽい月がかかっていた。

「そんなこと望んでいる奴はいないし、誰もそれほどお前のことを気にかけたりしていないぜ」ビリーは言った。

　インチェベはまた歩き始めた。

「前にも言ったがな、もう一回言うぞ」インチェベも負けてはいなかった。「偶然の事故なんて、この世にはないんだ。ヤムイモの植え方が悪ければ収穫も悪い。そういうときには呪いとは言わない。そんな植え方をした奴がばかだと言うんだ。いい植え方をしたのに収穫が悪い。それは呪いだ。インチェベは舟をちゃんと操っていて、降りるとき足場も見ていた。ということは、これは呪いだ。どんな間抜けにもわかることだ」

「あー神よ、救いたまえ。そりゃ呪いなんかじゃなくって単なる確率の法則だ」

　ビリーは言った。

「人は百回舟を引き揚げ、一回土手で転ぶ。ただそういうことが起こっただけだ」

「ただそういうことが起こっただけか？」

　軽蔑したようにインチェベはビリーの口まねをした。転んだのもいまいましかったし、ひどく指関接を擦りむいた上に、誰かが自分に悪意を持ってそうしたのだと確信していたため、インチェベはひどく機嫌が悪かった。

「お前さんはずいぶん利口なようだから、一つ教えてもらおうか。それじゃあ、どうしてそれが今朝に限って起きたんだ？」

　こう聞かれると、あれほどはっきりしていたビリーの考えに影が射してきた。呪いのことについては何年も二人で議論し合ってきているのに、どうしてこの日に限ってなのかと聞かれるといつも足をすくわれるような気がするのは奇妙なことだった。

「どうして今朝に限って起きたかだって？」

　言い逃れしようとして、ビリーは思わずインチェベの質問を繰り返した。

「そんな質問があるか。そんなのは答えがない質問だ」

「ほーら、ビリーよ、お前さんの悪い癖だ。白人みんな同じだ。答えがない質問だって言うときには、それは自分が答えられないってことさ。百回舟を引き揚げて、毎回同じことをしていて、それなのに今朝は転んでしまった。どうして今回に限ってそうなんだ？　どうしてほかのときじゃないんだ？　舟も同じ、土手も同じ、インチェベも同じ。それなのにどうして今回なんだ？」

「土手が濡れてたんだろう」

ビリーは言った。

「お前が足場を違《たが》えたんだ」

インチェベは悲しそうに笑った。自分がビリーを追い詰め、ビリーが逃げに出たことがわかったからだ。

「なあ、お前さんはそれが正しい答えじゃないことはわかってるだろ？　土手が濡れてることは前にも何度もあったし、インチェベが足を置いたところはいつもと同じ場所だった。聞いたのはどうして今日に限ってかということだ。お前さんは足場が悪かったという。どうして今日、足場が悪かったんだと聞けば、ただ今日そういうことが起こったんだと言う。堂々巡りだよ。お前さんに今からおじさんの話をしてやろう」

「ごめんだね」

ビリーはインチェベを止めようとした。

「お前のおじさんがこの話とどういう関係があるっていうんだい」

突然話の中にインチェベの親戚が登場したので、ビリーの頭はますます混乱した。

「おじさんは昼間、穀倉《こくそう》の屋根の下に座っていたんだ。日陰だったからね。それはいつものことだし、みんなもそうしていた。ところがその日に限って、屋根が落ちて来ておじさんは死んだ。どうしてそんなことが起きたんだ？」

「そりゃまた何ていう質問だ？　もしかしたら地面の中で柱が腐っていたのかもしれないし、シロアリに食われていたのかもしれない。材木の虫が梁をだめにしたのかもしれない」

「俺がそんなばかだと思ってるのか？　シロアリや材木の虫のことなんか聞いちゃいない。聞きたいのはどうしておじさんが屋根の下に座っているときに屋根が落ちたのかということだ」

しばらく黙っていたあと、ビリーは口を開いた。

「お前のおじさんのことは気の毒だと思うよ。だけど一つだけ教えてやるがな、その話は何の証明にもならないんだ」

そう言いながらもビリーは相手を納得させる答えが見つけられず、また疑念と矛盾の藪に入り込み、落ち着きを失っていた。ビリーは空を見上げた。空はぼんやりと明るくなり始めていた。霧が低く立ち込めているが、ところどころ晴れていて、扇形に広がったパルメットヤシの葉が滴に濡れて重たげに下がっているのがはっきり見えた。風はそよとも吹かなかった。道の両側のミズヤナギが花を咲かせ始めていた。垂れた茎の先に堅く締まった蕾の緑色の粒が見えた。そのような細部にビリーが気づくのは珍しいことだった。それは霧が全体を覆っていて、少し離れたところにある物がぼんやりとしか見えないためかもしれなかった。

呪いという考え方にもいいところがあるかもしれない。突然、ビリーの視界が開けた。そうすれば一つには人々は偶然というものから救われる。それに全能の神に責めを負わせずにすむ。そうなれば、これまでビリーを悩ましてきた問題が解決する。

「それで、お前のおじさんに呪いをかけた人間は見つかったのかい？」

ビリーは尋ねた。ところがその問いはインチェベの耳には届かなかった。道が狭くなり、二人は一列になって歩かなければならなくなっていたし、インチェベは拳の傷に油菜をつぶした湿布をするために立ち止まっていたのでビリーより少し遅れていたのだ。

二人はかなり村に近づいていた。道は潟をぐるりと回って広葉樹の森の端に沿って進み、それから潟から遠のいて浜辺ブドウやキャベツヤシや野生のコーヒーが生えた茂みの間を通って、村の小屋の見える開けた土地に出るのだ。

木々の間はまだ暗かった。そこから出ると光のせいで一瞬目が見えなくなる。茂みに入り込んだとき、ビリーは何かが霧の中で急に動くのが見えた。初めはただの黒い影に見え、近づくとその上に顔と丈高な帽子がのっていた。驚いたビリーの目に、ふいごでも動かすように両肘が上がる姿が見えた。彼の目は金属のかすかな輝きと、軍服の濃赤色をとらえた。くるっと向きを変えたビリーはまだ木々の間にいるインチェベの方に向かって走った。

「赤服兵《レッド・コーツ》だ！」

ビリーは大声で叫んだ。

「逃げろ……」

ビリーが言おうとした言葉は背後からの銃声で途切れた。この鋭い叫び声とともに、ビリーの論争は永遠に幕を閉じ、その論理への情熱も同時に消えた。銃弾は背中からビリーの心臓を貫いた。ビリーは何歩か進んだが、倒れたときにはすでに息絶えていた。

ビリーが急に向きを変えて自分の方に走ってくるのをインチェベは見ていた。銃声が聞こえ、ビリーの口から血が溢れ出て、どっと倒れるのが見えた。インチェベは一瞬たりとも無駄にしなかった。ビリーはもう助からない。村の人々に知らせなければならない。インチェベは繋いだ魚を放り出し、道から外れて村への最短のコースをとり、密生した草木のすき間をたどって進んだ。走りながらもインチェベは恐怖とショックのためにすすり泣いていた。木々の大きな葉から滴が滴り、ノコギリヤシの葉に手足を切られ、湿地で転び、ぬかるみに膝まで浸かり、マングローブの根に足を取られながら、インチェベは進んだ。背後から追手が迫っている音が聞こえた。うしろからいつ撃たれるかもしれないと思ったが、なぜか銃声はせず、不思議に思っていた。追手には自分が金《かね》になる商品なのだということがインチェベにはまったく思いもよらなかったのだ。竹の銛は藪に引っ掛かり、走る邪魔になったが、インチェベは決してそれを放さなかった。

追跡者はニプケだった。彼は恐慌状態に陥った兵が命令を忘れて発砲し、下士官に拳で殴られるのを横で見ていた。黒人も白人も皆できるだけ生かしたまま捕まえなくてはならないことをニプケは承知していた。それがイギリス人の主人の命令だった。そしてまた、軍隊が村の包囲を完了するためには、まだ時間が必要だということもわかっていた。ニプケは何よりも褒められたいと思った。褒められれば報奨金が手に入る。ニプケは金持ちになって家に帰るのを楽しみにしていた。一週間酔っ払った上、雌牛がもう一頭買えるくらい金持ちになって帰るのだ。いやそれに毛布も一枚買えるかもしれない。だからこそ銃声のこだまが消える前にニプケはもう走り始めていた。道に横たわるビリーの死体を飛び越え、一瞬、身を潜め耳を澄まし、黒人の男が逃げる物音を聞き取ったのだ。

ニプケは若さのピークをとっくに過ぎてはいたが、クリーク族らしく、走るのはまだ速かった。それに、スペインとの戦争のときに、テケスタ族の頭皮をイギリス軍に売るためにこの一帯を探し回り、そのため土地勘もあった。報酬がもらえると思うと彼の五感は研ぎ澄まされた。前方を行く逃亡者が方向を変えるのを難なく追うことができた。追跡自体はそれほど難しくなかった。敵は休んだり待ち伏せしたりする余裕がない。音から察して、二人の間の距離が縮まっているのはわかっていた。うしろから別の追手も近づいていた。クリーク族のほかの偵察者たちだ。ニプケと同じく報酬を目当てに追跡に加わっているのだ。構うものか、俺が一番乗りだ。

ニプケは浜辺ブドウの木々の低い枝を避けるため、器用に上下左右に身をかわしながら駆け抜けて行った。もうすぐ森を抜け出るところだった。ここを抜ければ、沼の草地やミズヤナギの茂みしかない視界の開けた場所に出る。前方を走る男の姿を時々目でとらえることができた。沼地をしぶきを上げて走る足音も聞こえる。一歩ごとに差は縮まっている。奴はだいぶ疲れてきているようだった。二人の間はもう二十歩もない。近づきながらニプケはベルトから斧を取り出した。刃の峰で相手を気絶させるつもりだった。そしてやっと、この差の縮まり方はおかしいと気づいた。だが危険を感じたときはすでに遅かった。男はとがった棒を持っていて、急に立ち止まり、こちらを向いた。しかし奴が向き直ったのは遅過ぎた。振り向いて身構え、それから俺に銛を投げるだけの余裕はないはずだ。だがそれはニプケの大きな誤算で、代償として彼は命を落とした。ニプケも数多くの修羅場をくぐってきていた。さまざまな武器を使っていろいろな距離をはさんで戦ったことがあった。だがそのニプケも、ニジェール川の上流から来た男が、銛でどんなことをしでかすのかは知る由もなかった。

インチェベは開けた場所に来たときに速度を緩めた。魚を狙うためのこんな軽い武器しかないのだから、狙う箇所は喉以外にないことはわかっていた。

しかも一度で仕留めなくてはならない。荒い息遣いと足音が背後から十分近づいて来たところで、インチェベは突然、体の向きを変えた。立ち止まって構えたり、銛の持ち手を直したりする間もなく、ただ勘を頼りに狙いをつけ、腰の高さから上方へ向け銛を振り投げた。振り返ってから投げ終わるまではまさに連続した一つの動作だった。両者の距離は十二フィートもなかった。針のようにとがった魚の骨を先端に付けた銛は追いかけて来たインディアンの喉の下を貫通し、動脈を裂いた。ニプケの手から斧が落ち、がっくりと膝を突くと、おびただしく流れ出る血を止めようとでもするように、両手を持ち上げようとした。インチェベは仕留めたことを確認して、すぐに走り出した。クリーク族の残りの偵察隊がやって来て、沼地で血を流して息絶えているニプケを見つけたときには、黒人の影も形もなかった。彼らは今度はさらに用心しながら、また追跡を再開した。

ニプケを殺したのと、そのため、続く偵察隊が慎重にならざるを得なくなったため、インチェベは息をつくことができ、迂回して岸側から集落に向かう余裕ができた。彼は柵に沿ってこっそり進んで行き、うしろ側の門から柵内にもぐり込んだ。銃声は村にも届いており、人々があちらこちらで動き回っていた。正面の門には閂が掛けられていた。インチェベは大声でビリーが死んだこと、彼が最後に叫んだよくわからない言葉のこと、入れ墨も化粧もしていない平頭インディアンのことを叫んで回った。インチェベの瞳孔は開き、口は開いたままだった。恐怖と疲労のせいでインチェベのピジン語は訳がわからない。

「ビリーは何て叫んだんだ？」

インチェベの肩を強くつかんでナドリが聞いた。ナドリはタバカリのところにいたが、銃声を聞いて二人一緒に飛び出したのだ。タバカリは布を腰に巻き付け、上半身は裸のままだった。

「レッド・コットがどうとか言ってた」

インチェベはやっと言葉にしたが、それが何のことなのかは彼には見当もつかなかった。

「レッド・コットとか叫んで、それから撃たれた」

「マリア様！」

サリヴァンが叫んだ。

「それは兵隊たちのことだ。赤い軍服《レッド・コート》、つまりイギリス兵さ。俺たちを捕まえに軍隊をよこしたんだ」

サリヴァンの目はビリーが死んだと聞いて流した涙でまだ潤んでいた。

「ビリーを殺したのはイギリス軍だ」

サリヴァンは言った。

パリスは腰布を巻き、継ぎはぎの奇妙な短いシャツを着て皆の間に立っていた。彼はサリヴァンの知らせを聞いてすぐ了解した。ショックは受けたが驚きはしなかった。フランスとの戦争が終わって、イギリスが北部に総督府を構えたと聞いて以来、遅かれ早かれ自分たちへの探索が行われることは予期していた。交易によってニュースが入ってきていたのだ。商人たちがはるばる運んで来るものの中で塩や火打ち石以外の何物にもまして貴重なのは情報だった。

「まだ外に逃げられるかもしれない。銃を持った男たちと柵の中から交戦することはできない。彼らが包囲を完了する前に脱出してバラバラになるんだ」

「そうだ」

キレクの目が猛々しい光を放った。キレクは片方の肩に弓を掛け、腰のベルトの矢筒にぎっしり矢を入れていた。

「誰もインチェベが来るのを見なかった。誰もインチェベを止めようとしなかった。まだ完全に包囲されてはいないんだ。インチェベが入って来たところから出て行けばいい。藪に入ってしまえば見つからない。赤服野郎が俺を見つけたとしても、豚みたいに刺して、赤い軍服をもっと赤くしてやるぞ」

キレクがこんな絶体絶命のときにも冗談を言ったことは、のちのちまで語り継がれた。キレクが行動を開始すると、柵を越えて鳴り響くような声が聞こえてきた。

「お前たちはすでに取り囲まれている。逃げられはしない。降参して門を開くんだ。我々には大砲があり、いつでもお前たちを全滅させることができる」

拡声の仕掛けを通しているらしく、その声がどこから聞こえてくるのか決めかねた。空恐ろしく、この世のものではないようだった。だが抑揚のないイングランド北部のアクセントははっきりと聞き取れた。

「まだ間に合うかもしれない」とパリスは言った。

「連中はうしろの門のことは知らないだろう」

タバカリとその横に立つ子供たちを見て、パリスは少し躊躇しながら言った。ケンカは二人の小さな子供たちの間に立っていた。

「ここで待っていたら、みすみす捕まるだけだ。奴らはまたお前たちを奴隷にするだろう」パリスは早口で話したのでタバカリが理解してくれたか心配だった。だがタバカリはじっとパリスを見つめてから、うなずいた。

「やってみる価値はある」

ナドリが言った。

「我々が見えなくなったら、あとに続くんだ」

村人はうしろの門を目指し、立ち並ぶ小屋の間を走った。門の先には空き地があった。霧はもう晴れて、彼らのせっぱ詰まった状況にも関心なげに、ヤシの葉の上空は白い光が射し始めていた。パリスが空を見上げると、カモメたちがゆったりと旋回し、隠れた太陽の光がその胸に反射するのが見えた。足が速い者であれば三十秒もかからずに、門から空き地を抜けて木々の間に達することはできる。だが、その距離がパリスにはとてつもなく長く思えた。ケンカが痛ましいほど真剣に自分を見つめているのを見て、パリスは手を伸ばして少年の頬をなでてから言った。

「私たち三人がまずやってみるから、どうなるか見ているんだ。何も起こらなかったら、みんなでついて来るんだ。私たちが茂みに入るまで待って、それから走り始めるんだ」

ナドリは門を開けて柵をくぐる前に、パリスと目を合わせてにっと笑った。それから身を起こすとそのまま走り出した。そのすぐうしろをパリスとキレクがついて行った。

キレクは二人よりは十歳は若く、また生まれつき足が速いのでじきに先頭に立った。キレクは頭を高くして大股で走った。腰の矢筒が腿に当たって揺れた。彼らの右前方から叫び声が上がった。キレクはもう少しで木の陰に達するところだった。耳障りな銃声が一斉に響き渡り、パリスはキレクがどうと倒れ込むのを見た。その一瞬後に、パリスも左脚に強い衝撃を覚えた。よろけ、あお向けに倒れ込んだパリスは、初めはただ衝撃しか感じていなかった。それから徐々に脚に痛みが走り始め、それがひどい傷で、骨が折れていることがわかった。少し頭をもたげるとキレクが先ほど倒れた場所にまったく身動きせずにいるのが見えた。木の陰まであと二十ヤードもないくらいのところにまで来ていたのだ。集落の反対側から、叫び声や銃声が聞こえてきた。パリスは、身も心もまだ痛みに対する準備ができていないのに、右肩を前に何とかはって進もうとした。うかつだった。その瞬間に彼は気を失ってしまった。

次に目を開けたとき、真上にイラズマス・ケンプの顔があった。パリスはすぐにそれが誰の顔か見分けがついた。無言のままパリスはその顔を見つめていた。不思議に冷静なままで、青白くきれいに髭がそられた顔だと思いながら、自分を見下ろしている異様に光るその黒い瞳を眺めていた。ここで従弟の顔を見るのは多少不思議であったが、驚きはしなかった。ある意味ではイラズマスがここに来て村の最期を見届けるのは当然であり、必然的でさえあるように思われた。村での生活は、意図せずにではあっても、父親のケンプが与えてくれたもので、それを息子のケンプが取り返しに来たのだ。

「もちろん君はお父上の荷である黒人たちを取り戻しに来たんだろうね」

パリスは言った。

イラズマスはパリスがこのように父のことを話すのは、悔やむことを知らない尊大さの極みだと思った。倒れている従兄を見下ろすと、自分があれほど嫌っていた、例のゆがんだ笑みがパリスの顔に浮かぶのが見えた。

「私は君を縛り首にするために来たんだ」

感情をできるだけ押し殺して、イラズマスは言った。そこで初めてパリスの姿をつくづく眺めた。伸びた髭、日焼けした顔、そして、うしろで一つに束ねた長い髪。

「あのならず者のバートンが教えてくれなければ、君だとわからなかっただろうよ」

嫌悪感をあらわにしながらイラズマスは言った。従兄のシャツの裾は恐らく継ぎ用の布地にするためだろうが、短く切り取られてへそをやっと隠すぐらいの長さしかなかった。それがイラズマスには一番忌むべき代物に見えた。その下にパリスが身に付けているのは腰布としか呼べないものだけだった。むき出しの長いすねは地面の上に投げ出され、左足の膝から下が血まみれだった。それを見たときはイラズマスはびくっとしたが、結局はそれほど重傷ではなかった。セント・オーガスティンで手当てできるだろう。

「心配しなくてもいい。絞首台までは歩いて行けるようになるはずだ」

イラズマスは言った。

パリスは自分を見下ろす従弟の上の空を見ていた。このわずかな時間のうちに空はずっと明るさを増していた。カモメたちは同じところを旋回しており、向きを変えるたびに、胸が日の光を反射させた。

「一網打尽だ。もうすぐ片がつく。我々の軍隊には何の被害もない」

満足そうにイラズマスは言った。自分の勝利を言葉に出して味わう必要を感じたのだ。

パリスはキレクのことを尋ねたかったし、ほかに誰か傷を受けた者がいたか確かめたかった。だがその瞬間、イラズマスが背中を向け、近づいて来た者に何か言っているのが見えた。

「準備ができたようだな。ずいぶん時間がかかったものだ」

イラズマスがそう声を掛けていた。

パリスの視界に二人の男が現れた。担架代わりに毛布を下げた二本の棒を持って来たのだ。イラズマスは再びパリスを見下ろしたが、その目には熱を帯びた輝きがあった。

「今度は君が持ち上げられる番だよ、マシュー」

初めパリスは何のことだか理解できず、もう少しで意味がわかりそうに思えたとき、二人の兵がパリスを持ち上げた。一瞬体が浮遊するような感覚を覚え、その瞬間、上空で光を反射しているカモメたちの姿が消えた。

第五十三章

傷を負ったパリスは特別扱いで、できるだけ速やかにと海岸まで運ばれ、午後遅くにはボートで本船まで連れて行かれた。夜中までには軍隊も捕虜も乗船を完了し、船はセント・オーガスティンを目指して北に針路をとった。

イラズマスはイングランドまでの長い船旅が遅れることを避けたかった。パリスが途中でひっそりと人目につかずに死んで、裁判を免れるような事態を恐れたからだった。船員たちの裁判は、むしろセント・オーガスティンでキャンベルの手で執り行わせよう、もし管轄外だと彼がしぶるなら、黒人たちを売りに行く先のサウスカロライナの総督に依頼しようと考えた。そのためには、特赦を条件に罪人たちの誰かを説得して、仲間の罪状について証言させなければならない。イラズマスは人間性についての洞察力にはかなり自信があり、その点に関してはそれほど心配はしていなかった。事件で積極的な役割を果たした平水夫の一人が望ましかった。高級船員の場合、強要されてそうせざるを得なかったと主張する可能性があったからだ。だが、バートンがすでに自分から協力を申し出ており、イラズマスは事実関係を先にはっきりさせておくためにも、まずバートンと話をしてみることにした。

いったんそうと決めると朝まで待てなかった。すでに二晩ほとんど寝ておらず、その日は感情の高ぶりからひどく疲れてはいたが、休むことができなかった。船が出航するとすぐに、上甲板に寝ていたバートンは揺り起こされ、下に連れて行かれた。

テーブルの上にはラム酒と塩漬け肉とビスケットが並べられていた。イラズマスの右側には装填された銃が置かれている。ドアの外には銃剣を持った兵が直立不動で控えていた。バートンはテーブルをはさんで反対側に座っており、二人の間にはろうそくが置かれていた。元航海士のバートンは縄で編んだ丸帽子をかぶり、ぼろ布のような赤い絹のスカーフを首に巻き、シカ革の半ズボンをはいているだけだ。この暖かな船室にいながら犬のようにぶるぶる震えている。イラズマスがバートンにラム酒を注いでやると、バートンはその半分を一気に飲んだ。体の中を熱がかっかと広がっていき、バートンはシューという音を立てて息を吸い込んだ。帽子を取ってテーブルの上に置くと、艶のない赤みがかった長い髪がだらりと顔の回りに垂れた。

「お前が誰かはわかっている」

イラズマスは言った。

「父の船の航海士だったな。今日、お前はすでに自分で名乗っており、今さら否定してみても始まらないが。いくつか尋ねたいことがある。自分のためを思うなら、正直に包み隠さず話すんだな」

バートンは顔を上げ、グラスの酒を飲み干した。

喉の薄い皮膚を通して、とがった喉仏が動くのが見えた。

「正直に話してくれたら、裁判のときにお前のために口を利いてやることもできるのだぞ」

イラズマスが言った。バートンはすぐに算盤《そろばん》をはじき終えた。

「いつかはこういう日がくると思っていました。私は子供のころから運がなく、大人になっても悲しみが付きまとい、悲運とは切れない仲でした。まあこれは聖書の中の言葉ですがね。私は今こそ、ごらんの通りの有様ですが、もう少しましな者になるように育てられたんです。読み書きもできます。本当ですよ。母の膝の上で教わりました。ですが私は不運な定めらしく……」

そこでイラズマスが遮った。

「その調子で話を先延ばしにするようなら、お前の不運は決定的になるだろう。余計な話はいい。船に何があったんだ？」

「船に何があったかですって？」

バートンはラム酒の方を見た。いくら追い詰められても、芝居がかった態度は消えなかった。それにバートンには今気づいたこともあった。こちらにも取引材料があるようだ。相手が知りたがっていることを知っているのだ。テーブルの向こうの紳士がこれほど注意を向けていることからも、またその端正な顔にじりじりとした表情を浮かべていることからも、ケンプがどれほど知りたがっているかは見て取れる。

「長い話になりますよ」

バートンは食べ物に手を伸ばしながら言った。だがバートンは時間をかけ過ぎたようだ。突然イラズマスがテーブルを拳でたたいて大声を出し、グラスがカタカタ音を立てた。

「その目付きはなんだ。図々しい悪党め、その芝居じみた話し方を今すぐやめろ。さもなければこの場で撃ち殺してやるぞ」

「船は沈没したんじゃありません」

大慌てでバートンは言った。

「沈没ではなく、あの海域に夏の終わりになると襲ってくる嵐のせいで航路を外れたんです。ハリケーンって呼ばれるやつですよ。しかし沈没はしませんでした。頑丈で、どこもかしこもすばらしい船でした。あんな立派な船で航海できてそれは鼻が高かったですよ」

「お前の鼻なぞ知ったこっちゃない。いい加減にしないと耳をたたき切るぞ。起こったことだけ話すんだ」

イラズマスは歯ぎしりしながら言った。

「そのころになるとみんなすっかり参っていて、動ける乗組員の数が足りなくなっていました。黒人共がいつ暴動を起こすかと気が気じゃありませんし……それで西に流されて、フロリダの南に流れ着いたってわけです。船長はそのころにはもう死んでいまして……とにかく初めっからついてなかったんです。いつもより黒人も集められなかった上にギニア湾を出る前に連中の間でひどい赤痢が広まって……雷は多いし、雨と暑い日が交代に襲うんで、それこそ病気の温床ですよ。六週間経ってもヴェルデ岬の南方から離れられず、黒人は毎日死んでいくんです。とにかくひどかった。それはあそこにいた人間じゃなきゃわからないでしょう。お父上とあなたのことを思って、私は血の涙を流しましたよ。何しろこのバートンはいつでも船主のことを一番に考える忠義者ですから」

イラズマスはバートンのグラスに酒を注ぎ足してやった。狭苦しい部屋の中で、バートンの体から汗と魚臭さが混じり合った臭いが立ちのぼってくる。イラズマスは嫌悪感から思わずぐっと鼻孔に力を入れた。どれだけ人里離れた地で暮らしてこようと、バートンにはどこか貧民窟を思わせるところが消えずに残っている。無礼に感じられるその卑屈な物腰からも、粋なつもりで巻いているらしいぼろ布のような絹のスカーフからも、その嫌らしさが臭ってくる。ラム酒を飲んでもかすれた声は変わらず、自分が忠実な航海士であったと主張しながら、何とかイラズマスに取り入って、嵐を避ける針路を探し求めようとしている。イラズマスはバートンの申し立てなどまったく意に介さなかった。だが、そうかといってあえて話の途中で割って入ろうとはしなかった。とりあえず話は流れに乗り、両目を大きく見開いたまま、バートンは夢中で話し続けた。

「黒人たちを船倉に入れておかなくてはならず、そのせいで死体の数が相当数増えましてね。いや本当に胸の痛む光景でしたよ。連中を助けようと、ドクター自身、奴隷のように身を粉にして働いていました」

　そこでイラズマスははっとして顔を上げると、バートンがずっとこちらの様子をうかがっていたのに気づいた。てっきり話に熱中していると思っていた男に、そんなふうに不意を突かれたのは不愉快だった。

「何をじろじろ見ているんだ。パリスのことか？」

「はいそうです。ドクターは連中に手ずから食事を与えていましたよ。本当の話です。たしかお従兄さんでしたよね、母上の方の」

「それがお前と何の関係がある？」

　イラズマスはかっとなって言った。しばらく押し黙っていたが、すぐ落ち着きを取り戻して口を開いた。

「パリスは自分の義務を越えるほど働いたわけではないだろう？」

「いいや、そこまでは、はい。母方のご関係でしたね。じゃあまあ、それほど強いご関係ではないですね」

　元航海士の声の調子に変化は表れなかったが、透かし見るような目付きと、テーブルの上に広げた肘には、ほっとした様子が見て取れた。風向きを嗅ぎ当てたのだ。

「ドクターは報酬の分の仕事だけをこなしていました」

　それから少し経って付け足した。

「私たちはみんなそうでしたよ、ええ。いやこれはまた、すばらしいラムですね」

「ラムのことなど聞いていない。何て奴だ。欲しければもっと飲むがいい。で、サーソはどうして死んだんだ？」

「傷はあちこちにありました。ですが直接の原因は刺されたせいです」

「誰が刺したんだ」

　バートンは思い出そうとしているように、目を細めながら言った。

「大変な騒ぎでしたからね。その上ずいぶん前の話ですし。どうもはっきり思い出せないんですよ」

「思い出すよう努めた方が賢明だろう。そのうちお前から事情を聞き出すことになるからな」

「やがては思い出せると思います。いずれにしてもサーソを殺したのは船員たちですよ。反乱を起こしたんです。私は反対しました。このバートンにとっては何より忠義が一番大事ですから。連中は私も殺そうとしたんですが、船客のデルブランさんとドクターに止められたんです」

「彼の立場はどうだったんだ？　つまりミスター・パリスのことだ。では彼が首謀者だったと言うことか。彼が唆《そそのか》して連中に反乱を起こさせたのか？」

バートンは口をつぐんだ。その表情にためらいの色はなかった。ただ一層、抜け目のない顔で言った。

「はい、その通りです。パリスさんが首謀者でした、間違いなく」

「船長に最初に反抗したのは奴だったのか？」

「言いようによってはそうなります。あのとき投げ荷として黒人をかなり処分することになったのです。いや船長がそう決めて、前の晩に私とヘインズと大工のバーバーにそう伝えたのです。ヘインズというのは甲板長だった男です。二等航海士はそのころには熱病で死んでいて、残った高級船員はそれだけだったんです。あの、もし……」

「投げ荷だって？　つまり黒人を船から放り出すっていうことか？」

イラズマスは額に手を当てた。

「生きたまま、足枷を付けてか？」

「いえ、具合の悪い連中だけです。はい。連中はキングストンまでは持たなかっただろうし、たとえ連れて行けても、売れないことは確かでしたからね。そのぐらい弱っていたんです。最悪の天候は何とか過ぎたんですが、西の方に流され過ぎて、船長の計算によれば、天候が順調でも、ジャマイカまでは十日はかかるところにいたんです。ところが水がなくなりかけていて、一日半パイントだけって日が続いていたんです。黒人連中はどのみち死にかけていて、水の無駄遣いでした。限られた資源の有効な使い方ではなかったんです。それに黒人が普通に死んでいった場合は船主、つまりお父上と、それからその後継者のあなたの丸損になります。投げ荷にしたとなれば保険会社に請求して連中の三〇パーセント分は取り戻せます。ただし正当な理由を示さなければなりませんが」

イラズマスはまるでまぶしい光を避けるかのように額の上に手を置いたまま、かなりの間、無言でいた。それからおもむろに口を開いた。

「水の不足なら十分な理由になるだろう。生死の問題だからな。だがちょっと待て。さっき嵐にあったと言わなかったか？　それなら樽は水で一杯だったはずだが」

「ああ、さすがですね。じつは大樽に穴が開いていて、知らない間に水が漏れていってしまったんです」

「なるほど。悪天候のため樽が損傷を受けたんだな」

　イラズマスはゆっくりした口調で言った。それなら法廷でも通るだろう。バートンをもう少し身ぎれいにさせて、もう一人証人を用意すれば……とイラズマスは考えた。

「確かにサーソ船長の行為は合法的で、その権限もあったと言えるな」

「船長が私共にその件を説明したとき、私共もそう思いました。ヘインズも同じ意見だったと思います。残念ながら蛮人に殺されてしまいましたが」

「それで私の従兄がそこに首を突っ込んだんだな。つまり船長の正当な権威に逆らったんだな？」

「その通りです。事件があったのは早朝で、ドクターは熱病のため船室にいました。そのとき騒ぎが聞こえたのでしょう。すでに何人か放り出し始めていたんです。ドクターは甲板に上がって来て事態を知り、大声を上げて反対し、手を振り上げました。船長はドクターに銃を向け、それがすべての始まりでした」

「それじゃあ、サーソはそのとき武装していたのか？」

「いつもそうでした。水夫たちが大分、不平を漏らしていたものですから」

「これほど傲慢な手出しがあるだろうか」

　イラズマスは独り言のように言った。

「考えれば考えるほど船長の決定は正当に思われてくる。実利的な面だけでなく人間的な面から言ってもそうだ。その哀れな連中の苦しみを早く終わらせてやると考えれば」

「私の真情もまったくその通りでした」

　バートンは風向きを嗅ぎ当てようとするかのようにその細い面を上げた。イラズマスはランプのかすかな明かりから日の光を連想し、またあの造船所であの出来事を思い出した。あの日、サーソとこの航海士が船体の陰から並んで姿を現し、バートンが自分に向かってその骨組みについて話し掛けたのだ。あのときもやはり、バートンは何とか親密な関係になり、ある種の了解をとりつけようとしていた。そして今もまた……

「お前の真情などどうでもいい。そんなものは自分の胸にしまっておけ。それでサーソはほかにはどうしようもなかったわけだな。それ以外にできることといえば、自分の手で黒人を殺すしかなかったろう」

「それはもちろん、できないことでした」

バートンは出鼻をくじかれ、穏やかにそう言うしかなかった。

「それでは違法行為になりますから。船上で殺された黒人に対しては保険会社はびた一文払いはしません。もちろん黒人が反乱を起こしたときは別ですが、今回、連中はそんなことはしていませんから」

「つまるところ、ミスター・パリスに率いられた反乱者共は残った黒人たちを着服し、陸地に連れて行ったというわけだな？」

「その通りです」

「まず反乱を起こし、それから殺人、そして海賊行為ときたか。どれ一つとっても大罪ばかりだ」

イラズマスが言った。そのとき二人の頭上の甲板で時鐘が鳴った。午前二時だった。静かな夜で、船はゆっくりと船体をきしませる以外には何の音も立てずに水上にとどまっていた。

「連中にはニグロが必要でした。船を海岸の奥に引き揚げるのに黒人の助けが要ったんです。土手の方から船を引っ張らなくてはなりませんからね。自分の足で立てる者は男も女も子供も皆、ロープを手に取らなければなりませんでした」

「ああ、その話は聞いている。ところでお前の考えでは連中は戻るつもりはあったと思うか？」

「船は陸に引き揚げられ、その上マストをたたき切ったんですよ」

「彼らはもう戻らないと、はっきり宣言したのか？ミスター・パリスがそう言うのをお前の耳で聞いたのか？」

「ええ聞きましたとも。パリスさんとデルブランさん二人がそう言いました。未開の地に人間が自然な状態で暮らせるコロニーをつくろうって言ってました」

「自然の状態でだと？　一体全体、何のことだ？」

イラズマスの顔にさげすんだ笑いが浮かんだのを見て取り、バートンはすばやく口調を変えた。

「さあ何でしょうね。自由と正義っていう話をよくしてました。みんなが平等で、お金を必要としないコロニーをつくるんだってね」

「それは盗人共の巣じゃないか」

イラズマスの顔に突然、笑みが浮かんだ。この世界や自分自身の内部に不調和を見出し、それで笑いを浮かべる者がいる。また一方で、自らの成功を祝し、不調和ではなく見事な調和を見出して笑う者がいる。この両者の間には大きな隔たりがある。イラズマスは後者の方だった。彼はすでにすべてを手中に収めた。パリスを生きたまま捕らえ、有罪も確実であり、その証拠もそろった。正義を遂行する上でバートンほど使いやすい道具はなかった。その上この滑稽な夢物語の話ときたら……。ケーキに砂糖をかけるようなものだ。

「いや、これはもうこたえられない」

イラズマスは満足そうに言った。

そしてバートンはこの新しい保護者に笑みが浮かぶのを見て、一度は解けそうにないと思われたパズルの鍵を見つけた者のように、込み上げるうれしさを隠そうともしなかった。

「連中は何もかも、すっかり最初っからやり直しができるって考えたようですよ」

軽蔑しきった口調でバートンは言い足した。

第五十四章

夜の間ずっとパリスは発熱のため意識の境をさまよい、思考と夢と、眠りと覚醒が入り交じった状態にあった。朝方にかけ、傷口の脈打つような痛みの波がしばらく遠のき、少しはっきりと記憶をたどることができるようになった。またもやパリスはノリッジ監獄の共同監房に戻っていた。薄暗く脂ぎった壁面、反響する石の床、そして皆がうらやむ目で眺める暖炉付近の場所に陣取った牢名主たち。彼らはいずれも重罪人で、その中でもバクストンという男のことはよく覚えていた。彼は追いはぎで捕まった男で、死刑を免れようと上訴中だった。気まぐれで、じろじろと囚人たちを見渡す彼の口からは折れた歯がのぞいていた。裁判官の鬘をまねてタオルを頭に巻き、債務を負った若い囚人の「裁判」を執り行ってみせたのは奴だった。この常軌を逸した悪党がみせた裁判官らしいまじめくさった顔付きも、おびえきって途方に暮れていた裁かれ役の若者の顔も、つい昨日のことのように鮮やかに思い出された。バクストンの顔とディーヴァーというこの若者の顔は、互いを補完し合うもののように、パリスの記憶の中では常に二つ並んでいた。模擬裁判の判決は若者を二時間晒し台に置くというものだった。頭を椅子の脚の間から通され、手を両側に縛り付けられたディーヴァーは大勢の囚人の見ているところで身動き一つせずに立っていた。恐ろしさのあまり羞恥心に耐えるほか何もできず、彼はカメのようにその滑稽な甲羅もどきの椅子の間から頭を突き出していた。

自分はそれを止めようとはしなかった、とパリスは思った。勇気がなかったからか、あるいは、口出しして若者の立場がさらにひどくなることを恐れたからか、今となってはどちらだったか確信できない。目にしたこと――裁判官役のグロテスクなバクストン、と、屈辱に顔を紅潮させた若者――は、いまだにはっきりと思い出せる。だが、そのときの自分の気持ちの方はまったく思い出せない。自分が何もしなかったことだけは確かだ。生け贄にされた若者は五シリング支払う約束をして縛《いまし》めを解かれた。

朝の光が船室の舷窓から射し込み始めたころ、パリスはしきりに考え込んでいた。しかしそれは、自分があのとき抗議も手出しもしなかったことについてではなく、むしろ、自分がそのときの教訓から、しかも、これほどあつらえ向きに示された教訓からさえ、ついに学び得なかったことについてだった。この残酷な仕打ちをしていた者たちも、実際の裁判では裁きを受ける側だったのだ。

あのとき私は思い至るべきだった、とパリスは考えた。人は自分がどんなに苦しんでも、他人を苦しめることをやめはしないのだ。あのとき、それさえわかっていたら、その後、自分のとるべき道は明らかだったはずだ……。それでは、苦難は人の心を和らげると信じるのはまったくの誤りだろうか。人間の本性を知っていると自称する者たちならきっと誤りだと言うだろう。だが、朝の光が徐々に強くなり、家具のない船室が見えてくるにつれ、パリスは思った。そんな知恵なら要りはしない、それならむしろ、くじかれ続けても、懲りることなく希望を抱いている方がましだ、と。連中を知恵者と呼ぶのなら、愚か者である方がいいと独り言を言い、それからまた眠りについた。昼ごろに痛みのため冷や汗をかいて目覚めた。サリヴァンの顔が真上からのぞき込んでいた。

「マイケル、こんなところで何しているんだい？」

パリスは尋ねた。

バイオリン弾きの美しくぼんやりした瞳に、得意げな光が浮かんだ。

「前にあんたを介抱したのは俺だって奴に言ってやったんだ。奴のところに行って名乗ってから、俺のバイオリンを見かけなかったかって聞いたんだ。そしたら奴はそんなもの見たこともないって。それから残念ながらバイオリンなしで縛り首になってもらわなくてはならないだろうってぬかしやがった。それで俺は奴に面と向かって、縛り首かどうかっていうのは裁判官が決めることだし、もし、そうなるなら自分のバイオリンがどうなったのか知っておきたい、って言ってやったよ。そう言われて奴が考え込んだときに、俺は前にあんたを看病したことがあるって言ったんだ。そしたら俺の言い分に悪態をついてから、奴は今回もそうしていいって許可をくれたよ」

「上出来だ」

パリスは、ほほ笑んで言った。

「私の従弟は私をきっちりと縛り首にするために、私の看病をしてくれる者が欲しかったんだ。何で彼がそんなに私のことにこだわるのかはわからないがね。でも、いずれにせよ、やってもらうことは大してないと思う。止血帯はすぐやったし、下士官が並の外科医より有能で、船に乗せられる前に添え木をするのを手伝ってくれた。じっとしてさえいれば、まあ何とかしのげるようだ」

「体を拭いたら気持ちいいだろうと思ってね、お湯を持って来たんだ。それに欲しいものがあったら、厨房からもらって来てあげようと思ってね。奴はその許可もくれたよ」

そういえば、前に熱病で寝込んだときもそうだった、これがサリヴァンのお決まりの介護法だったとパリスは思い出した。

「そりゃいいね、ありがとうマイケル」とパリスは礼を言った。すっかり弱っていたので動きたくはなかったが、サリヴァンをがっかりさせたくない。それでパリスは顔や腕や胸を湯で洗ってもらった。サリヴァンはそっと器用にぬぐい、その間も途切れることなく話し続けた。ビリーとキレクのほかにも二人の死者が出たという。キャヴァナはダンカ、ティアモコと一緒に村の敷地の反対側から逃げ出そうとして致命傷を負った。ニーマはキャヴァナが倒れたのを見て正気を失い、男たちのあとを追って駆け出し、十歩も行かないうちに殺された。つい昨晩《ゆうべ》、名付けのお祝いをした赤ん坊は今、サリアンに乳をもらっている。ナドリは木陰までたどり着けたが、クリーク族に追われて捕らえられた。

「それでタバカリは？」

「タバカリはみんなと一緒にいるよ」

サリヴァンは言った。

「ケンカもあと二人の子供たちも一緒だ。みんな兵士たちに見張られて、甲板にいる。船員たちは別にされている」

「そうだな。これからは、私たちの運命は別々になる。私たちは売れはしないから、仕方ないんで縛り首にするだろうね」パリスは言った。

「クーディもみんなと一緒にいるんだ。俺が演奏しているとき、こっちの方を優しそうな目で見ていてくれたんだ。あのとき真っすぐ彼女のところに行けばよかったなあ。もう今となっちゃ近づくこともできない。セント・オーガスティンに着いたら、もう二度と会えなくなるだろうな。少なくともこの世じゃね」

しばらく黙ってから、急にサリヴァンの顔が少し輝いた。

「いや、もしかしたら会えるかもしれない。何しろ縁起のいいことがあったんだ」

「それはまた何だい？」

「ちょっと話が長くなるんだけどね。俺が最初にリヴァプール・マーチャント号に連れて行かれたときは、かわいそうなビリーの奴と一緒だった。安らかに眠れよ、ビリー。あのとき俺は真鍮のボタンが付いた立派な上着を着てたんだ。それなのに、そいつも含めて身ぐるみ剝がれて取り上げられたんだ。失礼ですが、の一言もなくね。代わりに船の倉庫から出してきたズタ袋みたいな服をあてがわれたよ。それだけでもひどい話だが、もっとひどいことに、連中はそのボタンを返そうとせず、ボタンの話も二度としなかったんだ。マシュー、あんたも俺と一緒で、今じゃ少しは世の中ってもんを知っているから、わかってもらえると思うが、何か一つ腹に据えかねるものっていうのが誰にもあるもんだよな。どんなにつらい目にあっても辛抱し続けてきた人間にでさえね」

　そう言われて、パリスはうなずいた。

「そうだな、どうしても見逃せないものとか、無関心な振りができないものが必ずあるね。何かこう、喉に引っ掛かるみたいな」

「それだよ、うまいこと言うね。俺の場合、そのボタンが喉にずっと引っ掛かっていたってわけだ。確かにそのボタンは金目のものだが、それだけじゃない。自尊心みたいなものが関係しているんだ。ヘインズの野郎が盗んだんだろうとは前から思っていたんだ。それである日のこと、バリケードの杭用の木を伐りに上陸したときにその証拠をつかんで、俺はヘインズに決闘を申し込んだんだ。ところがウィルソンがけんかを横取りしやがって、それで俺の決闘はふいになっちまった」

　パリスの肩と首を拭くため、サリヴァンはそこでちょっと話をやめ、それから楽しそうな笑みを浮かべて言った。

「どっちにしても奴にやられていただろうけどね。つまるところ、俺はボタンを取り戻すことはできなかったんだ。それからヘインズが殺されて、そのうちボタンのことは俺の頭から消えていってしまった。なのに、昨日、連中に茂みからボートのあるところまで俺たちが追い立てられて行ったとき、俺は自分の足につまずいて川の端でつんのめったんだ。もう少しで水中にどぼんさ。泥の中に顔を突っ込んでもうお手上げっていう状態で、土手の方からは伍長ののしり声が聞こえてきてた。ちょうどそのときだった。目の前から六インチも離れていないところにそいつがあったんだ。泥をかぶっていたけど、すぐわかったよ」

　サリヴァンは急にかがみ込むと、モカシン靴のひもをごそごそさわり、また身を起こすとその顔にはいつものまじめくさったやや悲しげな表情が浮かんでいた。右の手のひらに丸くすべすべしたシリング硬貨ほどのボタンが載っており、それが殺風景な船室の光の中で黄色く光って見えた。

「ちょっとばかし磨きをかけたんだ」とサリヴァンは言った。

「初めはどうしてそんなところからボタンが出て来たのか、さっぱりわからなかった。それから思いついたんだ、ここがヘインズがインディアンたちの手で最期を遂げたところに違いないってね。そのとき何かの拍子でこのボタンが落っこちたんだ。そして聖母マリア様のお導きで、俺がそこでつまずいたんだってね」

サリヴァンは奇跡的に自分の手に戻ったそのボタンが穏やかな光を放って手のひらに収まっているのを見ながらそこに立っていた。そのときドアの外で足音が聞こえた。サリヴァンは慌てて手を両脇に下ろした。その途端ドアが開いてイラズマスが入って来た。そして素っ気なくサリヴァンに命じた。

「付き添いはしばらく中止してよろしい。ミスター・パリスにちょっと話がある」

「わかりました」

サリヴァンは答えたが、すぐにその場を去ろうとはせず、まずパリスの方を向いて言った。

「ほかにできることはありますかね？」

「いいや、もう結構だ。ありがとう」

「それでしたら、失礼することにしましょう」

サリヴァンは言った。

イラズマスはサリヴァンが出て行くのを目で追った。

「厚かましい奴もいるものだ。奴は無礼にも、この私に自分のバイオリンはどこにあるのかと尋ねに来たんだ。縛り首にすべき悪党っていうのはああいう奴を言うんだろうな」

「サリヴァンをそう思うんだとすれば、君は本当の悪党に会ったことがないんだろうな」パリスは今は寝棚で背もたれにもたれて座ることができ、それで前と違って従弟の顔をしっかりと見ることができた。イラズマスは青白く厳しい顔付きをしていた。

「一体どういう用件なのかね。正直な話、あまりありがたくはないんだが」とパリスは尋ねた。

「君がありがたいかどうかなんて関係ない。もう君にはそういうことを言う権利はないんだ」

　イラズマスは答えた。そう言いながらも、イラズマスはパリスの問い掛けについて考えていた。それは正直に答えることのできない問い掛けだった。明け方バートンを退がらせたあと、イラズマスはぐっすりと眠った。この数日間なかったような深い眠りだった。だが目覚めてみると、何かが物足りなかった。勝利や充実感にはいろいろな形がある。それらは必ずしも高潔なものとは限らないが、証人などいらず、それ自体で十分で、落ち着き払って静かに楽しむことができる。しかし正義を行うという感覚はどうやらその種のものとは違っているようだった。少なくともイラズマスにとっては。この勝利は誰かの顔にしっかりと刻まれる必要があったのだ。しかもその必要を満たすことができる男はただ一人しかいなかった。イラズマスにこの正義の勝利を現実のものと感じさせることができるのは、この世界の中でパリスただ一人だった。ようやくイラズマスは口を開いた。

「君達のコロニーのことでちょっと耳にしたことがあってね。何でも最高の哲学的信条に則《のっと》ってつくられたって聞いたのでね」

　このあざけりが従弟の厳しい口元をほころばせるのを見て、パリスはイラズマスが自分をなぶりに来たのだと悟った。すっかり弱り果て、脚が痛んではいたが、パリスの中で昔の負けん気が湧き上がってきた。自分に向かって他人が世界の解釈をするなど許せないと思った。まして自分を囚われの身とした張本人にそんなことをさせるなど、知性が、いや誇りが拒絶した。

「君が情報を得たのはバートンからのようだが。バートンは哲学どころか、どんな信条とも縁がなさそうだ」とパリスが言った。

「確かにそうだ。だがなかなか面白い話だと思わないかね。君達のコロニーがもともと殺人と盗みを基盤にしてつくられたってことを考えるとね」と、イラズマスは言った。からかうような軽い調子で話を続けたかったのだが、パリスの言葉を聞いてイラズマスはまたこわ張った顔付きになり、話しながら口元が引き締まっていった。

「殺人に盗みだって？」

　パリスは驚いたように従弟を見た。

「君はつい昨日、コロニーの人々から家を奪い取り、四人の人間を殺した。銃を撃ったのが誰かは問題ではない。君の手は殺された者たちの血で汚れているんだ。そのうちの二人はサーソの死とは何の関係もない。いやそれどころか二人は君がわざわざここまで取り戻しに来た盗品そのものだった」

パリスの言葉の愚かしさにイラズマスの険しい顔が少し緩んだ。

「長い間、未開の地にいたので君の頭はどうかなったようだ。そんな言い方をするなんて正気とは思えないね。サーソは君の上司だったはずだ。サーソは合法的貿易に従事していた。昨日死んだ連中は逃亡者と動産にすぎない。私の方は法的手続きをきちんと踏んでいる。フロリダ総督の令状も得て来ている」

「ああ、令状というのは便利なものさ。殺人も盗みも令状さえあれば別の名で呼ばれる。総督だって国王のためにフロリダを手に入れたときは、国王の委任状を持っていただろうね」

「反逆罪だね、そんな発言は。忘れず記録しておくからな」

イラズマスは言った。

「縛り首には一回しかできない。イラズマス、二人でこんな話をしていても無意味だと思うがね。念のため言っておくが、私自身はこれといった信条を持っているわけではなかった。我々の理論家はデルブランだったからね」

パリスは頭が重く、両目の奥が痛んできた。デルブランの信条とは何だったのだろう。今それについて考えるのは大儀でたまらなかった。人間は制約を受けずにいれば、道徳的な存在である。拘束や強制が取り除かれさえすれば人間は幸福になり、そして幸福になればまた善良にもなる……

「本当のところ私自身の考えはそうではなかった」

一瞬パリスは、イラズマスにその信条を説明したと勘違いし、そう付け加えた。

「だが運命をともにするという思いがあれば、人は団結するということは知っていた。それにもちろん私にはある希望があった」

「それはまたどんな希望だったのだろうね？」

冷やかすような調子ではあったが、その問いには必死な思いが込められているのは隠しようがなかった。イラズマスは従兄の態度に憤慨していた。逃げ込んでいた穴蔵から追い立てられ、傷つき無力で、その罪が白日のもとにさらされていながら、パリスは何の悔恨も見せていない。まるで気まぐれにとりとめもない議論でもしているような調子である。これは非道としか言えなかった。にもかかわらずイラズマスはパリスの言うことに神経を集中し、ある意味では魅せられてさえいた。この従兄の心の動きを捕らえて、彼を出し抜き、すべてを逃さず知るために、自分自身の憎悪と軽蔑感を常に押さえ付けていなければならなかった。

イラズマスの敵意が手に取るほどひしひしと伝わってきながら、その敵意がなぜなのかがはっきりと理解できないパリスも、その敵意を回避し、また恐らくは何とかその裏をかこうとしていた。

「我々が黒人たちに対して取り返しようのないほどの損害を与えたことはわかっていた。その事実を見て見ぬ振りはできない。しかも我々はただ利益のためだけに黒人たちからすべてを奪い取ったのだ。利益――そうデルブランが前に『聖なる渇望』と呼んでみせたが、それはあらゆることを正当化し、そこにともなう罪をすべて清めてしまう。私は船医となったが、それは無知と不注意からだった。私は身を滅ぼしたのだから、何をしようと、何に加担しようと構わないのだと考えていた。ただ自分をおとしめるだけのことだからと。そんな考えは感情だけでなく理性をもはなはだしく冒涜するものだった。我々は常に自分の行いに気を配り、注意を怠ってはいけないのに」

パリスはまた黙り込んだ。わかってもらえるように話そうと努力するのがあまりにも重荷に思えた。体の痛みと精神の疲労感がなければ、パリスもとうにそんな努力は無駄だということに気づいていただろう。皮肉の感覚は十分持ち合わせていたので、別の状況でなら自分が何かを解き明かすことになど向いていない人間であるとすぐ悟ったはずだ。それよりはむしろ自分は誤りを犯す才に長けているのだ、と。一度は真理を喧伝《けんでん》するという無私の行為と頑固なプライドとを混同して大きな失敗を犯した。それから――恐らくは前の過ちと本質的には同じ意味の過ちだろうが――、自分個人の絶望が全宇宙的意味を持つという幻想を抱いて、次の過ちを犯した。コロニーにおいてでさえ、償《つぐな》いをしたいという自分の欲望を、人間精神への信頼と取り違えていた。そして今、囚われの身で熱にうなされ、疲労しきっていながら、よりによって自分を邪悪な存在と決めつけている男に向かって、人間の知恵と徳についてぺらぺら説いてみせるという過ちをしでかしているのだ。仕立ての良い服に堂々たる物腰、そして銀行に預けた資産を徳と心得ているような相手に向かってだ。

パリスとは違い、皮肉などとは縁のないイラズマスの目には、パリスは人生を送る上で犯してはならない過ちを示してくれる反面教師以外の何物でもなかった。パリスを意味のあるスケープゴートであると信じ続けるためには、イラズマス自身がたゆまぬ意志の力を行使する必要があった。パリスをちらっと見ると、日焼けした皮膚の下に死人のような青白さが見え、額には細かな汗の粒が浮かんでいる。こんなに弱った体に、それほどの重い罪が負えるのか。その不調和ははなはだしく、イラズマスは恐ろしい脅威を感じたように思わずたじろいだ。

「なぜか学び取るのが難しい教訓だ」

パリスが小声で言ったのが聞こえた。

「何のことかね。何の教訓だ？　多少ともまともな人間なら、欲しいと思うものがあれば、何とかしてそれを自分のものにしようとするはずだ」

イラズマスは冷淡に言った。そんなことはわかりきったことなのでイラズマスはいらいらした。

「世の中はそのように回っているんだ。君のあのコロニーであろうと、テムズ川岸のもっと大きな私の世界であろうとね。それ以外の有り様はない」

「そうひどいものでもないのかもしれない」

やや気弱にパリスは言った。

「まだ君の大切な希望の話を聞かせてもらっていないんじゃなかったかね？」

パリスはぐったりしているにもかかわらず、このイラズマスの問いに悪意を感じ取り、それに加えてそこに奇妙な哀訴めいたものが混じっているのに気づいた。イラズマスは私に失敗や失望を思い知らせ、希望がくじかれたことを認めさせようと躍起なのだ。

「君は私からすべてを奪い取りたいようだね。どうしてそれほどまで私を憎んでいるのか解せないんだ。私にとってつらい話しか聞きたがらない君に、どうしてこれ以上話をしなくてはならないんだ？　君には借りはないはずだ。私がこの世で借りがあるのは君の父上に対してだけだ。父上は私によくしてくださった。それなのに私がひどいお返しをしたと思われても仕方がない。できれば父上にお会いして、すべてを説明する機会を与えてもらいたいと思っている」

こう言うとパリスは目を閉じた。すると耳障りな笑い声が聞こえたのでまた目を開けた。見ると従弟の顔に何か狂気じみた、信じられないといった表情が浮かんでいた。イラズマスが額に手をやるのが見えた。

「どうかしたのか？」とパリスは尋ねた。

「君はまだ知らなかったのか。それはそうだな、すっかり忘れていたよ」イラズマスは言った。

それからあと、イラズマスはもう自分を止められなかった。父が死んだこと――その本当の事情をパリスに隠す必要はなかった――その後の破産、許嫁との別れ、借財の返済のために費やした日々。ただし、それがまた同時に自分に富と権力をもたらしたことについては触れずにおいた。いずれにせよ、それは言うまでもなく明らかだし、イラズマスの頭にはパリスが犯した過ち、その非道な罪のことしかなかったからだ。またそれゆえに、イラズマスはいつもの警戒心も用心も忘れ去っていた。自分の目的をしっかりと意識し、その目的に不利になるようなことはすべて避けること。事を制する側にいるためには、常にすべてをさらけ出さずにおくこと。厳しい人生の学校の中で学び取ったこうした教訓のすべては、とどめようのない奔流のような話の勢いに押し流されてしまった。イラズマスはパリスをこの地まで追って来て、足に傷を負わせた。さらにその身を絞首台に送り込んでやるという決意はより堅固になった。それなのにその憎しみの的であるパリスに対して、パリス以外の何者に対しても不可能であり、自分でも意外にしか思われない親密さで、長い間押し込めてきた感情を吐露したのだった。事業のことを自分にも打ち明けてくれていなかった父親に裏切られたようで傷ついた気持ちでいたこと、母親が自分よりうまく医者をあしらったこと、老ウォルパートに恩着せがましい態度をとられ、またセーラは自分の決断の真の意味を理解してくれなかったこと。

「セーラは私を責め、あなたは自分の持ち物に私を足したかっただけなのね、とまで言ったんだ」

イラズマスはその言葉を忘れることができなかった。

「私は砂糖業界に入らざるを得なかった。本当は運河建設の仕事をしたかったのだが。商売上の戦略から、望まない結婚をした……」

セーラはずっと前に結婚しており、そのことはリヴァプールの知人から聞かされていた。地方の地主の妻となり、今では子供もいるという。

このすべてを、イラズマスはパリスに責任のあることとして責めようとしていた。だが顔を背けながら聞いていたパリスは、責められていると言うより、告白を受けているような気がした。まるでこの重荷から解放してくれと、イラズマスに乞われているかのようだった。

「私がこれからどうなっても、君の不幸を償《つぐな》うことにはならない。君の運命は変わりはしないんだ」

イラズマスは話しているうちに何か試練に立ち向かうかのように不動の姿勢をとったことにパリスは気づいた。その思い詰めた意志に漂う哀感に心打たれながら、パリスはイラズマスのその意志の実現が、結局は恐ろしく空疎なものとなるということに思い至った。

「君にはそれがわからないかい？」と優しくパリスは言った。

イラズマスはパリスの口調が変わったことを聞き取り、疲れと痛みのために従兄の顔に現れたしわの間に、不遜な同情心の表れを見て取った。これまで誰にであれ自分のことを理解したという顔をされるのは我慢がならなかった。

イラズマスは船室から外に出た。ドアの外の階段の下で一瞬どこに向かえばいいのか決めかねるかのように立ち尽くした。その目に涙が込み上げてきた——めったにないことだった。パリスから受けた仕打ちの中で、先ほどの優しげな口調ほど酷《むご》いものはなかったように思われた。

第五十五章

翌日の早朝、パリスは胸の左下に痛みを覚えて目が覚めた。しばらくすると痛みは薄らいだが、そのすぐあとに肺が締め付けられるような感覚が続いた。

深く息をすると痛みが走るので、小刻みの浅い息をしなければならなかった。その状態で横になっていると、頭上の甲板からガチャガチャという鎖の音が聞こえてくる気がした。だが体が熱っぽい上に耳鳴りもしているので幻聴だろうと思った。

朝食のかゆを持ってサリヴァンが船室に入ってみると、パリスの呼吸が短くせわしなくなっていて、その顔もすっかり変わり果てていた。一口も食べようとせず、体を湯で拭かせようともしなかった。

「それじゃあ、一体どうしてほしいんだ？」

サリヴァンはしかる振りをしてショックを隠した。

「そばにいてくれればいい」

パリスはサリヴァンが慌てて顔を隠すのを見ていた。

「心配いらない。ただ動きたくないいんだ」

「誰も動かしたりしないさ」

サリヴァンは言った。

パリスはしばらく黙ったままでいたが、やがて言った。

「甲板で足鎖の音がしたような気がしたんだが、気のせいだろうね。見張りをする兵士は十分いるのだから」

「気のせいじゃない。きのうの夜、兵士が二人、ディンカを捕まえて引きずって連れて行こうとしたんだ。セファデュが止めようとしたら兵士の一人が銃身でセファデュを打ちのめしたんだ。そばに立っていたハンボがそれを見てげんこつでその兵士をしたたか殴りつけたのさ。二度と強姦しようなんて気を起こさないようにね。そうするとキャリーの野郎がひどく興奮してしまって——ほら、奴が時々そうなるのはあんたも知ってるだろう？——それで帽子のひもで兵士の首を絞めにかかったんだ。発砲してはならないっていう命令があったから無事にすんだけれど、さもなければハンボもキャリーも今ごろ死んでいただろうね。おかげで二人はセファデュと一緒に航海中は鎖に繋がれることになったわけだ。セファデュはひどい裂傷を頭に負ったままでね」

「そうか。歯車が一回りしたっていうことか。兵士たちが下船したら全員が鎖に繋がれるだろう」

肋骨の下辺りにまた痛みが戻った。パリスは目を閉じて痛みが治まるのを待ち、それから続けた。

「結局元の出発点に逆戻りってわけだ」

「いや、それは違うね。そんなふうに考えちゃいけないんだ。元に逆戻りなんてできないさ。あんたも少しは世の中のことがわかった人間だろう？　少しでも足を踏み出せば、前と同じっていうことはあり得ない。その間に時間が経っているんだから。今、俺たちが乗っているこの船と、リヴァプール・マーチャント号の間には十二年の歳月が横たわっている。たとえその歳月がすべてあんたの願ったようにはならなかったにしても、それがなかったことにはならない。ビリーは今じゃ死んじまったが、それでも奴が決まったことをああだこうだと議論して回ったあの歳月は確かにあったんだ。ビリーはそれが何より好きだったっけ。俺はクーディのことや、赤ん坊の名付けの祝いをした最後の夜のことをずっと考えているんだ。クーディは俺の方を見ていて、俺の演奏に感心していた。無理もない。あの夜俺は何かに取りつかれたみたいに弾いていたものな。何だか不思議な力が湧いていたんだ。今となればチャンスを逃してしまったってことはわかっている。そのまま彼女のところに行けばよかったんだ。だが、だからといって俺が前とまったく同じっていうことにはならない。あの演奏のことを考えたり、クーディが笑顔で俺に希望を持たしてくれたっていうことを考えていられるからね。聞いてるかい、マシュー？」

「ああ、聞いてるよ」

パリスは言った。胸の痛みは一時的に治まっていたが、深く息ができず、吸いたいだけの空気が吸い込めなかった。

「残念ながら、私は悪い方に向かってるようだ」

するとサリヴァンがかがみ込んでまた身を起こすのが見えた。

「何をしてるんだい？」とパリスが聞いた。

「俺の代わりにこれを持っといてもらいたいんだ。縁起がいいからね。どっちにしても連中は俺から取り上げるだろうし」とサリヴァンは言った。

手に金属の滑らかなボタンが押し付けられ、パリスはそれを握り締めた。

「私にはお返しにあげるものがないんだよ、マイケル」

「あんたは前に船に乗っていたとき、俺に話し掛けて、何より価値のあるものをくれたんだ」

サリヴァンは言った。

「覚えているかい？　黒人連中の鎖で音楽が台無しになるから、鎖を外してくれって俺がサーソたちに頼みに行ったときのことさ」

「ああ、覚えているよ」

「あのとき、あんたは俺にちゃんとした人間に対する態度で話し掛けてくれた。忘れたことはなかったよ」

　サリヴァンの目に涙が溢れてくるのを見てパリスは言った。

「私のことは気にしなくていい。機会があれば、タバカリにいつもお前のことを思っているよと伝えてくれ。それからケンカにお母さんのことを頼むぞと言ってくれるか。私はもう休もう」

　視界がぼやけてきたようにパリスは感じた。狭い船室なのによく見えなかった。サリヴァンが静かにドアを閉めて出て行ったのが聞こえた。うとうとし始めたがボタンは握り締めたままだった。どれほど時間が経ったかわからなかったが、目を開けると、こちらを見つめている従弟の顔が見えた。

「言っておきたかったんだ」

　パリスはまるで話の続きをするように言い出した。

「私はサーソに対して抗議の手を挙げたとき、別にサーソに対して反乱を起こさせようなどと考えていたのではない」

　せわしなく不規則な呼吸の合間にパリスはそう言った。それからまた黙って目を閉じた。なぜあんなことをしたのだろう？　あの静かな朝のこと、雨に洗われた甲板や、騒ぎに無関心な広大な空などが突然よみがえってきた。

「サーソの行為が医師としての私の義務に反することだったからだ」

　パリスは言った。だが、それは本当の理由とは違うとわかっていた。

「今晩にはセント・オーガスティンに着くはずだ」

　イラズマスは言った。

「そこに行けば兵舎勤務の医師がいる。ちゃんとした手当てを受けさせよう」

「もう医者にできることはないと思うよ。切断手術や、ひどい偶発症候のあとにこういう症状に陥るのを見たことがある。足から肺につながる脈路は一つしかない。それがどうも血管閉塞を起こしているようだ」

「死んだりさせるものか」

激したイラズマスが言った。

「わざわざ地球を半周して君を見つけ出しに来たのに、こんな人目を忍んだ死に方を許すわけにはいかない。これではすべてが無意味になってしまう」

「見せ物になるような死に方をさせたがっていたのはわかっている」

やっとのことでパリスは言った。それからかなりの間、黙ったままだった。その後、よく見えないからろうそくに灯をともしてくれるようにと彼は頼んだ。炎は揺れるが周囲を明るく照らし出してはくれない。誰かがまた湯で顔を拭いてくれている。突然、白っぽくはっきりした光が見え、硬直した冷笑を浮かべた総督の絵がイーゼルに立てかけられているのが見えた。

「あの要塞はどこもかしこも棺を作る鎚の音がうるさかった。道理も何もなかった」

パリスはつぶやいた。金属の檻の柵と彼女の手足が太陽の光の中で溶けて一体になって見えた。苦しそうな自分自身の呼吸が聞こえる。それは遠く離れたところから聞こえてくるようだった。リヴァプール・マーチャント号にも道理などなかったとパリスは考えた。そうでなければ、どうしてあんなことが起こり得ただろう。そうなんだ、自分はもう一度、道理を見つけ出したかったんだ。だからこそ、空に向かって手を挙げ、叫んだのだ……

さあ、これでお前の希望は実現したと言うのかね？

パリスの呼吸と同じく、この言葉も奇妙に実体がなく、それを言ったのが誰なのか確かめるのは難しかった。だが、パリスは少なくとも自分が答えなければならないのだということはわかっていた。何とか答えようとして、隔壁に付けられたベッドの長枕から身を起こそうとした。右手を差し伸べようとして、手から毛布の上に何かが落ちた。

「そうかもしれない。希望が実現できるものならね」

パリスは向かいの壁をにらみながら言い、再び体を横たえた。そう答えはしたが、それは本当に真実を語った言葉なのか、それとも、また過ちを犯し、いつものように妥協を拒み、最後の答えは自分が出そうとして言った言葉なのかは、自分でもわからなかった。だが疑念は希望の敵ではなくその味方であり、希望と疑念が彼に与えられた唯一の祝福となった。

イラズマスはパリスの自問など知る由もなかった。だから自答する従兄の言葉の意味が理解できず、差し伸べられた手を半ば機械的に取った。パリスは息をのみ前方に身を起こそうとし、死んだ。イラズマスはそのまましばらくその手を握っていた。ようやく手を離すと胸の上で従兄のもう一方の手と交差させ、薄い色の瞳を閉じさせた。死者の顔を見下ろしながらイラズマスは立ち尽くした。パリスの顔にはもう苦痛のあとはなかった。目を閉じて自分の論点を記憶しようとしているかのように、忍耐強く、頑固そうな表情を浮かべているように見えた。遺体のすぐ前の毛布の上にパリスが落とした小さな真鍮のボタンがあった。一瞬ためらったあと、イラズマスは身をかがめてそれを拾い上げた。それから船室を出ると、上甲板に向かった。

イラズマスは後甲板の手すりのところにしばらく立っていた。寒いがよく晴れた朝だった。見張りの兵士の銃剣が朝日を反射していた。イラズマスは船の中央に一団となっている奴隷たちの方を見た。一人か二人、彼を見る者もいたが、大抵は怒ったように、あるいは落ち着きなく彼から目をそらしていた。その中から時々、赤ん坊の泣き声が聞こえてきた。

彼らの肌色がさまざまであることに気づき、村で広がっていたであろう乱れた関係に思い至り、厭わしさが込み上げてきた。連中はあそこで獣のような生活をしていたのだ。ニグロに混血、男、女、そして子供――その区別はイラズマスにとっては家畜の区別と同じほどの意味しかなかった。健康状態は上々だから、チャールズタウンではきっといい値で売れるだろう。幼児もかなりいるが、母親と一緒に売らなければならないだろう。普通はないケースだから、それが価格にどう影響するかはイラズマスにも予測できなかった。それこそ買い手の気分次第だろう。それを投資とみなす者もいるだろうし、余分な出費と文句を言う者もいるだろう……そのとき、ふと、この子供たちの中に従兄の子もいるはずだと思いついた。同時に死んだパリスの顔がよみがえってきた。最後にパリスが言ったのは何のことだったんだろう。訳のわからないことを言っていた。独り言の続きだ。

希望がどうの、とか……

　イラズマスは周りの静かな海に目をやった。空には雲一つなかった。東の方はまだ朝焼けの名残に染まっている。陸は左舷側に見えてくるはずだが、まったくその気配はなかった。空と海の境界はくっきりとした線で印されていた。子供のころの思い出の中ではこの海ほどもあるように思えた広い海岸で、パリスは彼を軽々と抱き上げたのだ。それは彼の勝利を奪い取るためなどではなかった。今となってはそれがわかるし、恐らくはずっとわかっていたことかもしれない。そうではなく、むしろ自分を完全な敗北から救い出すためにそうしたのだ。それは親切心から、いやもしかしたら愛情からなされた行為だったのだ。だが、それは従兄の圧倒的な強さがあって初めてできることだった。以来それほど強い者に出会ったことはない。そして今となっては、もうその唯一の強者もいなくなった。パリスは死んでしまい、自分を敗北から救ってくれることはできない。フィリップス船長が引き揚げられた船の話を携えて訪ねて来たあの朝以来、パリスがこの世に生きているかもしれないという思いが人生に意味と目的を与えてきた。かつてはセーラがそのような存在だった。パリスが死んだ今、何がその代わりになり得るだろうか。これまでパリスを絞首台に送ることができなければ自分の敗北だと考えてきた。だが今、それより恐ろしい敗北は従兄を生かしておけなかったことだと得心した。

　このことを思い知ると、いつもの癖でイラズマスは固く拳を握り締めた。すると手に握っていたボタンの縁が手に食い込むのを感じた。気づかないまま、ずっと放さずに持っていたのだ。手のひらを開いてそれをよく眺めた。死んでいこうとする者が手放さずにいる物にしては奇妙な品だった。海に投げ捨ててもよかったのだが、偶然であれ、もしかしたらそれは一種の贈り物なのかもしれないと、ふと考えた。イラズマスは注意深く、そのボタンを上着のポケットにしまい込んだ。

エピローグ

今夜もいつもと変わらない。光の加減とカウンターの背後にある鏡板の形で、今、自分がどこにいるのか彼にはわかっている。ここは水辺の酒場で、夕暮れ間近。窓のない酒場の開いたドアから日が射し込んでいる。人の動きによってその光が途切れたり揺れたりする。店の内部は暗く、何も見えない。彼はいつも光の方に向かって座ることにしている。自分とドアの間を通る人の影が大きくなったり、周りに溶け込んだりする。ここを行きつけの店にしている船乗りや人夫や売春婦たちは、自分を道化代わりに置いていることが彼にもわかっている。そしてまた自分が孤独だということも。

その日の稼ぎの硬貨をカウンターの上に積んでおき、それがある間は酒代は自分で払う。金がなくなると、昔の奴隷の歌をかすれた高い声で歌い始めることもある。悪くなった目に薄いまぶたをかぶせ、頭を少し揺らしながら、光の方に身を傾けて彼は歌う。「パラダイス・ニガー」は死にかけている。ただしその様子はいつもと変わらない。それ以上悪くなりようがない顔付きをしているのだ。

近くに人の気配を感じれば話し掛けるが、いなければ誰にも話をしない。客の中には時々周りの者に目配せしながら、彼から話を引き出そうとする者もいる。

「おいおい、おが屑爺《じい》さん。最近、パラダイスの方はどうだい？」

「あんたは見たことがないから信じないんだ。疑ぐり屋の聖トマスは主の傷をその目で見ないと主の復活を信じなかった。わしはこの目で見たんだ。とどろくような鳴き声のドラゴンだ。水を噴き上げ、その口に生きたまんま鳥を飼っておく。鳥たちはその歯をついばめば食い物はそれで十分だ。違うよ。あんたたちが知ってるのはドラゴンフライ、トンボの話だ。ドラゴンフライを知らなければ、どうか言ってくれ。わしが話してるのは鳥のドラゴンのことさ」

そこで話をやめ、彼は突然軽蔑した口調で言う。

「あんたたち、ちびっちまうほど面白がってるな」

「おい、行儀よくしていないと出て行ってもらうぞ」

酒場の主人が言う。

ムラートは、服従の過去を思わせるように反射的に頭を下げる。うめき声ともため息ともつかぬ声で、「喜んで《ハーツ・ディライト》」と言う。何かの弾みで、その目の白っぽい表面がきらりと光る。彼はドラゴンの口に棲《す》む鳥たちのことを話し続けるが、今度は誰にともなく独り言のように語る。ラム酒の杯を重ねるごとに、その話はとてつもないものになっていく。ほかにも鳥はいる。ゆっくりと羽ばたく白サギ、黒いヘビ鵜。それに雨期には洪水で溢れそうな草原のきらめく海。

「水の中には赤い魚と革みたいな甲羅のカメがいる。今でも目に浮かぶよ。雪も降らなければ霜も降りない。霧のようだが、裏側が青い雲が浮かんで見える。わしらは船から降りた。そこでは誰も人をこき使ったりしない。みんなが仲良く一緒に暮らしている。おはよう、おやすみ。挨拶を交わし、黒人も白人も区別をしない……」

誰かが彼の手に酒の杯を渡し、彼はそれを飲むとまた話し続ける。人々が聞くのをやめるとつぶやくように……。話し声やバイオリンの調べで何も聞こえなくなったとき、突然、喉を締め付けるような笑い声を立てる。

「父さんが一度教えてくれた、本に書いてあるのを見せてくれた。ずっと昔のことだ」その目にかすかな涙が浮かぶ。空腹とラム酒のせいで胸は誇張された幻影でいっぱいになる。輝く月、銀色のパルメットヤシ、矢のように日の光が貫く雲、そしてドラゴンがいる日々。人々の顔が、黒人も白人も一緒になって浮かんでくる。

「いつかあそこに戻ってみようと思っていたが、とうとう行かなかった。今となっては二度と行けないな。ああ」

時にはラム酒のせいで彼は頑固になり、けんか腰になることさえある。涙もろくなったり、暴れたりすることも。どちらにしてもそのうち彼はたたき出されるのだ。この夜、彼が猛り狂ったのは、女のふとした言葉を小耳にはさんだからだ。

「何だって？　わしはプランテーションなんかで生まれたんじゃない。ギニアで捕まったニガーでもないぞ。肌が浅黒いからって、父が奴隷監督だというわけでもない。わしの父は医者だ。わしはパラダイスで生まれたんだ。いいか、わかったか？」

彼はとうとう裏通りに追い出される。それほど手荒にではなかったが、彼は倒れ、つかまれていた腕がほどける。ハーモニカを首から下げたまま、闇の中でぶざまに横たわる。そうするうちに怒りは消えていき、頭の中は視界と同じように白くなる。彼はよたよたと進んで行く。この夜はビッグ・スーザンがやっているキューポラという店の炊事場に向かう。

夏の夜空は濃い青色で、星が一面に浮かんでいる。店の明かりの下でスーザンが動き回ると、その太った腰の周りで大きな赤いパンジーの柄が咲いたり消えたりする。入り口でよろよろと立ち尽くし、彼はスーザンの哀れむような大らかな優しさにすがるのだ。彼は言う。

「わしは連中をしかりつけてやった」

「そうだね。毎晩同じことの繰り返しだ。また地べたをはって来たんだろう？　欲しければ肉のスープがあるからね」

「わしらは船で来たんだ。ここじゃない」

「あたしがその話を知らないとでも言うのかい？　ほら、ビスケットがあるから、さらえちまいな」

「喜んで《ハーツ・ディライト》」

皿を持って戸口に立ちながら、彼はため息をついて言う。

スーザンの汗ばんだ顔が笑いかける。

「ハーツ・ディライトって名前かい、その船は？　いい名だね」


（『聖なる渇望』第二巻了・完）

訳者あとがき

本書は、Barry Unsworth, *Sacred Hunger* (Hamish Hamilton, 1992) の全訳である。

この小説は出版された一九九二年に、英語圏において最も権威のある文学賞の一つであるブッカー賞を受賞している。著者のバリー・アンズワース（一九三〇年〜二〇一二年）はイギリス東北部のダラム出身で、長らくイタリア中部のウンブリアに暮らした。とくにその歴史小説の評価はきわめて高く、代表作である本書のほかに、二〇世紀初頭のオスマン帝国末期を扱った *Pascali's Island*（1980）と十四世紀イギリスの旅劇団と殺人事件を扱った *Morality Play*（1995）もブッカー賞候補となり、ともに映画化されている。*Morality Play* には邦訳がある。（『仮面の真実』磯部和子訳、創土社、二〇〇五年）また自身二度ブッカー賞を受賞しているヒラリー・マンテルは、「ニューズウィーク」誌（二〇一二年七月五日号）において、彼女が好きな歴史小説五冊のうちの一冊としてアンズワースの *Losing Nelson*（1999）を挙げている。この小説はネルソン提督の伝記を書こうとしている男の精神的破綻を描いている。アンズワース最後の小説 *The Quality of Mercy*（2011）は本書の続編で、歴史小説を対象としたウォルター・スコット賞候補となった。この小説にはダラムの炭鉱村が描かれており、アンズワース本人の出自を辿った個人的な小説でもある。

さて本作についてであるが、小説の舞台となっている十八世紀後半のイギリスの歴史的背景と物語の枠組みとの関係について解説をしておきたい。本書の物語は直接的には十八世紀のヨーロッパとアフリカ、そして南北アメリカを結ぶ三角貿易が背景となっている。十七世紀末から十八世紀後半にいたる約一世紀の間、ヨーロッパ諸国間の覇権争いが続き、地球規模の植民地市場争奪をめぐる重商主義戦争が断続的に繰り広げられた。イギリスはフランスとの七年戦争（一七五六年〜六三年）に勝利し、北アメリカ、西インド諸島そしてインドを中核とする大英帝国を築く。本書は三角貿易、とりわけ奴隷貿易によって繁栄することになるリヴァプールの奴隷船に焦点を当てることで、大英帝国生成の現場を生々しく描いている。以下では、小説の物語に立ち入って解説するため、先にストーリーを知りたくない読者の方は、まず小説をお読みいただきたい。

第一巻の物語は、一七五二年の春にリヴァプールの商人ウィリアム・ケンプが奴隷船リヴァプール・マーチャント号を建造するところから始まる。（アンズワースはリヴァプール・マーチャント号の名前を、一六九九年十月三日にリヴァプールで初めて登録された奴隷船から借用している。）歴史的には、一六七二年から西アフリカにおける奴隷貿易を独占していた王立アフリカ会社が九八年にその独占権を失い、一七五〇年にはアフリカ貿易拡大法が制定され、奴隷貿易が自由化された頃に当たる。このような事情から、かつて小さな港町であったリヴァプールは本格的に奴隷貿易に参入し、その規模は一七五一年から六〇年の十年間に、先行していたブリストルとロンドンを凌ぐに至った。イギリス全体としては一七二六年以降、一八〇七年に奴隷貿易を法律によって禁止するまでの間、奴隷貿易においてヨーロッパ諸国の首位を占め、とくに一七九九年から一八〇二年にその規模は頂点に達する。

アンズワースが第一巻を一七五二年に設定したもう一つの理由は、実在の奴隷船船長ジョン・ニュートン（一七二五年〜一八〇七年）の航海にある。アンズワースは本書の執筆中に、スウェーデンのルンド大学の図書館でニュートンの航海日誌を見つけたことを明らかにしている。日誌には奴隷船船長としての三回の航海が記録されており、アンズワースはリヴァプール・マーチャント号の航海の描写に、それを巧みに利用している。とくにリヴァプール・マーチャント号の航海と、ニュートンの二度目の航海のために新たに建造されたアフリカン号の航海、さらに西アフリカ海岸での奴隷の買い付けまでの航程は、ほぼパラレルに進んでいる。

ニュートンの航海日誌によれば、アフリカン号は一七五二年六月三〇日に乗組員二七人を乗せてリヴァプールを出港した。アフリカでは八月十二日からシエラレオネで奴隷を買い付け、翌年四月二六日に二〇七人の奴隷を載せてアフリカ海岸を離れた。中間航路《ミドルパッセジ》と呼ばれる大西洋の航海では四〇人の奴隷を失ったが、六月二日に西インド諸島のセント・キッツに到着した。そこで奴隷を売り、八月二九日にリヴァプールに戻っている。(このニュートンがやがて高名な教区牧師となり、自分がかつて奴隷船の船長であったことを公にし、奴隷制度廃止論者に転じたことはよく知られている。)

このアフリカン号の航海日誌で興味深いのは、アフリカ海岸において水夫による反乱と黒人による暴動の案が事前に相次いで発覚した際の記述である。ニュートンは「……我々〔乗組員〕の間の分裂が目立てば、奴隷たちが厄介なことを引き起こすことになる。極端な場合、彼ら〔白人と黒人〕が手を組むことになったかもしれない」と記している。このエピソードがアンズワースに小説における船長殺害のアイディアを提供したかもしれない。

史実との関係という点では、際立った関係性が見えるエピソードは他にもある。小説では、中間航路において衰弱してしまい、ジャマイカで値が期待できない奴隷たちが、生きたまま投げ荷として船縁から捨てられる。アンズワースはこのエピソードを、実際に起こった事件から得ていることも明らかにしている。以下若干長くなるが、後の参考文献に挙げたJames Walvin, *The Zong*（2011）に主に依拠して、歴史上有名なゾング号事件について詳述したい。

一七八一年、アフリカ海岸のケープ・コーストに来たリヴァプールの奴隷船「ウィリアム号」の船長リチャード・ハンリーは、ブリストルの商船「アルバート号」がアフリカ沖で押収したオランダ船三隻のうちの一隻「ゾルグ号」に目を付けた。というのもゾルグ号はすでに二四四人の奴隷を積んでいたからである。ハンリーは三月に奴隷とともにゾルグ号を購入し、船名を「ゾング号」に変える。さらに、ゾング号の船長に自分の船のベテラン医師ルーク・コリンウッドを指名する。ハンリー船長率いるウィリアム号の方は三八二人の奴隷を積み、五月末にジャマイカに到着し、生き残った三五〇人の奴隷を会社の代理人に引き渡す。

一方、ゾング号はアフリカの海岸に残り、さらに奴隷を買い付け、通常の二倍以上の四四〇人ほどの奴隷を載せて、九月六日にアフリカを離れる。ところが中間航路で疫病が広がり、コリンウッド船長自らも発病する。十一月末までに六十人以上の奴隷が死亡、乗組員も十七人中七人が亡くなった。その上、船上の飲み水が不足していることが明らかになる。さらに十一月二七日から翌日にかけて目的地のジャマイカが視界に入るが、フランス領のサン・ドマングと間違えて、さらに西に進むという致命的な過ちを犯した。コリンウッド船長は十一月二九日に高級船員を召集し、保険金を目当てに奴隷の一部を捨てることを提案する。一等航海士は初め反対したものの、結局、全員が提案に同意し、同日から十二月一日に三回に分けて計一三二人が捨てられた。その後、ゾング号は十二月二二日にジャマイカに到着するが、生き残っていた奴隷は二〇八名であった。ジャマイカではコリンウッドが死亡、航海日誌は行方不明となった。ゾング号は名前を「リチャード号」に変えられ、リヴァプールに戻る。

その後、ゾング号の船主たちが投げ荷（すなわち奴隷）の保険金の支払いを拒んだ保険業者たちをロンドンで訴えたことから、この事件が明るみに出た。一七八三年三月の裁判では、ゾング号の船主たちに奴隷一人当たり三〇ポンドを支払うよう判決が下された。保険業者は不服として財務裁判所に控訴し、五月に審問が行われた。一回目と二回目の奴隷投棄の間に雨が降り、飲み水は足りていたとの新情報が出たこともあり、五月二二日の判決では、保険金の支払いについて再審が決まった。その後の経過は歴史家によって記述が異なるものの、この事件は、当時、法的には奴隷は商品であり財産であることを明らかにする一方、その行為の残虐性がイギリス国民に衝撃を与え、一八〇七年の奴隷貿易禁止に向かう大きな潮境となった。

なお、奴隷が財産であることは、一八三三年の奴隷制度廃止の際に再確認された。奴隷所有者は財産損失に対する賠償金を政府に求め、政府はこの要求に応えて、数十名の国会議員を含む奴隷所有者四万六千人（奴隷八十万人）に対して、総額二千万ポンドを支払った。この額は同年の国家支出の四〇パーセントに当たり、政府はこの支出を賄うために銀行家から千五百万ポンドの融資を受けた。その返済には国民の税金が充てられたが、完済は何と二〇一五年であった。

このような衝撃的な史実に対して、小説ではリヴァプール・マーチャント号で生き残った白人と黒人が、フロリダ南東海岸の奥地に平等な共同体を築こうとする。このアイディアと共同体の描写は、アンズワースの真骨頂を示すものだが、ケンプの息子イラズマスが一七六五年十一月に、投機の可能性を探るという名目で、フロリダに行くということにも仕掛けがある。

第二巻が第一巻の十二年後の一七六五年のフロリダに設定されているのは、物語の要請だけではなく、歴史的な事実にも基づいている。この設定を可能したのは、七年戦争に勝利したイギリスが一七六三年のパリ条約によって、スペインからフロリダを獲得したという史実である。（皮肉なことにアメリカの独立戦争後、フロリダは一七八三年のパリ講和条約で、イギリスからスペインに返還される。）イラズマスは上述の共同体を襲撃し、住人を捕えるために、フロリダ総督キャンベルに兵と火器の支援を要請する。総督はインディアンからフロリダの土地の割譲を求める交渉にてこずっており、一旦は承諾を渋る。

実は、史実においてもイギリスとインディアンのクリーク族との交渉会議が、一七六五年十一月十八日、十九日に開かれている。開催場所はセント・オーガスティンから西方、セント・ジョンズ川沿いのピコラータ砦であった。（なお本書では原文に従って、「セント・ジョン川」と表記した。）イギリス側は、東フロリダ総督ジェームズ・グラントとインディアン問題担当官ジョン・ステュアートが代表を務め、クリーク族の酋長たちと交渉をしている。結果的には、イギリス側はセント・ジョンズ川の東岸、長さ数百マイルの土地をクリーク族から獲得した。この会議の模様を会議に出席したクエーカー教徒の博物学者ジョン・バートラムと息子のウィリアムが記録しており、アンズワースはその記録を小説で活用している。イラズマスが交渉会議に立ち合うことで、イギリスによるアメリカの土地獲得の現場が読者に伝えられる。小説では交渉が成立すると、総督はイラズマスから示された好条件を受け入れて支援を承諾し、共同体強襲が実現する。

以上、アンズワースが本書において史実の枠の中で、そしてときにその枠を大胆に越えて物語を展開していることを一部紹介した。アンズワースは二〇〇八年のあるインタヴューで、歴史小説について次のように語っている。

> 歴史小説家は歴史家のように、自分たちが申し立てをするための証拠を見つける義務を負っていません。私たちにとっては、私たちが言うことが否定されたり、間違っていることが示されたりしなければ十分なのです。私たちは無知と疑念と論争の区別がはっきりしない土地《ノーマンズランド》にいることに居心地の悪さを全く感じていません。事実に作り事を混ぜることで、真実に到達するという曖昧さに没頭しているのです。

歴史小説における――どの種類の小説においてもそうですが――真実の探求は、実は、幻想の強度を探求することなのです。それさえできれば、出来事や登場人物は事実に忠実であることによって達成されるよりも、より深いリアリティを帯びるでしょう。

この言葉には小説家としてのアンズワースの自負がうかがわれる。アンズワースが本書において、どれほど果敢に「幻想の強度」の探求に、事実よりも「より深いリアリティ」の創造に挑んでいるか、そしていかにその挑戦に成功しているかを、読者の方々に実感していただければ、訳者としてそれに勝る喜びはない。

本書の翻訳の企画は、一九九〇年代前半に、当時、帝京大学の同僚であった二村宮國氏からいただいたものであった。共訳者の二村氏によると、もとは英文学者の伊藤礼氏（元日本大学教授）からのお話であったとのことである。翻訳は、二村氏が最初の三分の一を、私が残りの三分の二を担当し、互いの訳稿をチェックし合った。途中でこの企画は一旦頓挫したが、編集者の出光由理子さんのお誘いにより再開した。出光さんには、訳文全体に何度も目を通していただいた。心よりお礼を申し上げる。なお、原書には時代的にまだ存在していなかった事物が登場するが、あえてそのまま訳出した。

私は二〇一五年四月から翌年三月まで、所属する帝京大学短期大学からサバティカルを得て、ケンブリッジ大学の訪問研究員として、ケンブリッジに一年間滞在した。その間、本書の翻訳に関わる調査に時間をあてることができた。サバティカルを許可された冲永佳史学長に感謝申し上げる。

また、マデレン・リース女史にも感謝したい。リース女史はアンズワースの長女で、自身も小説家である。メールでの私からの質問に対して丁寧に答えてくださった。アンズワースが本書の執筆のために西アフリカとフロリダを事前に訪れたかどうかリース女史に尋ねると、「フロリダに行ったかもしれませんが、西アフリカにはきっと行っていないと思います。ロケ地でよりも図書館で父は多くの調査をしたとの印象を私は持っています。でもこの二つの場所については、私は間違っているかもしれません」と答えた後で、アンズワースの描写力について次のように解説してくださった。

父はいつも回りの物事を細かく見ていました。自然を愛し、日の射し方や空の様子について、たくさんのメモを取っていました。とくに鳥が好きで、鳥たちの鳴き声を真似することができました。生まれ変わったとしたら、屋外で仕事をすることを好んだかもしれません……父は様々な場所を目の前にありありと呼び出すことにすぐれていました。それが彼の作家としての強みの一つだと思います。

さらに、本書への推薦文を書いてくださったヨーク大学歴史学名誉教授のジェームズ・ウォルヴィン先生と大阪大学名誉教授の川北稔先生にお礼を申し上げたい。ウォルヴィン先生は奴隷制、大西洋奴隷貿易研究の泰斗、一方、川北先生は紹介するまでもなく、日本の西洋史研究をリードしてこられた碩学である。お二人ともご多忙にもかかわらず、訳者の依頼に快く答えてくださった。

最後に、翻訳作業の全般を通じて、さまざまな助言をしてくれた妻の高井宏子に、心より感謝したい。

二〇二一年三月

小林克彦

追記

二〇二〇年、新型コロナウイルスの世界的な大流行にあって、アメリカでは、アフリカ系アメリカ人を始め、ネイティヴ・アメリカンやヒスパニック系アメリカ人などの少数民族の感染者・死者の比率が高いことが報告されている。その背景には、人種間の経済格差があるとされる。五月二五日、ミネソタ州で、ウイルスの影響で失職していた黒人男性ジョージ・フロイドが白人警官の拘束により、死亡させられた。その生々しい動画が拡散し、全米の各州、また日本を含む多くの国々で、黒人差別に対する抗議デモ（「ブラック・ライヴズ・マター」運動）が繰り広げられた。

イギリスのブリストルでは、六月七日、十七世紀の奴隷商人（王立アフリカ会社の幹部）エドワード・コルストンの彫像が群衆に引き倒され、港に落とされた。その二日後には、「ロンドン博物館ドックランズ」で、敷地に設置されていた奴隷所有者ロバート・ミリガンの像が当局によって台座から外され、「保管」された。ミリガンはジャマイカに二つの砂糖プランテーションを所有し、十九世紀初頭には、ロンドンの「西インド埠頭」建設に主導的な役割を果たした。「西インド埠頭」は、二十一年間、砂糖やラム酒などの商品を西インド諸島からロンドンに輸入する独占権をもっていた。

さらに六月後半には、一六九四年設立の「イングランド銀行」が、かつて重役たちが奴隷貿易に関わっていたことを陳謝した。また「ロイズ保険組合」と、パブと醸造所を経営する「グリーン・キング」社が奴隷貿易に関わっていたことに対して償うと発表した。「グリーン・キング」社の創業者ベンジャミン・グリーンも西インド諸島に砂糖プランテーションを所有していた。

これらの一連の事件は、今日の黒人差別が、奴隷制と奴隷貿易の歴史に深く根差していることをあらためて明らかにする一方で、伝統ある様々な社会組織が、奴隷制と奴隷貿易に直接的間接的に関わっていたことを明らかにしている。

二〇二一年六月四日には、引き倒されたエドワード・コルストン像が、ブリストルの博物館「M・シェッド」で、赤と青の落書きをまとったまま、仰向けで公開された。博物館によれば、「この仮設の展示は話し合いの始まりであり、完結した展示ではなく」、コルストン像の扱いについて、人々から広く意見を聞くことが目的であるという。過去との真摯な対話は始まったばかりである。

二〇二一年六月

Dryden, John, & William Davenant. *The Tempest, or The Enchanted Island: A Comedy*, in *The Works of John Dryden*, Vol. 10: *Plays: The Tempest, Tyrannick Love, An Evening's Love*, ed. Maximillian E. Novak, Berkeley: University of California Press, 1970.

Forter, Greg. *Critique and Utopia in Postcolonial Historical Fiction: Atlantic and Other Worlds*, Oxford: Oxford University Press, 2019.

Hulme, Peter. "The Atlantic World of *Sacred Hunger*," *New Left Review* I/204, 1994, pp. 138–44.

Newton, John. *The Journal of A Slave Trader 1750—1754*, ed. Bernard Martin and Mark Spurrell, London: Epworth Press, 1962.

Olusoga, David. *Black and British: A Forgotten History*, London: Macmillan, 2016.

Owen, Nicholas. *Journal of a Slave-Dealer: A View of Some Remarkable Axedents in the Life of Nics. Owen on the Coast of Africa and America from the Year 1746 to the Year 1757*, ed. Eveline Martin, 1930; London and New York: Routledge, 2009.

Strehle, Susan. *Contemporary Historical Fiction, Exceptionalism and Community: After the Wreck*, Palgrave Macmillan, 2020.

Unsworth, Barry. *Sugar and Rum*, Hamish Hamiltion, 1988.

Walvin, James. *The Zong: A Massacre, The Law and The End of Slavery*, New Haven and London: Yale

University Press, 2011.
ウィリアムズ、エリック『資本主義と奴隷制』(原著一九四四年) 中山毅訳、理論社、一九六八年、ちくま学芸文庫、二〇二〇年
ウォルヴィン、ジェームズ『奴隷制を生きた男たち』(原著二〇〇七年) 池田年穂訳、水声社、二〇一〇年
エルティス、デイヴィッド&デイヴィッド・リチャードソン『環大西洋奴隷貿易歴史地図』(原著二〇一〇年) 増井志津代訳、東洋書林、二〇一二年
シェイクスピア、ウィリアム『テンペスト』小田島雄志訳、白水社、一九八三年
サンドラー、マーティン・W『図説・大西洋の歴史 世界史を動かした海の物語』(原著二〇〇八年) 日暮雅通訳、悠書館、二〇一四年
ポウプ『人間論』上田勤訳、岩波文庫、一九五〇年
マーシャル、P・J&G・ウィリアムズ『野蛮の博物誌 十八世紀イギリスが見た世界』(原著一九八二年) 大久保桂子訳、平凡社、一九八九年
マニックス、ダニエル・P『黒い積荷』(原著一九六二年) 土田とも訳、平凡社、一九七六年
ミンツ、シドニー・W『甘さと権力 砂糖が語る近代史』(原著一九八五年) 川北稔、和田光弘訳、平凡社、一九八八年、ちくま学芸文庫、二〇二一年
レディカー、マーカス『奴隷船の歴史』(原著二〇〇七年) 上野直子訳、みすず書房、二〇一六年
ヴォーン、アルデン・T&ヴァージニア・メーソン・ヴォーン『キャリバンの文化史』(原著一九九一年) 本橋哲也訳、青土社、一九九九年

川北稔『砂糖の世界史』岩波ジュニア新書、一九九六年
川北稔『世界システム論講義　ヨーロッパと近代世界』ちくま学芸文庫、二〇一六年
剣持一巳『イギリス産業革命史の旅』日本評論社、一九九三年
布留川正博『奴隷船の世界史』岩波新書、二〇一九年

聖なる渇望 Ⅱ

2021年 7 月20日　　第 1 刷発行

作者　バリー・アンズワース

訳者　小林 克彦／二村 宮國

発行所　東京都文京区目白台1-10-3　株式会社　至誠堂書店

電話 03(3947)3951 振替 00170-7-97579 郵便番号 112-0015

太平印刷社／壺屋製本

ISBN978-4-7953-1507-5　C0097　￥2100E